みわもひ
Author / Miwamohi
イラスト 花ヶ田
Illust / Hanagata
5
創成魔法の再現者
新星の玉座 −小さな星の魔女−

CONTENTS

KEYWORDS

教会

唯一神『星神(ほしがみ)』を信仰するユースティア王国最大の宗教組織。『血統魔法』を神聖視し、『血統魔法は神に与えられた天稟(ギフト)である』という考えを王国中に広めた。その成立は古く、王国の創成期から存在したとも言われている。

集束詠唱

汎用魔法に関する高等技術。複数の汎用魔法を同時に行使する際、放つ方向を完全に一致させることで魔法を集束させて『血統魔法』並の威力を出す技術。術者全員に繊細な魔力操作能力が要求され、習得コストとメリットが見合わないために机上の空論扱いされている。

流星の玉座(フリズスキャルヴ)

空の魔女ローズの『血統魔法』。無数の光線を流星の如く天から撃ち放つ。絶大な威力と射程を誇る最強の『血統魔法』の一角だが、洞窟など空のない場所では使えないという欠点もある。

フロダイト子爵家

ユースティア王国北部の貴族家。代々騎士を輩出する家系で、現在の子爵令息と令嬢は二人揃って類まれな剣士であることから『フロダイトの兄妹』と称される。

「――【斯《か》くて世界は創造された
無謬《むびゅう》の真理を此処《ここ》に記す
天上天下に区別無く
其《そ》は唯一の奇跡の為《ため》に】！」
宣言する。
受け継ぐ者として、新たな道を拓く者として、
魔法の銘を宣誓する。
幼くも美しい声で、
碧眼に意思の光を煌めかせ、
リリアーナは、告げた。

「創成魔法――『原初の碑文《エメラルド・タブレット》』!」
ラプラス
Laplace
ユースティア王国の滅亡を
目論む『組織』のメンバー。
魔法学園への襲撃を
裏で手引きするなど
水面下で暗躍中。
エルメス
Hermes
血統魔法を継承できず、
侯爵家を追放された少年。
"自分だけの魔法"を見つけるために
魔法の研鑽に励む。
ルキウス
Lucius
ニィナの義兄。王国北部の子爵家の嫡男。
並外れた剣技と血統魔法の
組み合わせにより
無類の近接戦闘能力を誇る。
ニィナ
Nina
エルメスの友人。魔法学園に在籍しながら、
卓越した剣技で戦う異端の剣士。
その正体は密命を帯びたスパイ。

創成魔法の再現者 5

新星の玉座 -小さな星の魔女-

みわもひ

OVERLAP

「珍しいことも、あるもんだな」

　ユースティア王国。王都の深い、深い場所。

　誰も存在を知らず、故に光の差さない暗がりに、飄々《ひょうひょう》とした男の声が響いた。

　最後にそこにやってきた彼が目を向けるのは、先に入っていた三人の男女。そのうち一人に対しては親しげな目を向け、そして残り二人に対しては——微《かす》かな皮肉と揶揄《やゆ》を込めて、こう言い放つ。

「ボスはともかく、お前ら二人が揃《そろ》って大人しく招集に応じるなんてなぁ。雪でも降るのか？　予報を変えられちゃ困るぜ、これから降らすのは雨の予定なんだが。ちょいとばかし色が赤いだけのな」

「……貴方《あなた》の軽口はいい加減聞き飽きたわ、ラプラス」

　応じるのは、残り二人のうちの一人。どこか陰惨な雰囲気を持つ女性だ。

「そもそも『今回ばかりは絶対に来い』なんてうざったいくらいに念押ししたのは貴方でしょう。それがなければ、私もやるべきことに集中したかったわ」

「やるべきこと、ねぇ。やりたいことじゃなくてだ。そこで願望ではなく義務を徹底的に持ち出すあたり、お前は相変わらず気持ち悪い」

「貴方には負けるわね。そっちこそ、ボスとやらと揃って子供じみたおままごとをいつまで続けるつもり？」

「おっと自己紹介か？　分かるぜ、幼い頃の幻想を馬鹿みたいに追い続けるのは気持ちが良いもんなぁ？」

明らかにお互い友好的ではない声色。そして事情を知る者が聞けば――互いにあまりにも痛烈な皮肉であると分かる、話の内容。

女は昏《くら》い瞳で、男は嘲弄するような冷笑で。敵意も露《あら》わに魔力を高め、そしてそれを我慢する道理など彼らの性格と関係性の上ではあろうはずもなく。

感情と衝動のままに魔力を解き放ち、己の魔法を唱える――その、直前。

「――――」

ごう、と。

横合いからの圧倒的な……そして怖気《おじけ》のするような禍々《まがまが》しい魔力が、両者の間に叩《たた》きつけるように放たれた。

「……おおっと」

彼らの実力をもってしても、決して無視できない三番目の脅威。

それを成した人間。ボスを除いた三人の残り一人の男に、ラプラスと呼ばれた男は目を向け言葉を発す。

「意味ねぇことはするなってかい。お前も相変わらず表面上だけは生真面目だなぁ新参君。一皮剝《む》けばお前も俺たちと何も変わらない同類のくせに、いがみ合いを止める実力者気取りばっか板に付いてきたと見える」

その男に対しても、変わらず毒舌を放つラプラス。けれど男からの返答はなく、沈黙を保ったまま座り込むのみ。その態度に、何とも張り合いがない、とラプラスは両手を上げて首を振ると、ここまで話を向けていなかった最後の一人に目を向ける。

「……ま、挨拶はこのくらいにして。そういうわけでボス、最高幹部全員集合だ。会議を始めたいんだが、いつも通り俺が司会でよろしいか？」

問われた男、ボスと呼ばれた存在は。

微笑《ほほえ》んで頷《うなず》く。ここまでの幹部たちのいがみ合いを見ておきながら、最初から一瞬たりとも変わらない完璧な微笑と共に。

「りょーかい。それじゃあ――」

そうして、ラプラスは凄絶に笑って。

彼ら最高幹部三人を呼びつけた理由。気難しく決して制御が容易《たやす》いとは言えない彼らを呼ぶに相応《ふさわ》しいその内容を、高らかに告げる。

「最終確認だ。二十年かけた計画の序章――手始めにブチ壊すものについて、俺たちで改めて詰めていこう」

◆

会議が終わり。

幹部の二人が退室する。男は一言も発さず淡々と、女は幽鬼のような足取りで……ラプラスに対しても、ボスに対しても一言もなく。どころか一顧だにすることもなく。

「…………いつものことっちゃ、いつものことなんだけどよ」

そんな二人の去った扉を眺めつつ、ラプラスは呆《あき》れを隠さない声色で。

「本当に組織のトップなのかあいつら？　自覚を持てってのが無理な話なのは流石《さすが》に理解するが、せめて形だけでもボスに対する敬意は見せてほしいもんだ」

「……」

「……ボス、今のは突っ込みどころだぞ。『君が一番敬意を見せてないんだけど』くらいは言ってくれても良いんじゃねぇの？」

呆れをそのまま隣に向けて告げるが、返ってくるのは全てを見透かしたような表情のみ。いや、実際見透かされているのだろう。それくらいには、彼との付き合いも長い。

「……ま、わーってるよ」

それを把握してか、ラプラスも皮肉げな口調を抑えて続ける。

「あいつらに問題があるかと言われればそりゃもうたっぷりある。そもそも俺たちに対する仲間意識もないし、目的も違うし、利害が違えば裏切ることも間違いない」

だが、と言葉を切って、一息。

「それでもあいつらの、この国に対する憎しみだけは信頼できる。間違いなく、この国の中でも一番に」

それが分かっていれば、十分だ。ボスも、その一点こそを信頼して彼らに自分と同じ、最高幹部のポストを授けたのだから。

加えて何より――彼らは、強い。

「あれに勝てる奴《やつ》なんてまぁそういないだろ。敵になりそうな人間は大司教と、北部のバケモン一人と……あぁ」

そこで、一つ。嫌なことを思い出した。

そもそもこの最終確認を必要とした元凶。彼をしばしの行動不能に追い込み、そもそもの計画を遅らせなければならなくなった、苦い経験を与えたとある少年のことを。

「あのエルメスって奴も得体が知れんな。一応組織の目の届くところに置いてるとはいえ……どーも立場的にまた邪魔してきそうな気配だしなぁ」

彼も、大きな不確定要素。イレギュラーのうちの一つだろう。

だが、それを踏まえた上でも、尚《なお》。

「――まぁ、問題はないだろ」

ラプラスは、静かに告げる。

過信ではない。ここに至るまでに積み上げてきたものに対する自負と、過不足ない確かな自信を持って。

二十年。彼らがかけてきた時間だ。

それが軽いわけがない。年月は彼らに多くのものをもたらした。緻密な計画。多くの道具。多数の人員。そして――三人の、強力無比な最高幹部。それは最早《もはや》、たかが強い魔法使い一人に止められるようなものではない。

そして、二十年の集大成。彼らが出会った頃に決めた大作戦の結実が、すぐそこに迫っている。その事実に対しては、さしものラプラスも高揚に胸が震える。湧き上がる感情のまま、誰に聞かせるともなく呟《つぶや》く。

「……あの女の言ったことは、まったく間違いじゃねぇ」

先刻の、最高幹部の一人との会話を思い返しながら。

「言う通り、こんなもんは子供のおままごとと何も変わらん。幼子が英雄に憧れるように、魔法使いの真似事《まねごと》をして遊ぶように。そして」

自分たち二人が歩んできた道のりを噛《か》み締めるように、一言。

「ムカつくからぶっ壊す。究極的に俺たちの目的は、それ以外の何物でもない。そいつを子供の駄々だと能天気に批判しそうな国の奴らには、こう返してやるよ――」

今まで、自分たちが相手取ってきたものに。

それを叩きつけるのが楽しみだと、心から思いながら告げる。

「――そんなものに滅ぼされる方が悪いんだよ」

さぁ、始めよう。

子供のように好き勝手暴れて、冒険をするように破壊を撒《ま》き散らして。
気の赴くままに、心の躍る方向へと何のしがらみもなく。
自由に、生きる時だ。
無邪気な笑顔を隣に向け、同様の表情が返ってきたのを確認し。
二人の少年が、暗がりから飛び出した。

創成魔法の再現者

The Reproducer of Creation Magic

新星の玉座 −小さな星の魔女−

5

みわもひ
Author / Miwamohi
イラスト 花ヶ田
Illust / Hanagata

第一章　王女様

「……それじゃあ、改めて確認しようか」

ユースティア王国、中心部。

そこにあるのは、王国で最も壮大で、最も技巧を凝らされ、最も古く、最も重要な建造物。

そう——王宮である。

その王宮内部の一角、広い廊下に響く足音が二つ。ユルゲンと、エルメスだ。

現在二人は王宮のとある場所へと向かっており、広い王宮を移動する間丁度良いとのことでユルゲンが現状の再確認を行っていたのである。ユルゲンが、再度口を開いた。

「王位継承争いが、本格化している。あの事件以降、アスター殿下の廃嫡が濃厚になってから、次の王の座を巡って様々な勢力が継承権を持つ方の擁立を始め、王宮は大きく動いた」

「はい」

エルメスたちが学園に通っている間の、王宮内での権力争い。

それ自体は、以前も聞いたこと。エルメスは頷《うなず》き、ユルゲンの言葉を待つ。

ユルゲンはエルメスの理解力を信頼して頷きを返し、続けた。

「そして先日、アスター殿下が正式に廃嫡されて。それとほとんど同時期かな、王宮内での争いも落ち着いた。結果残った勢力は——大きく、二つだ」

「二つ……ですか」

すなわち、二人の継承権保持者を擁立する勢力が残ったということ。

他の勢力は相手にならないほど縮小したか、併合されたかのどちらかだろう。

そして重要なのは、その二人の継承者。エルメスは一層注意して、ユルゲンの言葉に耳を傾ける。彼の態度を理解した上で、ユルゲンは努めて静かな口調で告げた。

「——一人目は、第一王子殿下」

「……なるほど」

「やはりね、こういう場合に長子というものは強いものだ。血統を重んじる者たち……古く有力な貴族の多くはそちらについている。加えて有力なブレーンもいると聞くし……ご本人もアスター殿下の陰に隠れていただけで、魔法的にも決して王家に不適格なわけではない」

納得する。この国は魔法の能力が優先されるとはいえ、それでも年長の——本来ならば順位の高い継承権を持つ者を優遇する傾向もある。第一王子は妥当だろう。

だからこそ気になるのは——それと拮抗《きっこう》するというもう一つの勢力。その内容を、続けてユルゲンは口にする。

「二人目は、第二王女殿下だ。第一王女殿下が既に他国に嫁いでいる以上、実質的に女性の継承者の中では最有力。加えてこのお方は——この国では極めて大きな影響力を持つ勢力を背後につけている」

そこでユルゲンは、一拍置いて……少しだけ躊躇《ためら》いながらも、きっぱりと。

「——『教会』だよ」

「————」

エルメスの目が細くなる。彼にとってその組織は、様々な因縁がある。

教会。その名の通り、神を——この国においては『星神』と呼ばれる唯一神を信仰する、王家にすら影響力を持つユースティア王国の最大宗教組織。そして、何より。

『血統魔法は神に与えられた天稟《ギフト》である』——この考えを最初に提唱し、流布した大元の組織だ。

そう。エルメスの知る魔法の真実と、真っ向から対立する言葉を謳《うた》っているのだ。加えて、エルメスを『神に愛されていない者』と定義した、ある意味で彼の追放の原因の一つとなっている面もある。……正直その点においても、エルメスの扱う魔法的な意味においても、仲良くできそうにはない勢力である。

エルメスの表情が若干険しくなるのを苦笑と共に眺めつつ、ユルゲンはまとめる。

「このような構図で、現在の勢力争いは二分されている。有力貴族が多数擁する第一王子殿下と、最大規模の教会が擁する第二王女殿下。どちらも強大な勢力であり——」

「……」

「そして——どちらも、私たちが倒さなければならない相手だ」

その言葉は、すなわち。トラーキア家は今挙げた強力無比な二勢力のどちらにも属さず、中立でもなく。第三の勢力、第三の継承権保持者を擁立するとの宣言に他ならない。

それ自体は聞いていたし、納得もしている。……元より、今聞いただけでも自分たちがやろうとしていることはその二勢力と相容《あいい》れないことは明らかだ。

故に——と口を開き、ユルゲンは結論を、人名を述べる。

「私たちが擁立するのは、第三王女殿下。御歳《おんとし》十一歳の、リリアーナ姫様だ」

「……失礼かもですが、率直な感想を述べていいでしょうか」

「いいよ。……というより、大方予想はつくけれど」

若干控えめなエルメスの口調に、ユルゲンが苦笑と共に促す。予想されていることを承知の上で——エルメスは、忌憚《きたん》なく述べた。

「…………いたんですね、第三王女様が。流石《さすが》の僕でも王家に誰がいらっしゃるかくらいは把握していたつもりだったのですが……」

「いやいや、無理もないよ。本当に表には出てこないお方だったし。多分君だけじゃない、貴族の大半は存在も知らないいんじゃないかな」

それはそれで色々と問題がある気もするのだが。そもそも、なぜそんな方を推そうと思ったのか。いや、ユルゲンのことだからきちんと考えはあるのだろうが。

「まあ、もちろん事情はあるよ。その辺りは近いうちに話す……というか、今から知ってもらうつもりだ。何せ――」

そこでユルゲンは、エルメスに向ける笑みを強めて。

「――そのために、今から『顔合わせ』に向かうんだろう？」

そういうことである。現在二人が向かっているのは、王宮の中――第三王女、リリアーナ姫の居室。そして……今日から彼女の家庭教師となるエルメスの、初顔合わせである。

それを確認したエルメスが心持ち、表情を硬くして呟《つぶや》く。

「……流石に、緊張しますね」

「はは、そう硬くなることはないさ。とてもいい子だよ、姫様は。君が来るのを楽しみにしておられたし、きっと君とも仲良くなれる」

安心させるように、ユルゲンが穏やかな口調で続けた。

「それに、私も君こそが彼女を導く者として相応《ふさわ》しいと確信している。私の見立てを信じて、ありのままの君で接してくれると嬉《うれ》しいよ」

「……公爵様が、そう仰《おつしや》るのでしたら」

その言葉を聞いて、エルメスも多少は心を落ち着ける。

同時に、ユルゲンが足を止める。

――到着したのだ、王宮の上階に。他と比べても一回り大きな、意匠を凝らした扉の前。

この中に、今日から自分の生徒となる方がいる。

「では入ろうか。一応レイラを先行させている。――彼女がきちんと足止めしてくれていれば、いらっしゃるはずだけれど」

それを把握し、再度深呼吸をして…………いや待て。

ユルゲンが今何か不穏なことを言わなかったか？

しかしそれを聞く暇もなくユルゲンが扉をノックし、中からレイラの返答があり。

それを聞き届けて扉が開かれ――

「いーやーでーすーわ――――っ！！！」

――凄《すさ》まじく高い声が、中から飛び出してきた。

「ええい、謀《はか》りましたわね！　そもそも嫌な予感はしたんですのよ、普段は小言ばかりのあなたたちが珍しく高級なお菓子を持って何も言わずやってきた時から！　それでもと信じたわたくしが馬鹿でしたわ！」

「リリィ様、どうか落ち着いてください！」

声のした方に自然と目を向けると――そこには、レイラに後ろから羽交い締めされてもがく、ひどく小さな生きものが一人。

比較的小柄な主人であるカティアよりも、なお頭半分小さな体軀《たいく》。そのせいで拘束を逃れようとする動作がじゃれるように手足を動かしているようにしか見えない。

その小柄な体はいかにも少女然とした装飾の多いドレスに包まれ、大変整った愛らしい童顔も相まってまさしく人形の如《ごと》く。

声も子供らしく高いが、鈴を転がすような甘い美声のため不快感は全くない。

髪型も……確かツーサイドアップと言ったか。頭の両側でまとめられた艶《つや》やかな髪の一部が暴れるのに合わせて跳ねる様子や、ひょこひょこと動く髪飾りのリボンが小動物感を引き立てて、なんとも庇護《ひご》欲《よく》を掻《か》き立てられる。

そんな非常に可愛《かわい》らしい少女だが……口にする言葉は対照的に全力の拒否であった。

なんとかレイラの拘束から抜け出すと、少女は荒い息を吐いてから入ってきたユルゲンをあまり迫力のない感じで睨《にら》みつけると。

「ユルゲン！　このわたくしを謀るとはどういう了見ですか！　顔合わせなど不要と言ったにも拘《かか》わらず、お菓子で釣ってまで強引に引き合わせようとするその悪辣さ！　古狸《ふるだぬき》という噂《うわさ》は本当でしたのね、もう金輪際信用しませんわっ！」

ふかーっ、と……例えるなら子猫が威嚇する感じで食ってかかる。

問い詰められたユルゲンは――しかし、穏やかな微笑《ほほえ》みを張り付けたまま何も答えることはなく。手応えのないその様子を少女は最後に睨みつけると、今度はずびし、とエルメスの方を指差して。

「それで！　そこの――アスターお兄様ほどではないけれど中々格好良い銀髪のお方！」

「え、あ、はい……僕ですか？」

なんとも奇妙な表現をされたが、この場に銀髪の人間は自分しかいないので反応する。

「そうですわ！　あなたがわたくしの新しい家庭教師ですのね！」

「え、ええ。恐らくは」

「では——本当なら顔合わせも避けるところでしたが、会ってしまったものは仕方ありません。ここではっきりと言っておきます！」

それを確認すると少女は——真っ向から、こう言い放った。

「わたくしは！　あなたに教わることなんて！　これっぽっちもございませんからっ！」

…………………。

……とりあえず。

色々と言いたいことや、ユルゲンを問い詰めたいことや、ユルゲンに摑《つか》みかかって吐き出させたいことなどあったけれど……エルメスは、一つだけ確信した。

このお方が、これから自分の生徒になる……かどうか既に暗雲が漂っているけれど、ともかくそういうことになっている噂の第三王女様なのだろう。いや、言動から明らかではあるのだが——それ以上に、もっと直接的なところでエルメスは確信したのだ。

何故《なぜ》なら、眼前の少女の外見。

——目にも鮮やかな赤い髪に、吸い込まれるような理知的な碧眼《へきがん》。

エルメスのよく知る誰かと全く同じ、髪の色と瞳の色。

加えてその……色々と破天荒そうなところとか、感情豊かなところとか、好き嫌いがかなりはっきりしてそうなところとか。

それらの性格や雰囲気——全て合わせて、エルメスに一つの直感を与えたのだ。

すなわち。

ああ、この人――師匠の血族だ、と。

そんな訳のない感慨を抱くエルメスに対して、眼前の小さな女の子は。

一歩下がって辺りをぐるりと見回したのち――もう一度こちらに指を突きつけて。

「そもそも！　誰も彼も勘違いしているようなので、ここでもう一度、はっきりと言わせていただきますわ！」

胸を反らし、精一杯の威厳を出そうとして――けれど外見のせいで愛らしさが全てを塗り潰している状態で。それでも……きっぱりと、言い放ったのであった。

「わたくしは――王様になんてなる気は、全くないんですからねっ!!」

かくして初の邂逅《かいこう》を果たした、この少女こそ。

第三王女リリアーナ・ヨーゼフ・フォン・ユースティア。

これからエルメスの教え子となり、エルメスの師ローズと瓜二《うりふた》つの外見を持つ、ローズの姪《めい》にあたる小さな王女様。

――この国の、未来の王との出会いだった。

◆

「……ええ、っと」

中々に衝撃的なファーストコンタクトをなさった王女様を前に、エルメスは流石に声を詰まらせた。けれど黙っているわけにもいかないので、まずは意思疎通を試みる。

「その……リリアーナ王女殿下？」

「リリィとお呼びなさい。その方が可愛いですわ」

小さな体で腕を組み、つんと唇を尖《とが》らせてそう告げる王女様。……最初に指摘することがそれなのか。

「ではリリィ様。既にお聞きとは思いますが、僕が――」

「知っていますわ。新しい家庭教師のお方」

とりあえず名乗る――前に、リリアーナが機先を制するように被《かぶ》せて。

「ユルゲンから、あなたのことはよく聞いていましたもの。曰《いわ》く、先日魔法学園を襲った災害を撃退した英雄だとか」

「僕一人の力ではありませんでしたが……貢献したことは否定しません」

頷《うなず》くエルメスに、リリアーナは少し眦《まなじり》を吊《つ》り上げる。

「それで？　更に聞くところによるとあなたは、『魔法をコピーする』なんていうとんでもない魔法を持っていて」

「ええ」

「それを用いてどんな血統魔法もいくらでも扱うことができて」

「理論上はそうですね」

「あろうことか複数の血統魔法を組み合わせて、更に強力な魔法に昇華させることすらできるとか」

「……」

「………言わせていただきますわね」

そこまで言い切ると、彼女は指をエルメスとユルゲンの方に突きつけ、息を吸い込んで。

「──いくら！　なんでも！　話を盛りすぎですわッ!!」

……ですよねぇ、と。レイラの苦笑気味の小さな呟きが聞こえてきた。……そりゃ初めて聞いたらそうなるわ、と。

リリアーナが続ける。

「ユルゲン！　わたくしに期待を持たせようとする姿勢は評価しますが、それにしたって限度というものがあるでしょう！　わたくしが子供だからってそんな与太話に騙《だま》されるとでも!?」

「いやぁ、全て本当なのですがね……」

「またそんなことを言って！」

子供扱いされたことが不服なのか、リリアーナは肩を怒らせ頬を膨らませる。

そんな彼女に対して、改めてエルメスが声をかけた。

「リリィ様」

「なんですの!?　あなたもまた意味不明なことを――」

「いえ。それに関してはどう考えても公爵様の伝え方が悪いのでさておくとして」

エルメスも、自分の魔法が王国の常識的に簡単に信じられないものであることは理解している。

今なら分かるが……彼が王都に戻った初日、公爵家で話した彼の魔法――それを一発で理解し信じたユルゲンの方が異常なのだ。

恐らく、ローズとの関連で思考がある意味柔軟になっていたのだろう。……それを他人にも期待した結果がこれだと思われる。そりゃこうもなる。

なので一旦それは脇に置いて、問いかける。……先ほど聞いた、重要なことを。

「殿下は先ほど、『王になる気はない』と仰《おっしゃ》いましたね。僕の聞いていた話と違うのですが……どういうことでしょう」

「……なんだ、そのことですの」

話せる話題に戻ったことに落ち着いたのか、リリアーナが比較的冷静な声で答える。

「あなたがユルゲンから何を聞いたかは知りませんが……わたくしは名前を貸すことに同意しただけですわ」

「名前を……貸す？」

「ええ。どうやらユルゲンは、この争いに乗じて為《な》したいことがある様子。そのために、仮にも王族であるわたくしの名前を権威の後押しとして使いたいらしいんですの。……わたくしの名前に、そこまで期待できるとは思えませんが」

……なるほど。ユルゲンの目的は、極論すると王国の価値観自体を変えることだ。

そのためには……必ずしも、自分の支持する人間を王位につける必要はない。それが最も早いのは確かだが、それしかないわけではないのだ。

なら具体的に何をどうするのか、そして言った通りリリアーナの名前にどれほど効果があるのかなど疑問は残るが……それは後々ユルゲンに問うべき話だ。

「だから王位につく気はない、と」

「そうですわ。……というより、王位継承争いをする気がない、と言った方がよろしいでしょうか」

「それは、何故？」

純粋な問いに、リリアーナは少しだけ目を伏せると、抑えた声で。

「だって…………家族で争うなんて、馬鹿馬鹿しいではないですの」

「――」

それは。まさしくあまりにも子供らしい、けれど純粋かつ理解できる動機。

「それに……お兄様とお姉様が本気で争うつもりなら、わたくしは割って入れませんもの」

続けて、静かに呟《つぶや》く。けれど重要なのはその前の言葉。ある意味納得するエルメスに対し、雰囲気の変化を感じ取ったかリリアーナが誤魔化すような大声で。

「そ、そもそも！　わたくしは平和が好きですわ。今まで通りのんびりとお城の中で、時々お菓子を食べて過ごせればそれでいいんですのっ！」

「それはそれで王族としてはどうかと思いますが……」

「う、うるさいですわね！　とにかく、そういうことですから！　わたくしは王様になる気はないし、だから魔法の教育だって無駄ですわ！　以上、何か文句がおありで!?」

強引に話を切り上げようとするリリアーナを見て、エルメスは考える。

……色々と理解はした。そして本人がそう言っている以上、エルメスとしては「そうですか、それでは」と立ち去っても良い。実際、少し前まではそうしてもおかしくなかったかもしれない。

……けれど。

彼は感情を知った。踏み込むことを学んだ。

そして何より……やっぱり、彼女が色々な面で彼のよく知る人に似ているからだろうか。

有り体に言うと……興味がある。今言っただけではない何かが、彼女にはあると感じた。

故に、エルメスは告げる。

「……とはいっても、こちらも公爵様に頼まれた身でして。立ち去るわけにもいかないし、個人的にもそうしたくはない」

「む」

「なのでご再考を願いたいのですが……どうしたら、認めていただけますか？」

「あくまで、引かないつもりですのね。……後悔しますわよ」

リリアーナはエルメスを見て、その視線を強める。

それでも彼が引かないと理解した彼女は――薄く笑って。

「……いいでしょう。では、あなたを試します」

「試す？」

「有り体に言うとテストですわ。これからわたくしの言う条件をクリアできたのならば、もう一度考え直しても構いませんことよ」

「……ふむ」

納得する。いずれどこかで自分を見せる必要はあると思ったし妥当だろう。

「して、そのテストとやらの内容は？」

「ふふん。聞いて驚かないでくださいまし」

問いかけにリリアーナは得意げに笑って、なぜか部屋の向こう側に歩き――窓を開けたかと思うと再度振り向いて。

「――『鬼ごっこ』ですわ。これからあなたには、わたくしを捕まえてもらいます」

「………はい？」

思わず目が点になったエルメスに、リリアーナは更に笑みを深めると。

「あ、今わたくしを甘く見ましたわね？　『そんなの余裕だろう』と。そう思うのは――これを見てからにしてくださいまし、ましっ！」

窓枠に手をかけ――そのまま、勢いよく窓の外に身を乗り出した。

「!?」

驚愕《きょうがく》する。というか焦る。なぜならここはお姫様の居室、つまり――城の中でもかなり上の階だ。

慌ててエルメスも後を追って上半身を乗り出すが……

「……いない？」

「――ここですわ」

リリアーナの姿がないと周囲を見回すエルメス。その斜め上の方から声が聞こえて……

「………な」

更に、驚愕した。リリアーナはいた。近くの部屋のベランダに。

ただし……『ゆうに部屋二つぶんほど離れた、二階上の部屋』である。

まさか――あの距離を、『跳んで』移動したとでも言うのか。

端的に言うと……どう考えても子供が、否、通常の大人であっても――いや、魔力で膂《りょ》力《りょく》を底上げできる通常の魔法使いであってもありえないレベルの身体能力だ。

それが意味するところは、単純明快。この少女は、常識を遥《はる》かに超える桁外れに高い魔法能力を持っている。

「箱入りのお姫様、と馬鹿にしていましたか？　ごめんあそばせ、これでもわたくし『王族』ですのよ」

遠くからリリアーナの声が響いたかと思うと、彼女が笑う。どこか嗜虐的《しぎやくてき》に、挑発するように。

「そういうことで、ルールを説明しますわ。と言っても単純、わたくしはこれからお城の庭を逃げ回りますから、一度でも捕まえられればあなたの勝ちですわ。授業を逃げ出した生徒を捕まえることもできない先生なんて、教える資格はありませんものねぇ？」

魔法至上主義の王国、魔法で身分が決まる国の頂点たる王族。

その能力を遺憾なく発揮しつつ、彼女は尚《なお》も傲慢に。

「ご安心を、血統魔法は使いません。通常魔法能力だけでわたくしは逃げ回ってみせます」

「な――」

「ああ、もちろんあなたは血統魔法を使って構いませんことよ？　噂《うわさ》に聞くどんな魔法でも扱えるという力を遺憾なく発揮して、わたくしを追い詰めてみせると良いですわ。できるものならですけれど、ね」

あまりにも、こちらを馬鹿にしきった宣言だ。

けれどその思考を読んだかのように、リリアーナは高圧的に告げる。

「ちなみに。わたくしはあなたのことを『新しい家庭教師』と言いましたね？」

「え――」

「つまり、『古い家庭教師』もいたということですわ。ええ、それはもうたくさん」

　そこで言葉を切って、彼女はこちらを見下ろしながら。

「そして――古い家庭教師の彼らは全員負けましたわ。わたくしに、この条件で」

「！」

「向こうは血統魔法まで使って全力で追い回したのに、わたくしの影すら踏めませんでした。……ええ、それはとてもとても、無様でしたわねぇ」

　くすくすと、可憐《かれん》かつ冷徹に笑うお姫様。年齢にはあまりに似合わない、ある意味での豹変《ひょうへん》に若干戸惑うエルメスを他所《よそ》に、リリアーナはこちらに向き直ると。

「これも最初に言ったでしょう？　『あなたに教わることはない』と」

「……なるほど」

「というわけで、善意の忠告はこれまで。最初から全力でかかってくることをお勧めいたしますわ。あなたがユルゲンに言われた通りの勇者であるならば、わたくしを捕まえるなんて余裕ですわよねぇ？」

　どうせ無理でしょうが、との言葉は声にするまでもなく態度が語っていた。

　その態度のまま、彼女はまた口を開く。

「どうぞ追いかけてくださいな。きっとあなたもここまで多くの称賛を受けてきたのでしょう？　その自尊心を、こんな小さな女の子に負けることで粉々にして差し上げます。今までの全てを壊されて、無様に這《は》いまわって……」

　最後に、一息。今までの笑みを消し、冷たい表情と暗い声で。

「──そうして、知るといいですわ。この世には、どうしようもないものがあるのだと」

しかしそれも一瞬、すぐに今までの愛らしい表情を取り戻し。

「以上。あなたの運命をかけた鬼ごっこ──スタートですわ！」

号令を上げると、凄《すさ》まじい速度かつ軽やかな動作でベランダを飛び越え、あっという間にその場から姿を消したのだった。

「……いやはや」

エルメスは呟く。

……なんとなく、朧《おぼろ》げだが。あのお姫様の、輪郭のようなものが見えてきた気がする。きっと彼女は、何かを抱えている。流石《さすが》に今はそこまで推測はできないけれど……

「──鬼ごっこ、か。懐かしいなぁ」

それは多分、この遊びを通して理解できることなのだろう。

そう直感した瞬間、迷いも混乱も消え失《う》せて。

リリアーナを追いかけるべく、まさしく童心に帰って、彼もベランダを蹴ったのだった。


（……ふんだ）

王宮の庭。既に遥か遠くにある自室のベランダを見ながら、リリアーナは心中で鼻を鳴らす。

あの銀髪の新しい家庭教師に、今の自分はどう見えているだろうか。

……聞くまでもない。人の言うことを聞かない小生意気な王女様。反抗的極まりない、この上なく手を焼く生徒。その辺りだ。

……別に構わない。元より家庭教師なんて頼んではいない。自分は少しだけ『特別』だから見限られずに多くの人が来たけれど、その末路はどれも同じだ。

――絶望の視線。

――失望の視線。

――『どうしようもないもの』を見る視線。

もううんざりだった。

（期待されて、何かがあるはずだと思わされて――結局その全てが叶《かな》わず、彼らのプライドを守るためにわたくしが蔑まれる。

こんなのを……あと何度繰り返せばいいんですの!!）

だったらもう、いい。こっちだって最初っから期待なんてしてやるものか。

今までと同じことを、最初からやってやろう。自分の才能を見せつけて、散々逃げ回って影すら踏ませず、どころか派手におちょくってこねくり回して。

そうして這いつくばった相手を全力で見下し、最後に『自分の魔法』を囁《ささや》いてやるのだ。

きっと、それで彼も自分を貶《おとし》める。自分のプライドを守るために。

見下すかもしれない。いやむしろそうしてほしい。だったらこう返せる。

――あなたはそんな存在に負ける程度の相手なのですわ、と。

それで、少しは溜飲《りゅういん》が下がるだろう。

……そんなことをしても何にもならないとは分かっている。でも、だからといって……じゃあ他にどうしろと言うのだ。

ともあれ、彼女はそうすると決めた。あの銀髪の家庭教師がどんな存在かは知らない。ユルゲンからその功績だけは聞かされていたが到底信じられるわけがない。誰が聞いても、期待させるために話を盛ったとしか思えないものだった。

故に、負ける気は微塵《みじん》もしない。

そもそも、鬼ごっこには絶対の自信を持っている。なぜなら。

――彼女はこの条件なら……アスターにすら負けたことがないのだから。

さぁ、始めよう。まずはお手並み拝見と言わんばかりに、ベランダの方から向かってくるだろうあの家庭教師の姿が見えるのを待って――

「いや、素晴らしい逃げ足ですね」

「きゃあああああああああああああ!?」

『背後から』聞こえてきた声に、全力で悲鳴をあげた。

「……そんな幽霊を見たような声をあげられると、流石に傷つくのですが」

「な……え、あ……!?」

ありえないものを見た。

自分は全力で逃げたはずだ。これまで見た誰も追いつけない速度を高い魔力操作能力で得て、一切の油断なくここまで一直線で来たはずだ。

なのに。その一瞬目を離した隙に。自分に気取られることなく。

——自分以上の速度で自分の後ろまで移動するなんて、ありえない。

だが、そんな彼女を他所に銀髪の家庭教師は続ける。

「しかし、納得しました」

「な、何を……」

「試験をする意図、です。確かに教わる側にも先生を選ぶ権利はありますものね。生徒側も教師を試す機会があるのは実に理に適《かな》っている。なので」

そこで彼は、にっこりと微笑《ほほえ》んで。

「貴女様《あなたさま》に認めていただけるよう、精一杯務めさせていただきます。さぁ——『試験』を、続けますか？」

そうして。ひょっとすると彼女の生涯で最初の。

本当の『鬼ごっこ』が、始まったのであった。

◆

リリアーナを追いかける前に、ユルゲンから軽く言われたことがある。彼曰《いわ》く、

『君たちに、お互いの詳しいことは意図的に教えていない。直接会った上で知った方がい

いと思ったからね。だから――存分にぶつかってきなさい』

とのこと。

加えて一つだけ注意事項というかお願いも聞かされたが、それは後で振り返ることにして。とにかくエルメスは今、ユルゲンの言うことをある程度理解しつつあった。

「……はは」

魔力を全身に巡らせ、王宮の庭を走り回りつつ、エルメスは思わず、高揚の笑みを溢《こぼ》す。

何故《なぜ》なら、確信したからだ。

間違いない。この王女様――天才だ。

「なんなん……ですのっ!?」

驚愕と……あと恐怖も入った声色で叫び、眼前で逃げ回るリリアーナ。

その動きは、凄まじく俊敏。エルメスとてそう簡単に捕らえることはできないほど。

そして何より特筆すべきは――彼が今、『ほぼ全力を出している』という点だ。

エルメスはこれまでの人生で、一分野において自分を上回る能力を有した人間を何人か見てきた。例えば師匠ローズの知識や魔力出力であったり、学園の友人ニィナの魔力感知であったり。

この王女様は、恐らくその一人。年齢を考慮すれば――魔力操作の分野においては、エルメス以上の才能を持っているかもしれない。

ほぼ全力で挑んで尚、簡単には捕まえられないことがその証拠だ。

……まぁ、とはいえ。彼の武器は才能だけではない。

年季も違うし鍛え方も違う、なんならこの『鬼ごっこ』は師匠ローズと魔力操作を鍛える訓練として修業時代何度もやった。

駆け引きや体の使い方といった技術的な分野に差がありすぎる。身体能力だけで誤魔化せるほどエルメスは甘くない、ので。

「…………」

「五回目、ですね。……少しは認めていただけたでしょうか……？」

数度、リリアーナを袋小路に追い詰めてからエルメスは問いかける。

一方の彼女は、三回捕まったあたりからすっかりものを言わなくなってしまった。

……あれ。これはひょっとすると、いくら向こうがふっかけてきたとはいえ小さい子相手にやりすぎたというやつか……と若干冷や汗をかくエルメスに対して。

リリアーナは、ぽつりと言った。

「……一つだけ、聞かせてくださいまし」

「は、はい」

「あなたはここまでの間……何か血統魔法を使いましたか？」

なるほど、妥当な疑問だ。彼は素直に答える。

「いいえ。リリィ様に合わせて、こちらも基礎魔法能力だけで挑ませていただきました」

これが虚偽ではないことは、彼女ほどの魔法能力の持ち主なら分かるだろう。

そんなエルメスの予想通り、リリアーナは納得の表情で頷《うなず》くと。

「……噂通りと。では――いくつもの血統魔法を扱える、というのは」

「それも本当です。それでは試しに――」

今なら話を聞いてもらえる。そう思ったエルメスは『原初の碑文《エメラルド・タブレット》』を展開し、いくつかの簡単な血統魔法を示す。

風の魔法。炎の魔法。彼の詠唱に合わせて色とりどりの魔法が翡翠《ひすい》の文字盤から生み出され、舞うように王宮の庭先に展開される。

それらの全てが、並みの魔法使いが扱う血統魔法以上に。それどころか、今までリリアーナが見てきた魔法全ての中でも、一番に――

「…………きれい」

思わず、今までの反発を全て忘れて。呆《ほう》けたように、純粋な憧憬を宿した声が響く。

やがて、エルメスの魔法の実演が終わり。

それを目の当たりにしたリリアーナは、しばしの沈黙を挟んだのち、笑って。

「……あはは。ユルゲンの言った通りの、とんでもないお方だったと。……それは、とても……羨ましいですわね」

「――」

その態度に、エルメスは微《かす》かな驚きを抱く。自らの魔法の力を過信した、傲慢なお姫様。

そんな当初の印象からは、想定できない反応だったから。

「羨ましがることはないでしょう。リリィ様も素晴らしい才能をお持ちなのはこのテストでよく分かりました。だから貴女様もきっと――」

「ッ!!」

続けての言葉に返ってきたのは、激情を押し殺し歯を嚙《か》み締める音。

そこで明確に違和感を抱いた彼は、慎重な表情で問いかけた。

「……リリィ様」

「……なんですの」

「これは僕の勝手な印象かもしれませんが――貴女様は、教わることはないと言いつつ家庭教師の件を……どこか本気で拒否しきっているようには思いませんでした」

「！」

「僕に……或《ある》いは僕以外の教える側に、何を期待しているのでしょうか。差し支えなければ教えていただけたらと……」

「教えて……何になるんですの……！」

彼女の内側から、何かが湧き上がってくるのをエルメスは感じ取った。

その直感通りに、リリアーナは絞り出すように言葉を吐く。

「ええそうですわ……！　わたくしだって本当は、あなたのような力が欲しかった！　こんなただ速く走れるだけじゃない、分かりやすい本物の力が！」

「え――」

「それなら……もっとなんとかできた！　アスターお兄様がおかしくなっていくのを、優しかったお兄様とお姉様が争うのを止められず、何もできずただ見ているだけのひどい自分に絶望することもありませんでしたわ！　でも!!」

そこで彼女は言葉を切ると、エルメスに様々な感情を宿した視線をぶつけ。

「無理なんですの。無駄なんですの。期待したってどうしようもないんですの！　ええもう教えてあげますわ。だってわたくしは――!!」

そうして、告げる。

「――ないのです」

彼女の原点。『どうしようもない』と彼女が定義したものを。

「わたくしは――血統魔法を持っていないのです!!」

「――――」

――全て、合点が行った。

「所謂《いわゆる》『無適性』ですわ。分かるでしょう、本来わたくしは王族どころか貴族の資格すら持たない人間なのです！」

エルメスが、リリアーナ王女の存在を知らなかったのは何故か。

――そもそも、王族として扱われていなかったからだ。

「どれほど魔力の扱いが上手《うま》くても、何の意味もない！　全部無駄なんですわ!!」

これだけの才を持ちながら、一切注目されなかった理由。誰一人味方がつかなかった理由。

いくら本人が怠惰であろうとも、この国の貴族であれば高い魔法の持ち主にはある程度群がるはずだ。それすらなかった理由は……偏《ひとえ》に、彼女が無適性だから。

慣例に則《のっと》って、十五歳で廃嫡を待つだけの身だったからだ。

「それでも、きっと何かがあるはず、あってほしいと期待して！　その度に裏切られて、ひどい視線を向けられ続けて……じゃあもういいですわ！」

こちらを見下すのも……そうしなければ自分を守れなかったから。

そして。ユルゲンが『エルメスこそが彼女を導くに相応《ふさわ》しい』と言った理由も。

ああ……自惚《うぬぼ》れかもしれないが、今はこう思いたい。──確かにそうだ、と。

「……なんですの」

エルメスの奇妙な態度に勘付いたか、リリアーナが涙目で睨《にら》んでくる。

「いいですわ、見下せばいいじゃないですの！　わたくしより高い魔法の力を持って、おまけに規格外の血統魔法まで持ち得る正真の英雄様！　そうして教えてもらえるかしら。こんなわたくしに──何を教えるって言うんですの!?」

血統魔法に裏切られ、王国の風習に蔑まれ、全てを諦めかけた少女。

──それはまさしく、かつての彼が通ってきた道で。故に、彼は告げる。

「──すごいじゃないですか、リリィ様」

かつての彼がかけてもらった言葉を、何一つ偽らずに。

「え……」

「率直に言います。……僕は今、とても嬉《うれ》しい。僕と同じ人がいたことが。同じ才能を持つ人が一人じゃなかったことが。そして──その人を、僕が導く機会に恵まれたことが」

そうして、彼は話し始める。かつて語ってもらった魔法の真実。血統魔法の性質。この王国の、間違った魔法に対する見方を。

全てを聞き終えたリリアーナが……体を震わせて、告げる。

「……し、信じられませんわ」

信じたい……けれど荒唐無稽すぎて、何より信じることが怖い。

そんな感情を宿した瞳で、彼女は続ける。

「そんな、そんなわたくしにだけ都合の良い話が……！　やめてください、期待させないでくださいまし。だって……っ！」

同時に、彼は理解する。ユルゲンに先ほど言われたこと。

『君の名前を明かすのは、殿下の全てを知ってからにしてほしい』と。

その意味を正確に把握して、彼は告げる。

「エルメス・フォン・フレンブリード、という名前をご存知でしょうか」

その裏にある意図を、正しく読み取って。

「公爵様の話からするに……きっとリリィ様はご存知だと思うのですが」

「……え、ええ。知っていますわ。わたくしと同じ、才を認められながら無適性とされた方ですもの。それで十歳の時、アスターお兄様の手で平民に落とされた、銀髪の――」

リリアーナが目を見開く。

「……まさ、か」

「遅ればせながら名乗る無礼をお許しください。僕の名前はエルメス」

そんな彼女に、エルメスは丁寧なお辞儀をして。

「かつての姓は、フレンブリード。貴女様《あなたさま》の仰《おつしや》る通り、かつて侯爵家から追放され――その果てにこの創成魔法を受け継いで帰ってきた、貴女様と同じ資格を持つ者です」

リリアーナの美しい碧眼《へきがん》が、抑えきれない期待を宿して輝く。

それを見て、エルメスはもう一度笑いかけると。

「リリィ様。貴女様は素晴らしい魔法の才をお持ちです」

かつての自分が欲しかった言葉を、嘘偽《うそいつわ》りなく告げる。

「生まれながらの魔力に、高い操作能力。そして何より――魔法がお好きでいらっしゃる」

これもエルメスは確信している。

だって……今しがた知った彼女の力は、決して生まれながらのものではない。

彼と同じく、魔法を夢見て研鑽《けんさん》を続けなければ辿《たど》り着けない領域だからだ。

「そんなリリィ様は、この創成魔法を十全に扱う資格があります。誰よりも自由にあらゆる魔法を扱い、美しい心を形にする資格がちゃんとあるんです」

そうして、彼は告げる。

「貴女様はきっと、素晴らしい魔法使いになる。僕はそれを見たい。そしてできれば、その一助となりたい。だから——どうか、僕に貴女様を教えさせていただけませんか？」

目線を合わせて、穏やかに問いかけた。

きっと、全て伝わったのだろう。リリアーナはしばし呆然《ぼうぜん》としていたが、徐々に、徐々に言葉が染み込んでいくと同時に、顔を歪《ゆが》ませ、そして。

——わぁん、と。

彼女は泣いた。今までの傲慢さ、年に似合わぬ酷薄さをかなぐり捨てて。

感情を露《あら》わに、年相応の少女らしく、決して冷たさは感じない、温かな涙を流す。

ごめんなさい、という声が聞こえた。苦笑と共にそれを許した。

そうして、泣き止《や》まない彼女の手を取って。いつかのように歩き出す。

部屋に戻る道中で、リリアーナが涙声で小さく、こう言ったのだった。

「……よろしく、お願いしますわ。……師匠《せんせい》」

エルメスは呟《つぶや》く。

「……公爵様も人が悪い」

そういうことなら、最初から言ってくれれば良かったと思う。

……いや、きっと先刻言われた通り言葉だけではリリアーナが納得してくれないと思ってまずは直接ぶつからせたのだろう。流石《さすが》にその辺りの機微にエルメスは意見できない。

それに、結果的に良いところに収まったのだから良しとしよう。

きっとユルゲンは、最初からこれを狙っていたのだろう。

エルメスを学園に行かせたのもひょっとするとこの布石だったのかもしれない。学園変革と共に、あの時点では若干他者との関わりに難のあった彼を矯正する目的もあったのだろうか。

まあ、その辺りも聞けば良い話だ。

……いや、それにしても。運命、というものをエルメスは信じていないけれど。

「それでもこれは……なんともすごい因果だ」

隣で未《いま》だ泣きじゃくる彼女と手を繋《つな》いで歩きつつ、エルメスは思う。

とても愛らしい少女だ。それは元々の目鼻立ちや容姿もあるし……何より、彼のよく知る、最も尊敬している人に似ているから尚更《なおさら》そう思うのだろう。

先代の第三王女に拾われ、創成魔法を受け継いだ彼が。

今代の第三王女と出会い、創成魔法を教え導くことになるとは。

「僕が師匠……かぁ。ちょっとくすぐったいな」

言葉通りこそばゆそうに笑いながらも、決して嫌な気分はせず。

彼女の未来を夢見ながら、新たな師弟は歩みを進めるのだった。

第二章　継承戦

翌日、同じく王宮の廊下にて。軽やかな足音と共に、歩く人影が一つ。

「……流石に、緊張するわね」

カティアである。諸事情により彼女も一日遅れて、トラーキア家が擁立する候補者である第三王女との顔合わせに向かっていた。

父ユルゲンから、大まかな噂《うわさ》は聞いていた。

透明の王族。曰《いわ》くつきの王女様。流れてきたものは軒並み良い噂ではなかったが……それでも、父が擁立すると決めたからには相応の理由があるのだろう。

「一応、エルは昨日既に会ってるのよね。……ちゃんと仲良くできてるかしら」

目下一番の心配事はそれだ。何せ、王族とは血統魔法至上主義であるこの国の組織の頂点に位置する方々だ。ある意味で非常に王族らしかったアスターとあれだけ折り合いが悪かったのだから、同じ王族である王女様とも諍《いさか》いを起こす可能性は十分にある。

いざとなれば、自分が調停しなければ。そんな決意を抱きつつ、カティアは王女の居室の前で一つ深呼吸してから、大きな扉を開き——

「師匠《せんせい》！　頂いたルーン言語の問題、全て終わりましたわ！」

「おや、もうですか。ざっと確認させていただきますね」

「どうぞ！……どうです、どうですの？」

「――驚いた、ほとんど正解です。素晴らしい理解力ですね」

「！　ふ、ふふん、当然ですの！……もっと褒めても構いませんことよ？」

「ええ。お会いした時から魔法的な能力は高いと思っていましたが、構造把握の能力も非常に優れていらっしゃる。僕もこっち方面はかなり得意だと思っていたのですが、僕の初見時とほぼ同じ速度とは。少し自信をなくすほどです」

「～～！　そ、そこまでストレートに言われると、恥ずかしいですわ……！　でもご安心を、わたくしはそこまで自惚れておりません。わたくしにとっては師匠が、世界で一番素晴らしい魔法使いですもの！」

「…………………」

……うん。大丈夫。自分は冷静だ。

なんだか以前学園でも似たようなことがあった気がするから、その経験を踏まえて取り乱したりなどしない。

件《くだん》の王女様と思《おぼ》しき少女がカティアの知る誰かに似たとんでもなく可愛《かわい》らしい女の子でも、その子がほとんどエルメスと肩の触れ合う距離で指導をしてもらっていても、女の子がその距離感をとても嬉しそうに受け入れていてエルメスも一切拒否していなくても、一日でどうしてそこまで仲良くなれるんだいや仲良くなりすぎでしょうと全力で突っ込みたくなっても、自分は冷静だ。

だから彼女は一つ息を吸って、いつも通りの声色で問いかける。

「…………エル？」

エルメスが体を硬直させ、恐る恐るこちらを振り向いた。

うん？　どうしたのだろう、そんな恐ろしい声を聞いたような反応をして。自分は極めていつも通りの声で、顔にも一切激情はなくむしろ穏やかな微笑《ほほえ》みすら浮かべてそっと問いかけているだけなのに。

大丈夫、自分は冷静だ。

そして彼女は、凪《な》いだ声のまま。

あくまで穏やかに、ちょっとだけ、ほんのちょっとだけ強めた語調で言うのだった。

「——とりあえず、話を、聞かせてもらえるかしら？」


かくして、エルメスの口から昨日あったことの一部始終が語られ。

「…………なる、ほど」

カティアはなんとか、その言葉だけを絞り出した。

色々と、予想を大幅に超えた話だった。だが、この上なく納得できてしまう話だった。

というかなんだそれは。ローズをそのまま小さくしたような瓜二《うりふた》つの外見で、性格もどこか似ていて、魔法の天才で。極め付けはエルメスと同じ無適性だと？

どれだけエルメスに刺さる要素を盛り込んでいるのだこの王女様は。

おまけに昨日そんな劇的なイベントがあっただなんて。たとえ出会って一日であろうと信頼するのも納得できる。

エルメス側としても、それは受け入れるだろう。そこまでの要素があれば態度を使い分ける彼の身内判定だって秒で突破するに決まっている。

それを踏まえた上で、カティアは思う。

……ずるい、と。

いや、本当に、なんだそれは。エルメスに師事し、エルメスの隣に立つのにこの上なく相応《ふさわ》しいと、自分でも思ってしまうような女の子。そんな子が実際に今も彼の隣にぴったりとくっついて座っているという事実に……少し、もやっとしたものが湧き上がる。

加えて当の彼女もエルメスに寄り添ったまま……というかもう完全に彼の片腕に抱きつくような体勢で、自分に警戒の目線を向けてくる。

……そっちがそうくるなら、という感情と共にカティアが口を開く──前に、向こうが口火を切った。

「それで……師匠。この美人さんは一体どこのどなたなのでしょう。見る限り随分とお親しいようですが……」

愛らしい瞳を半眼にして、エルメスに問いかける。彼はおや、と首を傾《かし》げつつ、素直にこう答えた。

「？　カティア様です。トラーキア家の……公爵様の娘さんで、あとは──昔からの幼馴《おさなな》染《じみ》でして。今はこの方の従者となっています」

それを聞いた瞬間、王女様の目が見開かれた。考えてみれば当然なのだが、突如現れた師匠と親しげな女性、ということに思考が行っていて気が付かなかったのだろう。

そして同時に……聡明《そうめい》な彼女は、聞かされた情報から様々なことを察して。

「カティア……アスターお兄様の、元婚約者の」

「！」

「言われてみれば……見覚えがありますわ」

呟いた後、目を伏せて続ける。

「アスターお兄様に、一番迷惑をかけられたお方ですものね。そして幼馴染ということは……ひょっとして、師匠がお兄様に追放された時、引き剥がされた形になったのでは？」

「っ、それは――」

「……当たり、ですのね」

カティアの反応で自分の推測を裏付けた王女様が、声を沈ませる。

「それは……わたくしを警戒するのも当然ですわ。一度師匠から引き剥がした人間の妹が、今度は師匠を横取りするのかと。そう思われても、仕方ない、ですわ……っ」

「いや、そこまでは――」

思ってない、と言おうとしたが……確かにそういう思考が働かなかったといえば嘘《うそ》になる。言葉を止めるカティアに、王女様は顔を上げる。

「お兄様の件は、申し開きのしようもございませんわ。謝っても許されないだろうことは分かっています。でも……でも……！」

声を震わせ、瞳に涙を浮かべ、エルメスに躊躇《ためら》いがちに縋《すが》りついて。

「師匠なのです！　わたくしにとってはこれ以上望むべくもない、やっと見つけた、師匠《せんせい》なのです……！　離れたくないのです、だから……っ！」

「……」

……その、一連の懺悔《ざんげ》を聞いて。カティアも理解してしまった。

このお姫様は、非常に聡明で――そして、ものすごくいい子だと。

「……カティア様」

「分かっているわ、エル」

色々と思うところはある。けれど、仮にも王族である人間が、公爵令嬢とはいえ一介の少女にここまで誠実に頭を下げる。しかも、こんなに幼い子が。

その意味を理解しないほど、カティアは愚鈍ではない。よって、カティアは席を立って彼女のもとへと近寄ると。肩を震わせる彼女の前に屈《かが》み込んで――

――ぽん、と頭に手を置いた。

「……失礼しました、殿下」

「あ――」

「ご安心を。私は殿下を害する意思はございません。当然、エルと殿下を引き剝がすつもりも。……エルは、私の自慢の従者ですから。殿下がそこまで評価するのも当然です。それに、アスター様の件だって殿下の責任ではございませんもの」

怯《おび》えながらもこちらを向く碧眼《へきがん》に、カティアも紫水晶の瞳を合わせて。

「そして、私も殿下の味方になりたいと思います。……今、しっかりと思えました。――仕えることを、お許しいただけますか？　リリアーナ殿下」

初めてしっかりと名前を呼んで、そう問いかける。

言葉を受けた王女様――リリアーナはしばし呆然《ぼうぜん》としてから、頬を染めつつ目を伏せて。

「……リリィと、お呼びくださいまし」

ぽつりと、肯定の意思を込めて呟《つぶや》いた。

「そう呼んでくださる人が……わたくしは、たくさん欲しいのです」

「了解いたしました。リリィ様」

軽く微笑んで、カティアも立ち上がる。とりあえず、これでお互いのことは多少分かっただろう。きっとカティアも、この王女様を推すことができる。

……だが、まあ。

「それは、それとして」

口調から今までの柔らかさを取ると、カティアは師弟を真っ向から見据えて。

「そうやって必要以上にくっつくのはよろしくありません。まずは離れていただけますか？」

「な……っ！　や、やっぱり取られるのが嫌なんですのね！」

「いいえ、これは真っ当な分別の問題です。……というか、やっぱりエルだけでは教育面で不安が残るので」

「え」

続いて疑問の声をあげたのは、これまでやりとりを見守っていたエルメスである。

「その……カティア様、僕の指導に不備が？　ご指摘いただければ改善を……」

「いいえ、魔法を教えることについてはあなたの手腕は疑ってないわ。私だって多少なりともそれを受けた身だもの。……でもね」

問いかけるエルメスに、カティアはぴっと指を立てて。

「それ以外のところ……もう単刀直入に聞くけれど。エル——あなた、この子をきちんと真正面から『叱る』ことってできる？」

「…………ええ、と」

「目を逸《そ》らさないでもらえるかしら」

まあ無理だろう。反応で大体分かったし、だろうなと思っていた。

いや、いざとなれば彼も叱るのだろうが、多分細かいところでは『身内に極端に甘い』という彼の特性が出る。加えて相手がこんな小さな女の子となれば心理的抵抗も極めて高いだろう。

「別に責めるつもりはないわよ。多分殿下にはそういうのも必要だろうし。だから——」

それを踏まえた上で、カティアは笑ってリリアーナに目を向けて。

「魔法以外の躾《しつけ》が必要な部分は、きちんと私がさせていただきますので。よろしいですね、リリィ様？」

「よろしくありませんわっ!!」

先ほどとは別の涙目でリリアーナがエルメスに縋りついた。

「わたくしにものを教えていいのは師匠だけですっ！　なんで勝手に決めてるんですの！　それにあなたからは若干私怨めいたものも感じますわ！」

「…………そんなことはございません。ねぇエル？」

「助けてくださいまし、師匠！」

「……リリィ様。僕は全能ではないのです」

「師匠!?」

——そんな三人の様子を、外から眺めていた公爵とメイド。

大変微笑ましげに苦笑いをしつつ、レイラが口を開き、こう言った。

「……旦那様。思ったことがあるのですが」

「言わない方がいいと思うよ」

「これ、傍《はた》で聞くと完全に家族……父母と娘の会話ですわね。娘に甘い父としっかり者の母みたいな感じで」

「だから言わない方がいいと言っただろう……特にカティアが聞いたら多分収拾がつかな

くなるよ」

ならむしろ言ってみたい、と高揚するメイドを嗜《たしな》めつつ、ユルゲンも苦笑を返す。――言われている内容自体は、ユルゲンも完全に同意だからだ。

ともあれ、これで顔合わせは済んだも同然だ。

まだ残ってこそいるものの、彼女らの性格的に今回ほど荒れることはないだろうし。

二人はお姫様を知った。彼女が成長する土台も整った。故に――

「――じゃあ、これからの、王位継承戦の話を、しようか」

主従と王女の会話が終わったのを見計らい。

ユルゲンは、穏やかにそう宣誓した。

◆

「――さて。では改めて」

カティアとリリアーナの顔合わせが終わった後。合流したサラと共に、トラーキア家の一行とリリアーナは公爵家の会議室まで移動していた。

尚《なお》、その間にリリアーナとサラの顔合わせも行われたわけだが。

カティアの一件と違って極めて穏便、どころかサラはリリアーナを一目で気に入り、持ち前の優しさで接した結果リリアーナの方も即座に懐いた。カティアが極めて遺憾そうな顔をしていた。

　サラの人徳もあるだろうが……何より本来のリリアーナが年相応に人懐っこい性格なのだろう。エルメスに出会うまでそれが様々な要因から発揮されていなかっただけで。

　ともあれ、三人がそれぞれの形で王女様への謁見を完了させ。

　準備が整ったところでユルゲンがこれからの話をするべく、口を開いたのである。

「これから我々は、王位継承争いに本格的に身を投じるわけだが……その前に再度、殿下のお立場を明確にしておこうか」

　他の四人の視線が、リリアーナへと向く。

「もう知っての通り、リリアーナ殿下はこれまで最も王位から遠い存在とされてきた。何《な》故《ぜ》なら血統魔法を持たない、『無適性』であったからだ」

「でも——」

「そう。エルメス君の例から分かる通り、血統魔法を持たないことはむしろ福音だ。彼が師としてついた以上、将来的には魔法国家においてもリリアーナ殿下が最高の王候補となることは疑いようがないだろう」

　一同が納得する。それから、サラが口を開いた。

「では……リリィ様はこれまでと違い、本格的に王位を目指されるのですか？」

　その問いを受け、リリアーナはしばし言葉を探して黙った後、真剣な表情で口を開く。

「……いいえ」

否定の言葉の後、されど真摯に言葉を紡ぐ。

「ここまでわたくしを盛り立てていただいたのに、申し訳ないとは思いますわ。けれど……」

「けれど？」

「師匠が、道を示してくださって。魔法の力を得る手段が見つかって。

――だから王様を目指すというのは……なんだか、違う気がしますの」

――それは。確かに、納得のできる話だ。むしろ逆に、『力を得たから王位を狙う』と宣言するのであれば、これまでの血統魔法至上主義の人間とやっていることが同じになる。その点においても……確かに彼女の言葉は、自分たちが推す上では相応《ふさわ》しいだろう。そもそもリリアーナは最初に言っていたではないか、『家族で争うなんて馬鹿馬鹿しい』と。

リリアーナが、続けて口を開く。

「わたくしは……お兄様やお姉様と違って、まだ見つけられていないのです。王様になる上で……『王様になって何をするか』ということが」

「……」

「それはいずれ見つかるものなのかもしれません。ですが……今は」

不義理なことと分かっているのだろう。リリアーナの声が尻すぼみになる。

それを穏やかに見守った上で、エルメスは口を開いた。

「別に、気にする必要はないと思いますよ」

「……師匠？」

「目的というものは、強引に見つけるものではございません。ましてや殿下はまだ幼いのですから」

言葉を切り、軽く笑いかけると。

「むしろ、それを一緒に探すことも家庭教師の仕事だと、僕はそう思っております」

「……！」

きっとその言葉は、彼女にとって非常に心強いものだったのだろう。

リリアーナが目を潤ませ、エルメスの腕にしがみつく。

それを見たカティアは若干複雑な、でも穏やかに見守るような表情をし、サラは対照的に目を見開いた。……そう言えば、サラに初日のリリアーナとのやりとりは教えていなかった。ならばこの反応も当然か。

とりあえず、リリアーナの考えについては理解した。

……同時に、新たな疑問も浮かび上がる。それをエルメスの視線から感じ取ったか、ユルゲンが頷《うなず》きと共に話を再開する。

「エルメス君の言いたいことは分かる。『なら、王位継承争いに参入しない選択肢もあるのではないか』だろう？」

「はい」

「……だが、そうもいかない事情があるんだ」

恐らく、この先が今回の話の本題だろう。

気を引き締めるエルメスたちに対し、ユルゲンがゆっくりと話し始める。

「まずは……覚えているかな？　先日君たちが通う学園で起こった事件。その主犯となったクライド・フォン・ヘルムート……を、唆《そそのか》した人物のことを」

「！」

ここで、その名が出てくるか。

「……当然覚えています、お父様」

代表して、カティアが回答した。

「エルが遭遇したその人物は……お父様曰《いわ》く、長年王国の陰に潜んで国を脅かし続けた、現状の王国に楯突《たてつ》く組織の一人……ですよね？」

「ああ。付け加えると、エルメス君の情報からするに恐らくは幹部クラスの人物だろう」

存在自体は前々から知っていたのだろう。それを感じさせる口調でユルゲンが続ける。

「問題は、これまで潜んでいたはずのそれほどの人物が表に出てきた、ということでね。心配になって私の方でも調べてみたんだが……厄介な事実が判明した。この王位継承争いにも関わってくることだ」

「…………、まさか」

そこまで聞かされ、直感を得るエルメス。

すると、ユルゲンはそう、と口を開き――

「――既に入り込んでいるんだよ。第一王子と第二王女の陣営に、その組織の人物が」

カティアとサラが、驚愕《きょうがく》の表情を見せ。予想通りの回答に、エルメスも神妙に頷く。

「しかも、末端じゃない。恐らく両陣営の中枢に近いところの誰か、だ。そうとしか思えない不自然な陣営の動きが散見された」

「……なるほど」

「分かるだろう？　長い潜伏期間を経て、彼らは――本格的に、国盗《くにと》りを始めにかかったんだ」

彼らの目的は、朧《おぼろ》げにしか分かっていない。

だが――クライドを利用して、あれほどの破壊を撒《ま》き散らすことを是とする組織だ。それらが台頭してくるとなれば……どう考えても、真っ当な結末は期待できそうにない。

止めなければならないのは、必然だ。

同時に、そのことを踏まえて考えれば今回の参戦の目的も見えてくる。

「分かったようだね。そう、我々の第一目標は――各陣営に潜伏しているその組織の人間を炙《あぶ》り出し、潰すことだ。そのためには……公然と敵対できる立場の方が、何かと都合が良い」

納得する。第一王子と第二王女、両陣営に入り込んでいるということは――少なくともこのまま継承争いを見守れば、組織の息のかかった王が誕生してしまうということだ。

そのような意味においても、第三勢力として名乗り出るのはそれ自体に意味がある。

……たとえ、担ぎ上げる対象に今は王位を目指す意思がなくとも。

「……そういうことですわ」

ユルゲンの話が一段落したのを見計らって、リリアーナが口を開く。

彼女は、この話を事前に聞かされていたのだろう。

「わたくしは、積極的に王様になるつもりはない。……お兄様とお姉様がそれぞれの意思で王様を目指すのならば、それを止める権利はありませんわ」

俯《うつむ》いた後、でも、と顔を上げ。

「……その志を、邪《よこしま》な意思で利用しようとする者がいるのならば。志を利用して、お兄様やお姉様を操り害そうとする者がいるのなら。王家の一員として、家族として……見過ごすわけには、いきません。たとえ――家族と、争うことになったとしても」

そう、毅然《きぜん》と宣言する。……その言葉の重みを理解して、微《かす》かに体を震わせながら。

「……」

圧倒される。この小さな王女様に課せられたあまりに重い責務に、その上で戦うと宣言した彼女の決意に。――家族を守るために家族と戦う。その決断をした、少女の意思に。

「……っ」

間違いなく、恐怖はあるのだろう。その証拠に、震えは今も収まる気配を見せない。

それをみかねてか、或《あ》るいは心を打たれてか。サラがリリアーナを後ろから抱きすくめる。

支えるようにしっかりと、敬意を払うように優しく。

「な、なんですの」

リリアーナも口では抗議しつつも、縋《すが》るようにサラの抱擁を受け入れる。回された腕を取り顔を埋《うず》める様子を、エルメスもカティアも見守っていた。

理解した。この王女様の意思も決意も、全て。

そうして、やるべきこともはっきりした。ユルゲンがまとめる。

「そういうわけだ。一先《ひとま》ずの方針としては、まず第一にリリアーナ殿下の実力を高めること。戦う以上、力があるに越したことはないからね。

そして第二に――陣営の強化だ」

「それは……確かに」

「うん。うちが弱いと言う気はないけれど、それでも僅か一つの家だけというのは心許《こころもと》ない。勢力的にはまだ欲しいから――とりあえず一家。これまで中立を保ってきた強力な公爵家にいずれ声をかけてみよう」

そして次に、とユルゲンが告げる。

「続いては……戦力の強化、だね」

「……僕たちだけでは足りませんか？」

「欲を言えば、もう一人欲しい。……ああ、君たちの実力に不満があるわけではもちろんないよ。でも――君たちの魔法は良くも悪くも尖《とが》りすぎているからね」

三人を見回してそう結論付けた後、彼は笑みを深めて。

「だから、その穴を埋めるような。実力は劣っていても汎用性に長《た》けた魔法使いで、こちらの理念を理解してくれて——そしてできれば、君たちにない視点を持っている人物が良い。ただそこまでは高望みかな……と、思っていたんだけれど」

今度はそれを苦笑に変えて、やや揶揄《からか》うように告げてきた。

「まさかぴったりの人材が見つかってしまった。……我ながら、エルメス君を学園に行かせたことは大正解だったようだよ。……噂《うわさ》をすれば丁度、だね。入りなさい」

部屋の向こうの気配を読み取って声をかける。同時に扉が開き、一礼するメイドのレイラに引き連れられて入ってきたのは——

「?」「!」「わぁ……！」「……なるほど」

リリアーナが首を傾《かし》げ、カティアが目を見開き、サラが喜びを表し、エルメスが穏やかに納得した。四者四様の反応を引き出した、当の人物は——

「……お声がけ感謝します、トラーキア公爵閣下。そして初めて御意を得ます、リリアーナ王女殿下」

彼らしく実直に、ユルゲンに一礼した後リリアーナの前に跪《ひざまず》く。そうして、真《ま》っ直《す》ぐに。

「イェルク子爵家長男、アルバート・フォン・イェルク。公爵閣下のお声により推参いたしました。……非力非才の身でありますが、お役立ていただければ幸いです」

王族に対する態度としてはこの上なく正しい……だが故に彼ら三人にはなかった対応というなんとも奇妙な初顔合わせを行った。

リリアーナは、おっかなびっくりながらも受け入れて。級友三人は驚きつつも歓迎の意を示す。そうして揃《そろ》った五人の子供たちを眩《まぶ》しそうに眺めつつ、ユルゲンが締め括《くく》る。

「エルメス君、アルバート君、サラさん、カティア、そしてリリアーナ殿下。私が見込んだ、この国でも指折りの子供たちよ。……君たちが、これからの中心だ」

万感の、想《おも》いを込めて。目的に向けて走り続けてきた公爵は、宣言するのだった。

「さぁ――国を変える戦いを、始めよう」

◆

「……よろしいのでしょうか」

第三王女リリアーナ陣営の初期メンバーが揃う数日前。

公爵家の執務室に、緊張と不安を孕《はら》んだ声が響く。

声の主――アルバートは告げた後、眼前に座る公爵家当主ユルゲンを見据える。

当のユルゲンは悠然とした微笑を浮かべたまま、冷静に返した。

「ん、何がだい？」

「……この度、王位継承争いにあたって。トラーキア家が擁立するリリアーナ殿下の陣営、その直属の魔法使いとしてお声がけいただいたことは非常に光栄です、公爵閣下。ですが――」

今回呼び出された経緯――スカウトを受けたことにアルバートはしっかりと感謝を述べて、しかしその上で。彼の中で、譲れないことを述べる。

「閣下ならお分かりでしょう。――俺は、一度折れた人間です」

きっぱりと。彼は己の恥ずべき過去を掘り返す。

忘れるはずもない、エルメスが学園に来たばかりの頃。

かつての理想を学園の風潮に踏み躙《にじ》られ、圧倒的な力で在り方を歪《ゆが》められた、己の弱さ故に歪まざるを得なかった時期。それすら跳ね除《の》けようとするエルメスの在り方が許せず、反抗し喚《わめ》き、どうしようもない醜態を晒《さら》したあの時のことを。

今は多少なりともましになれたとは思う。されど、そう振る舞ってしまった過去はどう足掻《あが》いても消せない、消すことは許されない事実のはずだ。

それを認識した上で、アルバートは続ける。

「そんな自分が。折れてしまった過去を持つ、力でも決して優れていると言えない人間が。……あのエルメスをはじめ、一騎当千の人間が集う直属の魔法使いに名を連ねることは……許されるのでしょうか」

遥《はる》か目上の人間に向けての、けれど真摯なその問い。

ユルゲンは侮ることなくそれを受け入れた上で、穏やかに口を開いた。

「――だからこそ、だよ」

「！」

「自分で言うのも何だが、この件はすごく良い話だ。子爵家嫡男である君にとって、王族直属となることは紛れもない栄達だろう。普通なら一も二もなく飛びついても良いスカウトであるはず。……にも拘《かか》わらず、君は今の言葉を口にした。資格があるのかと問うた。それこそ、私が君に求めるものだ」

血も涙もない冷血公爵。巷《ちまた》でユルゲンについて言われていることが、全くの的外れであることをここでアルバートは悟る。

「君は人が折れることを知っている。弱いことを知っている。……その上で、弱きままでいることに甘んじない心も身に付けている。それはきっと、我々に最も足りないものでね」

「……どういう、ことでしょう」

観念的な話に首を傾げるアルバートに、ユルゲンは苦笑して。

「端的に言うとね。──強すぎるんだよ、あの子たちは」

それでもしっかりと、彼の懸念を述べた。

「彼らは揃いも揃って確固たる目的を持ち、それに邁進《まいしん》することを厭《いと》わない。だからこそ強いし、だからこそ在り方が何というか……尖っているんだ。それは素晴らしいことだけれど──それこそ時に、想像を超えすぎてしまうことがあってね」

その上で、とユルゲンが最後にアルバートを見据えて告げる。

「だから、君だ。ある意味で真っ当な感覚を持ち、向上心があり、そして何より──エルメス君に真っ向からものを言える人間。引っ張る者に対して、支える者としての役割を君には期待したい。……受けてくれないだろうか？」

「――」

少しの間、アルバートは俯いて考え込む。けれどそれは悩んでいるのではない。……また彼らと肩を並べる資格を得た、万感の思いを噛《か》み締めるための時間だ。

故に、ユルゲンの言う通り本心では一も二もなく受けたかったその申し出に。

迷いなく顔を上げ、力強く頷《うなず》いて言うのだった。

「――是非。よろしくお願いいたします！」

◆

そのような経緯があって、第三王女陣営、王女直属の魔法使い最後のメンバーとしてアルバートが加入し。

そこから数日間、互いの親交と修業に日々を費やした。

王女との仲は全員良好で、リリアーナの方も初日にエルメスに見せた噛み付くような態度は……時折カティアに見せる以外はなりを潜め。

魔法の修業の方も――流石《さすが》に数日ではさわり程度しかできないが、確かな創成魔法使いの一歩を踏み出していた。

かくして、数日経《た》ったある日。重要な呼び出しを、エルメスは受けた。

「殿下に……エルメス君もいるね。それじゃあ、行こうか」

王宮の一角。呼び出しに応じたリリアーナとエルメスにユルゲンが声をかけ、二人を伴って歩き出す。

リリアーナに上着の裾を握られ歩くエルメスが、ユルゲンに問いかけた。

「公爵閣下。それで、本日の行先は……」

「ああ。──謁見の間だよ」

「っ」

そうして改めて告げられたその場所に、さしものエルメスも肌が粟立《あわだ》つ。

謁見の間。すなわち──これから遂《つい》に、この国の王様に会うのだ。

「国王陛下は、当然次代の継承者争いが起こっていることは把握しておられる」

エルメスの緊張を感じつつ、ユルゲンが続ける。

「その上で、半ば黙認に近いことをなさっていた。……いっそのこと誰かが王太子を決めてしまえばいいのではないかと言いたくなるかもしれないが、そうもいかなくてね」

これまでぼかされてきた国王の態度。自然とエルメスも耳を傾ける。

「勢力に差があればその手も有効なんだけれど、困ったことに現時点では二つの勢力が拮《きっ》抗《こう》してしまっている。……こんな段階で強引に王太子を決めてしまうと、むしろ混乱を助長しかねないんだ」

「なるほど」

　納得できる。選ばれなかった方が反発し、選ばれた方がそれを抑え――とむしろ対立が激化することはエルメスでも想像はつくからだ。

「とはいえ、『好きにやれ』と言うのも色々とまずい。だからこの場を設けて、改めて注意事項のようなものを仰《おつしや》るおつもりだろう」

　ひどく俗に言ってしまえば、継承争いの『ルール説明』をしようというのが今回の呼び出しの主旨というわけだ。そして、それはすなわち――

「第一王子殿下と第二王女殿下も、それに参加なさるのですよね」

「ああ。エルメス君にとっては初めて両殿下に謁見することになるね。それが目的で今回君も呼び出したのだから。流石に全員連れてくるわけにはいかないけれど、君くらいはね」

　そこで、ぴくりと。緊張の面持ちでついてきたリリアーナが体を強張《こわば》らせ、エルメスの上着の裾を摑《つか》む力を強めた。それでも歩みは止めない彼女を軽く見た後、ユルゲンが口を開く。

「……改めて、今回戦うことになる両殿下を確認しておこうか」

「はい」

　エルメスにとっては重要な情報だ。集中を高めて聞き入る。

「まずは第一王子――ヘルク殿下。現時点で最も多くの支持を集めている候補者だね」

「……それほどの支持を集める器量が本人におありで？」

「ないとは言わないけれど……覚えているかな。彼には背後に、恐ろしく優秀なブレーンがついているという話」

リリアーナの謁見前にちらりと言われていた話だ。頷くエルメス。

「その人の存在が仄《ほの》めかされてから、明らかに第一王子派閥は拡大した。恐らくはその人間が派閥の王子に並ぶ核で——そして何より、驚くほど情報がないんだ」

「！」

ユルゲンをもってしても情報を得られなかった、謎のブレーン。なるほど、確かに警戒すべきだろう。第一王子陣営で最も重要な情報を再確認した後、ユルゲンは次に移る。

「続いて第二王女——ライラ殿下。この国で大きな影響力を持つ『教会』の支持を得た候補者で、ご本人もこの争いには乗り気でいらっしゃる」

「ほう」

「……私の考えだが、より警戒すべきはむしろこちらだと思っている。教会にはただでさえ厄介な噂も多いし、そこが本気で擁立するということは何かがあるだろうからね」

「了解です」

ユルゲンの見立てであるならば、それも心に留めておこう。

あとは、実際に目にして確かめるだけだ。そう考えて——エルメスは遂に目の前に来た、謁見室の扉を見上げる。到着したのだ。

「……」

心を決めて、扉を開く——前に。エルメスは、改めて隣の少女を確認する。

彼以上に緊張に満ちた面持ちをした、リリアーナのことを。

「……リリィ様。大丈夫ですか？」

「ええ。……覚悟は、してきましたわ」

リリアーナと今話題に出た両殿下との仲は、はっきりとは聞かされていないが——断片的な話を統合するに、これまではそれなりに良好だったことは推測できる。——それが王位継承争いが始まって、壊れてしまっただろうことも。

始まらない方がよかった、アスターが君臨したままの方が良かったと言うつもりは彼女もないだろう。彼女自身アスターの振る舞いに問題があるとは思っていたようだし。

けれど、過程はどうあれこれまで仲が良かった兄姉《きょうだい》と争うことになるのは確かで。

エルメスとユルゲンが見守る前で、リリアーナは宣言する。

「今更、怖気《おじけ》付いてはいられませんもの。わたくしはお兄様、お姉様のために——お兄様、お姉様と……真っ向から、ぶつかります」

謁見室の扉を見上げて、そう言い切ったのち。

「だから……その、師匠」

くるりとこちらを再度振り向いてから、少しだけ躊躇《ためら》いがちに。

「最後に……もう一度だけ。わたくしに勇気を、くださいませんか……？」

おずおずと両腕を前に伸ばし、可憐《かれん》に頬を染めて控えめな上目遣いで問いかけてきた。

……苦笑と共に、彼女の望みを察する。望まれるままにエルメスはゆっくりとリリアーナに近寄り、彼女の小さな体を引き寄せて包み込むように抱きすくめる。

「っ……」

途端に、ぎゅっと全力でしがみついてくるリリアーナ。子供特有の高い体温と柔らかな感覚が腕の中に広がる。……ここ数日で分かったことだが、彼女はある意味で年相応、ひょっとするとそれ以上にひどく寂しがりやなのだ。

「……はしたないと、お思いでしょうか。いくら師匠でも、出会ってまだ数日なのに……」

「いえ、これが不思議とそうは思わないんですよね」

きっとリリアーナがまだ十一歳の子供ということもあるだろうし……

何よりエルメスにとってはやはり、色々な要因で他人の気がしないからだろう。

「……思った以上に仲良くなってくれたみたいだね」

そんな師弟の様子を見て、ユルゲンも柔らかに告げる。

「やっぱり、彼女の面影が強いからかい？」

「ええ。……ひょっとして、師匠も子供の頃はこんな感じで？」

「いやーどうかな。流石にもう少し可愛《かわい》げはなかったと思うよ」

苦笑を交換し、数秒後にリリアーナを解放する。今の会話はエルメスに抱きつくのに夢中で聞いていなかったようだ。

ともあれ、これでようやくリリアーナも覚悟が決まったのだろう。

先頭を歩き、謁見室の扉に手を触れると――一気に、それを押し開けるのだった。

◆

謁見室に入り、中にいる人間の視線がこちらを向く。真っ先に向いたのは二人。エルメスと同い年くらいの少女が一人と、エルメスより数歳年上の青年が一人。

外見、そしてリリアーナの反応から察するに――この二人が、第一王子と第二王女だろう。

先にこちらの姿を認め、歩み寄ってきたのは――少女の方。彼女は迷いのない足取りでこちらまで歩き、数歩前で立ち止まる。それで、彼女の全身がはっきりと見えるようになる。

黄金の長い髪に、鮮烈な輝きを放つ紅玉の瞳。恐ろしいほど整った美貌に加えて、気の強さを感じさせる切れ長の目が特徴的だ。

「……ライラ、お姉様」

少女を前に、推測通りの名前をリリアーナが呼ぶ。

呼びかけを受けて、少女――ライラ第二王女は意外にも親しみを感じさせる笑顔を見せ。

「ええ、リリィ。何ヶ月かぶりかしら。久しいわね」

そして。

「――で。何しに来たの？」

あまりにも――痛烈な先制の言葉を食らわせた。

ここに来る以上、ここで行われることとここで参加する人間について聞かされていないわけがない。つまり、その上でこの言葉を発したということは――そういうことだ。

「ねぇリリィ。まさかよ、まさかとは思うけれど――貴女《あなた》も王位継承争いに参加するなんて、寝ぼけたことを言うつもりじゃないでしょうね？」

「あ、そ、その……」

「もしそうだとしたら……困るわぁ。とても困る」

捲《まく》し立て、困惑するリリアーナの前でライラは酷薄な笑みを浮かべ。

「まさか……可愛い妹の命を保証できなくなる時が来るなんて」

それは、宣言だった。一切の容赦をしないという宣誓であり、これ以降は身内と見做《みな》されないという決別の言葉だった。一切話すつもりのない、明確な拒絶。ある意味出端《ではな》を挫《くじ》かれたリリアーナに、ライラは尚《なお》も言葉を浴びせようとするが。

「……」

「あら」

そこで、エルメスが前に出る。……流石に初手からここまで容赦がないとは思わなかった以上、彼としても友好的な感情は抱けない。

ライラはエルメスをしばし怪訝《けげん》そうに見ていたが、やがて得心がいった様子で告げる。

「貴方《あなた》——そう、噂《うわさ》の変な魔法の子ね。あと付き添いは……トラーキア公爵だけかしら。残念、二重適性の女の子は来てないの」

「？　何故《なぜ》サラ様を」

予想外の人名が出てきてエルメスが首を傾《かし》げる。そんな彼に対し、ライラは整った口の端を凄絶に吊《つ》り上げて。

「だって——この私を差し置いて『聖女』だなんて呼ばれてる子なんでしょう？」

「——」

「教会に認められた私を無視してそんな呼び名を許すなんて。直接会ったら平手打ちの一つでもして差し上げようと思ってたのに、残念」

……なるほど。どうやら第一印象を真っ当なものにする気は、向こうもないらしい。

そんなライラは続けて、エルメスにこう言ってくる。

「ああ、あと変な魔法の貴方。善意で忠告してあげる」

「なんでしょう」

「貴方——もうとっくに教会に目をつけられてるからね？」

歌うような美しい声で、されど語調は冷酷に。

「話を聞く限り相当強いんでしょうけど、教会に察知されたらおしまいよ。強さの秘密もトリックもぜーんぶ暴かれて裁かれちゃうの。せっかく強くなったなら大人しくしてれば良かったのに、英雄気取りで表に出るから。ご愁傷様！」

愉快げな笑みを浮かべ、嘲るように告げてくる。

そこで、ようやくショックから回復したリリアーナが横合いから声をかける。

「お、お姉様……！」

「あらリリィ。まだ何か？」

「その――お姉様の陣営に、よくない人たちが入り込んでいます、だから……！」

ある意味で、一番伝えたかったことを真《ま》っ直《す》ぐに彼女は告げる。

それは悪手かもしれないが、彼女なりの精一杯の誠意の表れで。

けれど――ライラはその言葉をあっさりと受け止めた上で。

「――だから、何？」

そう、告げた。

「え――」

「そんなの当たり前じゃない、うちの陣営は貴女のところと違って大きいの。間者の一人や二人、当然入り込んでいるでしょう。でもね」

他陣営の人間の流言飛語には惑わされないと宣言するように、きっぱりと。

「何も問題はないわ。本当に重要な部分は、裏切られようがないもの」

「あ、あ……」

「あら、ひょっとしてそれを伝えるためだけに来てくれたの？　なんて涙ぐましい努力なんでしょうね。感動したから――今すぐ荷物をまとめて帰ってくれるかしら」

聞いてもらえないだろうことは、想定していた。

けれど、ここまで苛烈に、冷徹に拒絶を示されるとは思っていなかった、或《あるい》いは思っていても目の当たりにしては耐えきれなかったのか。

何も言えなくなるリリアーナ。そして同時に、更に向こうから足音と共に。

「……はは。リリアーナ程度の陣営にすらそこまで噛《か》み付くのかい、相変わらず余裕がないと言っているようなものじゃないか」

暗く、冷たい声が響いた。

硬質な足音と共に近づいてくるのは、謁見の間にいたもう一人の青年。

深い紺色の髪に、淡い水色の瞳。加えて下瞼《したまぶた》に刻まれた隈《くま》が特徴的な青年だ。冷ややかな容貌に全体的な寒色の色合いが相まって、どこか退廃的な凄《すご》みを感じさせる。

「……ヘルクお兄様」

これも予想通りの名前をリリアーナが告げる。

呼ばれた第一王子ヘルクは、リリアーナを一瞥《いちべつ》し、即座に目を逸《そ》らす。ライラとは対照的であるものの、これも――あまりにも雄弁な、対話の拒否に他ならず。

一方のライラは、ヘルクを警戒しつつも嘲るような声色は変えず。

「……お兄様こそ。また一段と目の下の隈を濃くなさって。それこそ余裕のなさの表れではなくって？」

「こちらは忙しいんだよ。放っておけば全部教会がやってくれるお飾りの君と違って、僕はやることが多いんだ」

挑発には、同量の挑発で返す。引き続いて、言って聞かせるような口調で。

「――『今までと同じ』じゃあ、だめなんだよ」

少しばかり、意外なことを告げてきた。

「この国は、もうそれじゃあ立ち行かないところまで来ているんだ。僕は第一王子だ、この国のことは誰よりも考えている。保守しか頭にない教会連中は、最早《もはや》信用できない。だから僕がやらなくちゃいけないんだ。だから――」

そこでヘルクが、リリアーナの方へと視線を向けて。

「――ましてや、ぽっと出の勢力なんかに妨害される謂《いわ》れはない」

「お兄、様……」

「何か忠告や思惑があるみたいだけど――言わせてもらうよ。全部、無駄だし邪魔だ。だから……さっさと、帰れ。さもなくば、潰すよ」

最後は、ライラと同じ結論を叩《たた》きつける。

最早リリアーナは、呆然《ぼうぜん》と兄姉《きょうだい》を見据えることしかできない。

……なるほど。リリアーナの反応は無理もない。よもやここまでとは思わなかった。

色々と事情はあるのだろうが、それ以上に向こうも覚悟が決まってしまっているのだ。

そして。たとえ出会って僅か数日でも、絆《きずな》を結んできた少女をこうまで言われて。

ここまで色々あって、多少は道理を学んだエルメスであろうとも。

――黙っていられるほど、丸くなったつもりはない。

最後にちらとユルゲンを見るが、止める素振りはない。なら、やっても良いということだ。その確信と共に彼はリリアーナを庇《かば》うように一歩踏み出す。

「……」「何かしら」

視線を向けてくるヘルクとライラ。その目線の圧力に一切怯《ひる》むことなく、エルメスはにっこりと――見る者が見れば分かる、質の違う笑みを浮かべて。

「お初にお目にかかります両殿下、エルメスと申します。両殿下の崇高な意思と演説、大変感動いたしました。でも――」

はっきりと、告げる。

「――それ。所詮アスター殿下に負ける程度のものですよね？」

ぴしり、と空気が裂ける音が聞こえた。

案の定、その言葉は二人の王族の痛いところを突いたのだろう。

そう、二人が何を言おうと。――これまでアスターの台頭を許してきた。その時点で上限は知れていると、エルメスは痛烈に皮肉を浴びせたのだ。

ライラは据わった目で、ヘルクは歯嚙《はが》みと共にエルメスを睨《にら》みつけてくる。

その視線を平然と受け止めつつ、エルメスは更に冷えた瞳で王族を睥睨《へいげい》する。元より、立場に怯むような神経をエルメスは持ち合わせていない。

「その前提がある上で、そこまでリリィ様のお言葉に耳を傾けないのであれば。それは信念ではなく狭量と呼ぶべきものでしょう」

譲れないのは良いだろう。だが、話を聞く素振りすら見せないのは。彼女が何をどれほど思ってこの場にいるのかを顧みることすらしないのであれば。

いくらなんでも、黙っていられるはずもない。

「特に、ヘルク殿下」

続けて、エルメスは第一王子に目線を向ける。

「『今までと同じ』では良くないと理解しているのであれば。どうしてリリィ様のことを『ぽっと出の勢力』と否定なさるのですか」

「っ」

「その発想自体が、貴方様が『今まで通り』に囚《とら》われている証左に他なりません。僕は今までそういう人を何人も見てきましたが」

言葉に押されてか、雰囲気に呑《の》まれてか。

歯噛みするばかりのヘルクに、エルメスは更なる言葉を告げようとするが――

そこで。驚くべきものを、彼は聞いた。

「――おいおい。あまりうちの王子様をいじめないでくれるかい」

「…………え」

思わず、エルメスも言葉を止めた。言われた内容のせいではない。声色が――ここで聞くなど想像だにしていなかったものだったからだ。

信じられない思いで、声のした方に視線を向ける。

するとそこから歩いてくるのは――予想通り、予想外の男。

年齢の読めない、得体の知れない外見。

くすんだ灰色の髪に、蒼《あお》の瞳。

非常に整った、野性的で危険な印象を与える容貌。

相対した時間は僅かだったが、忘れようもない。

学園を襲った事件でクライドを唆《そそのか》し、最後にエルメスが対峙《たいじ》した――

――王国に仇《あだ》なす組織の、幹部の男だ。

どうしてここに――との疑問は、第一王子ヘルクの声で解決した。してしまった。

「……ラプラス卿《きょう》」

名前を……紛れもない信頼を込めて呼ぶ声色で、全てを察してしまう。

例の組織の人間が、両候補者陣営に入り込んでいるという情報。

ある時を境に急激に勢力を伸ばしたという、第一王子陣営。

その要因となった、ユルゲンですら調べきれない正体不明のブレーン。

全てが繋《つな》がる――繋がってしまう。

陣営の中枢に近いところ……どころではない。最早完全に、致命的なところまで侵入を許していいるではないか。驚愕《きょうがく》するエルメスの前で、当の男は慇懃《いんぎん》に一礼すると。

「──はじめまして。第二、第三王女殿下に、噂の学園騒動の英雄君」

あの時と同じ底知れない笑みを湛《たた》えて、男は告げたのだった。

「少し前から、第一王子の補佐をやらせてもらっている人間だ。名はラプラス。どうぞ末長く、決着の時までお見知り置きを」

◆

「……ラプラス」

その名は、初めて聞いた。けれど、その男は知っている。

かつての学園騒動の、ある意味の主犯。クライドを唆し、最後の最後にエルメスと対峙し痛み分けに終わった、王国に仇なす組織の幹部。

そんな男が──よりにもよって、第一王子の参謀として収まっている事実。その深刻さは、誰だって理解できよう。

「ん、どうしたんだい英雄君」

エルメスの視線を受け、男──ラプラスは愉快そうに笑って口を開く。

「──俺と君とは、初対面のはずだけど？　接点なんてありようがないからね」

……そう来るか。

「師匠……ど、どういうことですの？」

「エルメス君、まさかとは思うが、彼は――」

続いて不穏な気配を嗅ぎ取ったリリアーナ、そしてエルメスからラプラスの人相を聞いていて勘付いたらしく問いかけてくるユルゲン。その二人に説明する、眼前の男の正体を。

「そんな……っ、お兄様！」

それを聞いたリリアーナは、矢も盾もたまらずに叫んだ。

「その男は、先の学園騒動の――！」

しかし、第一王子ヘルクはリリアーナの主張を冷静に聞き終えると。

「……だそうだが？　ラプラス卿」

「はは。なるほど――随分と杜撰《ずさん》な妨害工作ですね、殿下」

動揺すらなくラプラスに確認し、当人はそれを笑い飛ばした。

「確かに俺は、身元すら怪しい木っ端貴族の出身だ。流言飛語で突き崩すには妥当な隙でしょう。でもねぇ――」

そうして、細めた目でリリアーナ陣営を射貫《いぬ》き。

「――それを言うなら、そっちのエルメス君だってそうでしょう？」

「！」

「調べたところによると、元フレンブリード家とはいえ一度追放されて、その後しばらく行方が知れなかったと言うじゃないですか。その間果たして何をしていたのやら。それこそ怪しい組織に拾われて王国へ敵対するスパイに育て上げられていても不思議じゃない」

意趣返しのように、ラプラスが告げる。

「そう、リリアーナ殿下？　善意から教えてあげますが――その男こそ、殿下を騙《だま》して取り入り王国を崩そうとする悪意に満ちた人間なのですよ」

「ち、違いますわ……っ！　師匠は、師匠はそんな人じゃ――！」

泣きそうな顔で反駁《はんばく》しようとするリリアーナを、一歩踏み出してエルメスは手で制した。

……そういうことだ。ラプラスがこの場に現れ、仮にエルメスたちがその正体を知っていたとしても――今この場では、何の意味もないのだ。

何故《なぜ》なら、リリアーナ陣営とヘルク陣営はすでに敵対している。

ならば敵対者のこちらが何を言ったところで、今のように妨害工作としか受け取られないのだ。丁度今のラプラスの言葉をリリアーナが否定したように。

故に、ここで喚《わめ》くことは無意味。こちらの不利にしかならない。

「……師匠」

こちらを見上げてくる彼女に視線で感謝を告げると、エルメスはラプラスを見据えて。

「……はじめまして、ラプラス卿。失礼いたしました、貴方《あなた》が僕のよく知る人物にとてもよく似ていたもので。勘違いをした僕の非です。だから――」

軽く口元に笑みを浮かべ、けれど視線はこの上なく鋭く、今度はこちらが意趣返しのように告げる。

「──うちのお姫様を、あまりいじめないでいただけますか？」

「……へぇ」

ラプラスが、即座に状況を理解して対応したエルメスに感心するような目を向けた。やるね、と口だけを動かして称賛する。一方のリリアーナは尚《なお》も何か言いたげだったが……それは叶《かな》わなかった。なぜならそこで。

「──フリード国王陛下の、ご入来です」

本日の本題が、始まってしまったからだ。

謁見の間の奥から響いてきた、恐らくは宰相と思《おぼ》しき者の声の後に。ゆっくりと謁見の間の最上位に歩み出てきた人物を、他の人間に倣って膝をついたエルメスは見やる。

あれが、この国の現国王。フリード・ヨーゼフ・フォン・ユースティア。

見目はどちらかと言えば、第一王子に近いだろうか。紺と黒の中間の色をした髪に、中肉中背の体。そんな中で、最もエルメスが疑問に思ったのは……

（この人が……国王様？）

そう考えたのには訳がある。

──あまりにも、特徴がないのだ。現在玉座に座る男性は。

これまでエルメスが出会ってきた王族は、方向性はどうあれ皆がかなり特徴的な、尖《とが》った見目をしていた。それと比べると……異様に、目立たない。ある意味どこにでもいそうな男性が豪奢《ごうしゃ》な玉座に座っているという事実に、エルメスが少し困惑する。すると。

「……そこの、銀髪の少年」

フリード国王が、口を開いた。威厳に乏しい瞳が、それでもじっとエルメスを見据えていた。思わず体を固まらせるエルメスに、国王は続けて述べる。

「其方《そなた》……私について『国王にしては覇気に欠ける』と思っただろうか？」

「え。いや、その」

図星である。唐突に訪れたまさかの窮地に冷や汗をかくエルメスだったが、そこで。

「……はは。良い、事実だ」

意外にも、国王は寛容な態度を見せた。そのまま、ゆったりと語り始める。

「私自身、自覚しているとも。玉座に相応《ふさわ》しくないとまでは立場上言えないが……私は他の家族、特にかつて玉座を争った妹と比べればあまりにも……」

「！」

「……いや。そもそも、あれは争ったとは言えなかっただろうな……」

──そこで、エルメスも納得した。そうか。そうだ。年代的にはそうでなければおかしい。だってこの王様は、敢《あ》えて誤解を恐れずに言うならば。

──ローズの代わりに玉座についてしまった、国王なのだ。

彼女が王都を出る前は、誰もがローズこそ次代の国王に相応しいと持ち上げていたことは知っている。そんな彼女が、唐突に王都からいなくなって。そうして誰よりも輝く候補を欠いた上で、選ばれた王様。

そこにどんな労苦があったか、完全に推し量ることはできないけれど……その事実が今も現国王の中に大きくあることは、今の言葉で察せられた。

フリード国王が続ける。

「だからこそ、私は次代の王には枠に囚われぬ英雄性を求めた。その結果――アスターをあそこまで増長させてしまったことは、私の責任だ」

アスターの一件に関しても朧《おぼろ》げな意図がその言葉から見えて、そして。

「だが、それで終わらせることはできない。だからこそ強き後継者を決めることも、私の責務だ」

心なしか迫力が増した声で、その場の全員が悟る。――遂《つい》に本題が始まった、と。

「子供たちよ。お前たちが次代の玉座を巡って争っていることは知っている。……それを、無理やり止めることはできない。そういった争いを勝ち抜くことも王の資質であり、私が強引に一人を後継者に定めたところで争いは終わらないからだ」

ある意味、兄弟姉妹での争いを助長する言葉。だがそこで、国王は少し声色を変えると。

「しかし、当然そのような状況は健全とは言い難い。加減を誤れば国難に繋がることも間違いないだろう。故に、私がお前たちに求めることは、一つ」

重みのある、低い声で、告げた。

「――民に、迷惑は、かけるな。これだけは、守りなさい」

その場にいた全員の体が、びりりと震えた。

「民を守護し、国を安定させることが我々の責務。それに背くような人間は――国王の権限で強引にでも、継承権を剝奪する」

「……」

「その範囲であるならば、次代の王となるための研鑽《けんさん》と競争を続けることを許そう。……その隙を突いてくる諸外国の侵略は、その間私が全力で守るとここに約束する」

……エルメスも、認識を改める。

色々と足りないところはあったのかもしれない。決して全能ではない。

けれど――確かにこの人は、一国の王としてここまでこの国の平和を守ってきたのだと。

「先日学園を襲った組織の一件もある。各々、身の回りには十分に警戒しなさい。――特に先ほどの会話に出た、銀髪の少年と灰髪の青年よ。身元が不確かな君たちは、自然と向けられる目も厳しくなると心得なさい」

「……はい」

「了解いたしました、陛下」

エルメスは厳かに、ラプラスは慇懃《いんぎん》に返答する。

……流石《さすが》に国王といえど、現時点でラプラスの正体に勘付いているわけではないか。もしそうならラプラスがこの場に姿を現すわけがないし、当然と言えば当然だ。それでもきっちりとエルメスを含め最大限の警戒をするあたり、ある意味妥当な対応だろう。

それを機に、国王の話も終了の雰囲気が流れ。

「……ではここからは、私宰相リヒトが進行させていただきます」

同時に横から歩み出てきた、推測通り宰相だった人物の声によって……この場に継承権保持者が呼ばれた理由、次の話題が、示されたのだった。

「――先日。王国北部で発生した、地方反乱についてです」

◆

「反乱……!?」

リリアーナが、驚愕《きょうがく》の声をあげた。エルメスにとっても初耳だ。咄嗟《とっさ》に周りの人間の反応を見渡し、状況を把握する。ユルゲンは……流石に顔には出さないが、おそらく彼も初耳だろう。そうでなければ事前に一言くらいは話すはずだ。

宰相が淡々と話を続ける。

「ええ。つい先日のことなので、ご存知ないのも無理はございません。……北部の約半数の貴族六家が団結し連合を結成、反乱を起こしました。曰《いわ》く、『現行の王権には最早《もはや》任せておけない』と」

「――」

「現在、連合に加わらなかった北部の他家を攻撃し、次々と支配下に加えようとしているそうです」

それは——最早反乱を通り越して、内乱の域に足を突っ込んでいる。

「一体、どうして……」

「どうもこうもないだろう。今宰相が言った通りだよ、リリアーナ」

リリアーナの声に、第一王子ヘルクが反応した。

そう、理由はまさしく言葉通り、現行政権への不満だ。

……ひょっとすると、これもアスターを失った弊害の可能性がある。どうやらあの王子様、本性を悟られない限りは極めて人気があったらしい。

「……そういうことだ」

国王が、言葉を発する。

「今回ここに集まってもらった理由の二つ目がこれだ。つまり私の名代として——『誰を向かわせるか』ということを決めたい」

地方反乱となれば、国家レベルの大事だ。その平定のために王族の誰かを向かわせることは理に適《かな》っている。加えて各候補者からすればこれは功績を挙げる大きな機会。反乱を平定した者は、大きく玉座に近付くだろう。故に誰が行くか、議論が紛糾する——

——と、普通なら思う。

だがエルメスは、先ほど窺《うかが》った反応から別の結論を推測してしまっていた。

そして——その推測通りのことが、第二王女ライラから発せられた。

「——リリィに行かせればいいではありませんの、陛下」

「……え」

呆《ほう》けた声をあげるリリアーナに、ライラが続ける。

「私とヘルクお兄様が別件で忙しいことは、陛下もご存知でしょう？　ならば新たなる候補者として名乗り出てくれたリリィに、それを任せてみてはいかがでしょうか？　もっとも——」

そして、一点の曇りもない笑顔と共に。

「——リリィ程度の派閥の戦力で北部六家連合の反乱を平定できるのなら、ですけれど」

「——っ！」

案の定、である。

有り体に言うとライラは、まずリリアーナに無理難題をふっかけたのだ。これを受ければ十中八九失敗し、ただでさえ無適性の最低評価だったリリアーナの候補者としての格は再起不能になり。かといって断れば、立候補しただけで何もできない王女と罵られる。

地方反乱を都合良く使って、ライラはリリアーナを貶《おとし》めようとしているのだ……いや、そもそも本当に偶然都合良く地方反乱が起きたかどうかも怪しい。

何故《なぜ》なら反乱を知らされた時——ライラは一切動揺していなかったのだ。そう、それこそ予《あらかじ》め知っていたかのように。そもそも北部は比較的『教会』の影響力が強い土地。その時点ですでにきな臭い——が、疑いだけで意見を挟むことはできない。

「……はは。それは良い」

恐ろしく陰謀が見え隠れする提案だったが、それに賛同を示す人物が一人。

灰髪の男――第一王子の参謀ラプラスだ。

「ヘルク殿下とライラ殿下、どちらを向かわせても恐らくはもう片方から反発が起こるでしょう。無論陛下の仰せとあらばその通りにいたしますが――一先《ひとま》ずはライラ殿下の案が一番波風が立たないでしょう」

無論、と続けてリリアーナを見据え、

「リリアーナ殿下が反乱を抑えられるなら、という前提ですが。……もし無理と仰《おつしや》るなら、どうぞ遠慮なく頼ってください。優しいお兄様とお姉様をね？」

「……！」「……」

煽《あお》るような物言いにリリアーナがラプラスを睨《にら》み、そんな彼女を第一王子ヘルクが冷ややかな目で睥睨《へいげい》する。そんな候補者たちを他所《よそ》に、国王が口を開いた。

「……最優先すべきは、『実際に反乱を平定できるかどうか』だ。ヘルクとライラの手が今空いていないということも確か。リリアーナが向かってくれるのならば、正直なところ一番助かるのは事実だ。最悪平定できなくとも、ある程度抑えるだけでも余裕ができる」

そうして、国王フリードは問いかける。見極める目で――そして同時に、何かを期待するような目で。

「故に、問う。……行けるのか、リリアーナ」

後継者に名乗りを上げる以上は、自らで決断しなさい。そんなメッセージを込めた問いかけに、リリアーナはしばし迷ったのち——決意を込めた瞳で、エルメスとユルゲンを見やる。

そうして、二人は頷《うなず》いた。エルメスは自分の能力に自信を持っていたし——ユルゲンも頷くということは、勝算はあるのだろう。ならば彼も迷う必要はない。それを受けたリリアーナも感謝を込めた頷きを返して、再度国王を振り向き、告げるのだった。

「——お任せくださいまし。陛下！」

◆

その後細かい取り決めが終わったのち、国王も退室して。

最初と同じように、候補者とその補佐だけが残される。

流石に入った最初のように文句をつけてくることはないようだが——ヘルクとライラがリリアーナを見る目は、一様に不満げだ。……恐らく、彼らはリリアーナが断ると思っていたのだろう。エルメスと出会う前の彼女は、自らの能力に絶望しきっていたから。

そんな視線を受け、リリアーナは辛《つら》そうにしながらも……退室間際に毅然《きぜん》と言葉を残す。

「……ヘルクお兄様、ライラお姉様。わたくしの言うことを、今あなた方に聞き入れていただけないことは分かりましたわ。……仕方ないと思います。わたくしが今、何の力も持たない存在であることは確かですもの」

でも、と顔を上げ。

「いずれ、必ず。もう一度あなた方の前に立って――今度はきちんと、お話しできるだけのものを身につけてきます。だから……っ」

そこで言葉を少し詰まらせるが……それでも、最後に一言、告げるのだった。

「……信じていますわ。お兄様、お姉様」

そうして、扉を閉める。

間際にエルメスが見たものは、ラプラスの相変わらず得体の知れない表情と。

ヘルクとライラの、なんとも形容し難い顔だった。


かくして謁見室を出て、しばらく三人で歩き――十分遠ざかってから。

「…………っ！」

まるで糸が切れたかのように、リリアーナが崩れ落ち――エルメスに正面から抱きついてきた。柔らかく、エルメスはそれを受け止める。

「……大丈夫ですか、リリィ様」

「ええ……でも、すみません、もうしばらく……」

潤んだ声で、ぎゅっとしがみついてくるリリアーナ。

……無理もないと思う。エルメスはかつてのリリアーナと兄姉たちの仲は知らないし、王族のしがらみもあるのだろうが……それでも、分かる。

あれは、どう考えても、家族にする態度ではない。

いくら何でも、現時点では好意的に接することはできないなとエルメスは思った。

そんな彼の胸の中で、リリアーナのくぐもった声が響く。

「……何も……できませんでしたわ……」

嗚咽《おえつ》を隠さない、隠せない涙声が。

「もう少しは、話せると思っていましたのに……いざ会うと、お兄様とお姉様の前で足がすくんで……っ」

「……お気になさらず。御歳《おとし》を考えれば十分ご立派でした」

ユルゲンがそう声をかける。エルメスも同意だ。

正直、現王家がここまで酷《ひど》いとは思っていなかった。国王フリードはまだ真っ当に責務を果たそうとしていたが……ヘルクとライラは、本当に、どうしたらああなるのやら。

国王の問いにきちんと自分で答えたことも含め、リリアーナは、十分頑張った。労《いたわ》るように背を撫《な》でつつ、エルメスはユルゲンに目を向ける。

「両殿下はともあれ。……いくつか、問題が浮き彫りになりましたね」

「ああ。――まずは、例の地方反乱について」

ユルゲン曰く、その情報に関しては知らされていなかったとのこと。加えてエルメスの懸念についても同意を示した。

「……十中八九、陰謀だろうね。いつからかは知らないけれど、リリアーナ殿下に無理難題をふっかけるところまで仕込みだった可能性は高い」

やはりか。その辺りは後々精査する必要がありそうだが……

「だが、希望もある。――過程がどうあれ、陛下はリリアーナ殿下に勲功を立てる機会をくださった。……まぁはっきり言ってしまうと、あれは殿下というより私の手腕を評価してくださっての委任だろうけどね」

納得する。確かにリリアーナを信じたというよりは、これまで名門公爵に相応《ふさわ》しい働きをしてきたユルゲンを信じて任せた、と考える方がしっくりくる。あの王様は、その辺りは私情を挟まずきちんと評価する人だという印象をエルメスも受けた。

「それに関しては、また追々作戦を話そう。今は何より――」

「――あの男。ラプラス卿《きょう》のことですね」

エルメスとユルゲンが、硬い顔を見合わせ。ユルゲンが告げる。

「私の疑問は一つだ。――何故、あそこで姿を現した？」

エルメスも同意見だ。

「いくら追及を逃れる自信があるとはいえ、どう考えてもリスクの方が高いですし――何より、僕たちに『第一王子のブレーンは例の組織の男』という情報を与えたことは明確なデメリットのはずです」

「そうだね。今回の謁見なら代理を立てるなり何なりすれば良かったはずだ。にも拘《かか》わらずそれをしなかった理由は……」

ユルゲンはしばし考え込んで、思索を整理するように言葉を発した。

「考えられるものとしては……あの謁見の場でどうしても本人が確かめたいことがあった。或《ある》いは——囮《おとり》、か？」

「囮？」

「ああ。あの場であんな現れ方をすれば、どう足掻《あが》いても僕たちの注意はラプラス卿に向く。そうすることで、目を逸《そ》らさせたいものがあった……とかかな」

「なるほど」

考えられなくはない。以前のやりとりから察するに、ラプラスは相当に強《したた》かだ。色々と策謀を張り巡らせていてもおかしくはない。

「ともあれ、その辺も考えてみよう。……私の調査すら掻《か》い潜《くぐ》るほどの男だ、警戒しすぎるということはないだろうからね」

「同感です」

何にせよ、今は不確定な情報が多すぎる。下手に推測を捏《こ》ね回すより、きちんとした調査や精査をユルゲンに任せてから考えるべきだろう。

そう結論付け、一先ずは情報整理も終了したので——

「……リリィ様、落ち着きましたか？」

「……え、ええ」

エルメスの胸の中で涙を流していたリリアーナが、気恥ずかしそうに告げる。

けれど、ひとしきり泣いてある程度踏ん切りがついたのか、顔を上げると。

「とにかく、思った以上に猶予がないことは分かりましたわ。……また、お兄様とお姉様の前でお話しするためにも……わたくしなりに、やれることを、全力でやらなければ……っ」

宣言するが——それでも、やはり想像以上に辛かったのだろう。一度はおさまったはずの涙が再び溢《あふ》れてきて、やがてまた嗚咽を漏らしてその場に座り込んでしまう。

謝りながらも、立ち上がれない様子のリリアーナに……いつかの修業初期、まだ自分にはっきりとした自信を持てていなかった頃の自身を重ねたエルメスは。

「……リリィ様。失礼します」

「え……ふぇ!?」

ひょい、と。リリアーナの手を取って立たせると、彼女の背中と膝裏に手を回して持ち上げ、すっぽりと腕の中に仕舞い込む。俗に言う、お姫様抱っこだ。

「え、いや、そ、その、師匠、あの……っ!?」

「立てないのなら構いません。それに王宮の床は冷たい、座っていてはお体に障ります」

その幼い美貌を髪と同じ真っ赤にして目を白黒させるリリアーナに、彼は穏やかに。

「立ち上がれない時は、誰にでもありますから。……お嫌でしたら、言ってください」

「——」

言葉を聞いて、リリアーナは頬こそ紅潮させたままだったが、やがて目を伏せると、控えめにエルメスの襟をぎゅっと握って。

「……いえ。むしろ……放さないでくださいまし」

ぽそりと、囁《ささや》くようにそう言ったのだった。

エルメスは苦笑する。……あまりにも、この子はかつての自分とその恩人を想起させる要素が多すぎると。色々と気にかけてしまうのは、そういう理由もあるのかもしれない。

そんなことを思いながら、温かな体を腕に抱いて歩き出すエルメスに、並んで歩くユルゲンがこれも苦笑気味に一言。

「……できれば、カティアたちが待つ部屋に着く前には下ろしてくれると助かるよ」

「？　分かりました。リリィ様もよろしいですか？」

「…………、はい」

尚《なお》、この後結局部屋の前でリリアーナが『離れたくない』と言ったため、扉の前で問答していると騒ぎに気がついたカティアたちが内側から扉を開け、ばっちり師弟の様子を目撃してしまい。

色々あったものの、最後はいつもの第三王女陣営の様子になっていくのだった。

第三章　はじまり

かくして、謁見は終了した。

エルメスたちにとってはこれから戦うだろう相手をきちんと把握できたし、何より第一王子の補佐となっている組織の男、ラプラスを認識できた点で収穫は大きかっただろう。

国王、そして第一王子と第二王女を認識できた点も良かった。

彼らにどんな過去や思想があるのか完璧に分かったわけではないが、少なくともあのままにしておくのは絶対に良くないと分かったことだし。

何より、リリアーナが改めて現状を見て、戦う必要性を再確認できた。

総じて、得る情報は得た謁見だったと言えるだろう。


——そして、いよいよ。

現時点で二大勢力であるヘルクとライラの陣営に、エルメスたちリリアーナ陣営が参戦して。曲がりなりにも三つ巴《みどもえ》の構図となり。

様々な因縁、様々な思惑、様々な想《おも》いが絡み合い、多くの激突が予想される。

そんな、激しい戦いとなるだろう王位継承争いが——

——始まる前に、終わった。


三人の候補者が謁見を終えた夜。王都某所にて、平坦《へいたん》な男の声が響いた。

「……今頃トラーキアの連中は、謁見の場に俺が現れた理由でも語ってんのかね」

王都の暗い場所、光の差さない建物の陰を歩きながら、男——ラプラスは続ける。

「向こうの推測としては、そうだな……圧力をかける、あの場で確かめたいことがある、もしくは他の重要なものから囮として目を逸らす……あたりか？」

多分、奴《やつ》らならそれくらいの推測は立ててくるだろう。なるほど妥当だし、どれもまぁ間違っていない要素を探せばなくはない。

だが。それ以上に——或いはそんなものとは全く関係なく。

あの場に自分が居合わせた本当の理由を、ラプラスは笑って告げる。

「——ねぇよ。んなもん」

そう、ないのだ。

何故《なぜ》ならあの場にラプラスが現れようが現れまいが、結果は何も変わらない。

それなら一応、他の候補者やそれに付き従う者たちの顔でも拝んでおくか——そう、極めて軽く考えたに過ぎない。

あとはまぁ、例の銀髪の少年を見極めることだったり、例の王女様をきちんと認識しておくことだったり……他にも細かい目的はあるが、別にしなければならなかったわけではない。詰まるところ、どうでも良い。

どうして、そこまで雑に考えられるのか。その理由を、ラプラスは酷薄な声で。

「だって——もう、とっくに終わってる」

故に、あの場にいたのは何の意味もない。強いて言うなら——ただの『勝利宣言』でしかないと。彼は語って、そこで路地裏を抜ける。

「『俺が既に第一王子の懐にいる』。その意味をもう少し深刻に捉えるべきだったな、トラーキア家の連中よ。……もっとも、捉えられていたところで結果は変わらんが」

そうだ。繰り返すが……もう全て終わっているのだから。

そうして微《かす》かな光源の中。ラプラスは夜の薄灯《うすあかり》に照らされた一際大きな建物、王宮の方を見上げて。彼の思った人物がいるだろう場所に目を向け、最後に告げたのだった。

「——そうだろう？　第一王子サマ」

◆

同刻。王宮最上階、国王の執務室にて。

夜遅く政務に励み、書類を片付けていた国王の正面、執務室の入り口から声が響いた。

「……父上」

声を聞いた国王フリードは顔を上げ、そこにいる人物を驚きと共に見つめる。

「――ヘルク」

声の主、第一王子ヘルクの顔は扉の陰に隠れて窺《うかが》い知れない。

そんな中、国王は心持ち厳しめに声をかける。

「何をしに来た。いくら王族といえど、王の執務室にノックもなしに入るなど――」

「父上。僕は知っているんですよ」

しかし。そんな王の言葉を遮って、第一王子ヘルクは続ける。どこかうわ言のように、恨み言のように、窺い知れない感情を宿して言葉をぶつけてくる。

「父上が、本当は自分が国王に相応しくないと思っていることを。父上は未《いま》だ、かつての妹――『空の魔女』こそ相応しかったと考えていることを」

「……ヘルク」

「それ故に、次代の王に揺るがぬ英雄性を、何にも囚《とら》われない強さを求めたことも。だからこそアスターを好きにさせて……アスターほどの才を持たない僕たちのことは、顔に出さずとも最初から諦めていたことも」

かつかつと、第一王子が歩いてくる。

「恨んではいませんよ。父上の見立ては正しい。リリアーナは勿論《もちろん》、ライラも……そして、僕も父上の言う器ではない。優れた者にはなり得ない、枠にはまるものしか持っていない。……アスターがいなくなった以上、父上の求める後継者はもう、いないんですよ」

そうして、月光に照らされたヘルクの顔が露《あら》わになる。

「でも。それでも。僕は第一王子だ。この国の頂点に立つことを義務付けられた存在だ。この既にどうしようもない国を……どうにかする義務があるんだ」

彼は、ひどく形容し難い表情をしていた。

泣いているような、怒っているような。嘆くような、棄《す》てるような。

そうして、今この国で第一位の継承権を持っている王子は、告げる。

「――じゃあ、なってあげますよ」

同時に、がしゃがしゃと。複数の足音が、玉座に向かって近づいてくる。

「父上の望む英雄に、なってあげます。何を使っても、何を犠牲にしてでも。――たとえ、悪魔に魂を売ってでも！」

そして、執務室に複数の騎士たちが入り込んで。

――一斉に、国王に向かって剣を突きつけた。

「――」

「こういうのが、お望みなんでしょう。父上は」

震える声で、けれど確たる意志を持って、第一王子ヘルクは。

「あなたでは無理だ。あなたはもう諦めている。変えることを諦めて、現状を維持することしか考えられなくなったあなたには無理なんだ。真っ当に戦っている暇はない、一刻も早く何とかしなければならないんだ。だから――」

変革の言葉を、叩《たた》きつけたのだった。

「王位簒奪《クーデター》の、始まりです。――お覚悟を、元国王」

◆

その日。

どこからともなく現れた謎の私兵が、王宮の全域に加えて主要な政治施設の全てを武力によって掌握。速やかに政治機能を略奪した一連の事件は、正当に王位につく可能性のある第一王子が起こしたという点で厳密には違うかもしれないが――

武力によって、政権を略奪する。紛れもない、クーデターであった。

◆

「……わざわざ真面目に継承争いをする必要なんてない」

そうして、全ての掌握が完了した後、かつこつと。

王宮を闊歩《かっぽ》し、語りながら、謁見の間を目指す男が一人。

「兄弟姉妹で争うなんて馬鹿馬鹿しい。争い競い合うことで王の器を成長させる意味などありはしない」

そのまま謁見の間に辿《たど》り着き、扉を開けて。

「真に国を想い、本当に余計な争いをなくそうとするならば——玉座の方を最初から奪ってしまえば良い」

部屋の中央。至尊の座に座る元第一王子に向けて、男——ラプラスは告げる。

「そうですよね、殿下。……いや、もう陛下とお呼びした方がよろしいか？」

「流石《さすが》にそれは性急だ、ラプラス卿《きょう》」

問いかけられたヘルクは、少しばかり上擦った声ながらも否定の言葉を発する。

「元国王はどこへ？」

「生かして幽閉させている。情けをかけているのではない、まだ聞き出さねばならないことがあるからだ。……だろう？」

「仰《おっしゃ》る通りで」

慇懃《いんぎん》に一礼をした後、されど油断なく顔を引き締めてラプラスは続ける。

「既に主要施設の掌握は完了しております。明日から、殿下が国王として活動できる準備はもう整っている。一先《ひとま》ず第一段階は無事完了しました」

「ああ、ご苦労。だが——」

「ええ。まだ、やるべきことは残っている」

そこからは、第一王子が引き継いだ。

「そうだね。これを知られればまず黙っていない人たちがいる。余計な争いを避けるためにこうしたのに、そこの詰めを誤ってはいけないだろう」

「では」

「ああ。だから謁見があった今日、『二人とも確実に王都にいる』この日を決行日に定めたのだから」

重々しく頷《うなず》くと、第一王子ヘルクはふと一瞬だけ思いを馳《は》せる。

――信じていますわ。お兄様、お姉様。

（…………今更信じられたところで、何をしろと言うんだ）

言葉を思い返し、苦々しい表情を微かな間浮かべてから。

けれどそれを呑《の》み込んで、ヘルクは告げる。

「……ライラのところには、既に私兵を向かわせてある。だからラプラス卿」

底知れない笑みを浮かべるラプラスに向けて、簒奪者《さんだつしゃ》の王子は。

決定的な一言を、発したのだった。

「貴殿の兵は、もう一つの方に向かわせろ。

トラーキアと――リリアーナを、潰せ」

◆

……夢を、見ていた。

少しばかり寂しかったけれど、満たされていて。

きっとどこか歪《いびつ》だったけれど、幸せだった頃の、夢を。


「……心配するな、リリアーナ」

兄の、第一王子ヘルクの声を思い出す。

「確かに、アスターがいればこれからの王家は問題なく回るだろう。……でも、だからといって。それ以外の一切を切り捨てて良い――なんてことは、ないはずなんだ」

どこか暗さを感じさせつつも、精一杯の心遣いで、ヘルクはリリアーナの頭にぽんと手を置いて告げるのだった。

「いる意味がない、ということは絶対ない。僕も――そしてお前も。だから安心しろ。たとえ将来の廃嫡が決まっていたとしても……決して僕が、悪いようにはさせないから」


「うちに来ればいいじゃない、リリィ」

姉の、第二王女の言葉を思い出す。

「『教会』の無適性に対する扱いは厳しいわ。それにお母様がどう言うかは分からないけれど……家族だもの。きっと、酷《ひど》い扱いはされないはず」

少し気が短いところもあったけれど、優しかった姉は。少し戸惑いながらもリリアーナを軽く抱擁して言ったのだ。

「アスターはきっと、あなたのことが嫌いでしょう。でも……何もかも、あの子の思い通りにさせるのは良くないわ。だから……私が」

在りし日、確かに。

優しかった兄姉《きょうだい》との、家族との時間があって――


そんな光景が、壊れる夢を見た。

それが、リリアーナが稀《まれ》に見る正夢だと気付いた時には、全てが終わっていた。


「……っ……はっ……」

息を切らせ、王宮の外をリリアーナは駆ける。

目覚めた瞬間、分かったのだ。部屋の外が騒がしかった。不穏な鎧《よろい》の音がそこかしこから聞こえてきた。異様な魔力反応が、国王の執務室のあたりから強烈に発せられていた。

まずい、と訳もなく感じた。慌てて起き上がって最低限の着替えを済ませ、師に会いに行かなければならないと扉を開け、部屋を出て――

――すぐに目が合った、第一王子の私兵として見覚えのある人間が、自分の姿を認めた瞬間目の色を敵意一色に変えた。

それで、全てを察してしまったのだ。

「なんで……っ、うそ、嘘《うそ》ですわよね……！」

うわ言のように否定の言葉を呟《つぶや》くも、説得力が微塵《みじん》もないことは彼女自身理解してしまっていた。だって、そういうことだと理解しているからこそ、自分は今王宮を飛び出して必死に走っているのだし。

――そんな自分を追いかける多数の魔力も、否応《いやおう》なしに感じてしまっているのだから。

「何が、どうなって……！　誰か……！」

混乱のまま、リリアーナは叫ぶ。彼女は魔力操作能力に非常に優れており、魔力を用いた身体機動は魔法使いの中でも桁外れだ。それ故に、逃げに徹した彼女を捕らえるのは困難を極める。それは彼女のこれまでの家庭教師とのやりとりからも明らかだ。

……だが。それはあくまで、一対一での話。

今リリアーナを追いかけている人間の数は、数人、十数人どころの話ではない――下手をすると百に届こうかという追手だ。その人数が連動して追い詰めてくれば、単純な身体能力だけで逃げ切るのは物理的に不可能、故に。

「――おや。『鬼ごっこ』は得意でなかったのですかな、リリアーナ殿下」

間もなく袋小路に追い詰められたリリアーナの前に。

歩み出てきたのは、兵士たちのリーダーと思《おぼ》しき男。彫りの深い顔立ちと、趣味悪く輝く服装が特徴的な男だ。その顔に浮かぶ嗜虐《しぎゃく》心に満ちた表情で、尚更《なおさら》の確信を深めてしまう。

それでも――と一縷《いちる》の希望に縋《すが》って、リリアーナは問う。

「何を……するつもりですの」

「分かりませんか」

「分かるわけ……ありませんわ……っ！」

気丈に威勢よく言葉を発するリリアーナ。にやにやと見つめる男に嚙《か》み付くように、彼女は続ける。

「あなたも見たことがありますわ、ヘルクお兄様のところに最近出入りするようになった兵士長さん。それが何の用です、王宮では何がありましたの、お兄様は——何をしたんですのっ！」

「そこまで理解しておいて、『分からない』は通りませんねぇ」

リリアーナの心情を全て理解した上で、兵士長は告げる。

それがリリアーナに絶望を与えると正しく認識し、一息に。

「——王位を簒奪したのですよ、ヘルク殿下は。そうして今度は得た王位を守るため、次に敵になりそうなあなた方を排除しにかかったわけです」

半ば以上察していても尚《なお》、そのショックにリリアーナの目が見開かれる。

「そんな……ヘルクお兄様がそんなこと、なさるわけが——！」

「おやおや。貴女様《あなたさま》がヘルク殿下の何をお分かりで？」

「少なくとも、あなたよりは分かりますわっ！」

崩れそうな心を守るため、必死にリリアーナは言葉を発する。

「お兄様は、お兄様は……！　優しくて、責任感の強いお方です。無適性であるわたくしにも分け隔てなく接してくださった、心の広いお方ですわ。そんなお兄様が――！」

「――ほら。やっぱり分かっていないじゃないですか」

しかし、それを心底愉快そうに兵士長は切って捨てる。

「『心の広い』？　あの王子様がそんな器であるわけないでしょう」

「な――」

「教えて差し上げますよ。あのお方がリリアーナ様を丁重に扱っていたのはねぇ――ただの、劣等感の表れですよ！」

仮にも仕えている相手だというのに、兵士長は容赦なくこき下ろす。

「可哀想《かわいそう》な王子様。第二王子に何一つ敵《かな》わず、長子であるにも拘《かか》わらず予備であることを強いられた王家の出来損ない！　惨めだったでしょうねぇ、耐えられなかったでしょうねぇ。だからこそ求めたのですよ、無適性の貴女様に、自分以上に王様になり得ない貴女様に、自分の心を慰める愛玩人形としての立ち位置を！」

「や、やめ――」

「『自分よりも可哀想な人間であること』。ヘルク殿下が貴女様に求めていたことはそれだけです。だからこそいざ王位を狙えるとなれば貴女様は最早《もはや》邪魔でしかない、排除することに躊躇《ためら》いなどない！　だって――あの方は貴女に愛情など、最初から持っていなかったのだから！」

あまりにも雄弁に、真っ向から叩《たた》きつけられて。

絶句するリリアーナの様子を、男は愉《たの》しそうに見据える。

「兵士長、そろそろ――」

「良いではないか、トラーキア家の足止めも順調なのだろう？　ならばここで王女様の心を折っておいた方が後が楽だ」

部下の諫言《かんげん》に、趣味半分実利半分で答えて兵士長が続ける。

「そもそもねリリアーナ殿下。私は貴女が嫌いです」

「――え」

「随分と良いご身分ですよねぇ、魔法を持ち得ない塵《ごみ》であるにも拘わらず、大勢の従者に守られ兄姉《きょうだい》に可愛《かわい》がられて！　どうせアスター殿下が王になる、そんな諦念のもと互いの傷を舐《な》め合うおままごとを繰り返す貴女たちご兄妹には、心底反吐《へど》が出るかと思いましたよ」

ようやく言いたい放題言える。そんな声が聞こえてくるかのような淀《よど》みない兵士長の言葉を、止める者は誰もいない。

「そして、アスター殿下も王者としてはあまりに独善が過ぎた！　そのせいで破滅し、残されたのは王に相応《ふさわ》しくない貴女たちだけ！　分かりますかねぇ、もう詰んでるんですよこの王家は、貴女たちの代で!!」

そうして最後に兵士長は哄笑《こうしょう》を上げ、高らかに宣言する。

「ならばいただきましょう、この国を！　哀れで愚かな王子様を上手《うま》く使って、歴史ばかり重ねた外れ者の一族にはご退場いただくのです！」

「──」

「ああ、ようやくだ。ようやく我々が正当に評価される時がやってきた！　我々を馬鹿にしてきた人間に、馬鹿なのはお前たちだと突きつけられる時が！　さぁ王女様、ご理解いただけましたらさっさと──」

瞬間。

「術式複合──『魔弾の射手《ミストール・ティナ》』」

遥《はる》か彼方《かなた》から。

流星と化した一人の少年が、神速の複合魔法で全ての距離を一瞬で消し飛ばし。

「え──がッ!?」

着弾。勢いのまま、兵士長の横面を蹴り飛ばした。冗談のように吹き飛ぶ兵士長に、瞬時にざわめく周りの兵士たち。その視線を一身に受け、少年は起伏のない口調で告げる。

「……失礼。何を言っているのかは聞き取れませんでしたが、弟子の身が最優先なもので」

「──師匠」

呆然《ぼうぜん》と少年、エルメスに目線を向けるリリアーナ。

周りを取り囲む兵士たちは意に介さず、彼はその前に跪《ひざまず》いて。

「遅れて申し訳ございません、リリィ様。……こちらにも凄《すさ》まじい数の足止めがやってきていまして。突破に数分ばかり手間取りました」
間に合った安堵《あんど》と……それを上回る怒りを宿した、神妙な表情で告げたのだった。
「状況は把握しています、色々と言いたいことはあるでしょうが後回しで。
まずは——全員蹴散らします。この場を脱出するまでもう少し、そこでお待ちくださ
い」

◆

(……さて)

周囲の様子を確認しながら、エルメスは心中で呟く。

状況は把握している。問題は『どちらか』ということなのだが——

(多分、第一王子の方だろうな)

何故《なぜ》なら、そうであればラプラスがあの場に現れたことに全て説明がつくからだ。

恐らくは奴《やつ》の手引きで、第一王子が継承戦開始前に王位を簒奪《さんだつ》。その勢いのまま残る候補を潰しに来た。王宮での騒ぎや魔力の流れ、加えて状況からエルメスはそう事態を推測する。

ともあれ、だ。

この状況を起こした人間に言いたいことは多々あるが、今ではない。まずは第三王女で

あり弟子でもあるリリアーナを連れてこの場を脱出する——と方針を決定した時。

「——は、はは。なるほど……君ですか、学園騒動の英雄君」

向こうから、声が響く。

見て——驚いた。理由は、今しがた神速の魔法で蹴り飛ばしたはずの兵士長が、血を流しながらも立ち上がってこちらに歩いてきたからだ。当然倒す気で蹴ったのだが……かなりの耐久力だ、とエルメスが分析する前で、兵士長は不敵に笑って口を開く。

「ラプラス卿《きょう》から聞いていますよ。曰《いわ》く、とんでもない魔法をいくつも扱うとか？　いいですねぇ、羨ましいですねぇ——でも」

同時に、周囲の兵士たちが敵意を向け、臨戦態勢に入る。

「そんなもの、我々の前では何の意味もないんですよ」

「……やる気ですか。こちらとしては逃がしていただければそれで良いのですが」

「はは、聞くわけないでしょうそんなこと！　それに、君こそ話を聞いていましたか？既に知っているんですよ、ラプラス卿から聞いて君のことは。戦い方も、癖も——弱点もねぇ！」

そして、周りの兵士たちに号令を下す瞬間。兵士長は、嗜虐心に満ちた顔で笑って。

「ねぇ。——君は、『本当に訓練された魔法使いの集団』と、戦ったことはあるのですか？」

瞬間。兵士たちのうち十数人が——一斉に、炎の汎用魔法を放った。

「！」

集束詠唱、と呼ばれる技術がある。

たとえ汎用魔法でも、方向を一致させ干渉、相殺しないよう放てば相当の威力と化すという理念だ。それこそ、血統魔法にも劣らないほどに。

理屈は知っていたが、それには相応の魔力操作能力が、しかも『関わった術者全員』に必要となる。加えて、そこまでの手間をかけてもできるのは高々血統魔法程度。

故にこの国では無駄なもの、机上の空論と目されていたものが——今、エルメスの目の前に襲いかかってきた。

「……」

それでも、彼は冷静に捌《さば》く。強化汎用魔法で結界を生成、魔法を防ぎ、返す刀で反撃の血統魔法を起動——する前に。

次の一団が、今度は雷の集束詠唱を放ってきた。それも難なく防ぐが、今度も隙を与えず次の一団が攻撃。次々と射撃を繰り返し、エルメスに防戦一方であることを強いる。

「——なるほど」

「弱点、その一。君は複数の血統魔法を扱えるが——魔法を切り替えるにはその都度詠唱が必要になる。多重適性とはまた違うようですねぇ」

得意げにふんぞり返りつつ、兵士長が告げる。

その周囲では、一糸乱れぬ動きで兵士たちが攻撃を繰り返している。

なら、あの兵士長は何をしているのか……との疑問は、魔力感知で解決した。

恐らく、奴は司令官《コマンダー》だ。奴を中心に、特殊な魔力が逐一発せられているのが分かる。恐らくはそういう特殊な魔道具だろう。それで的確に指示を出し、兵士たちの行動をコントロールしているのだ。

ならば、奴を倒せばこの連携は瓦解する。『血統魔法の使用に詠唱が必要』との点も、対策をしていないわけがない。強化汎用魔法で隙を作って、もう一度兵士長に突貫を――と思ったが、その瞬間嫌な予感がした。確信と言い換えても良い。それに従い行動を変更するエルメスに、兵士長の声が響く。

「弱点、その二。君は――誰かを庇《かば》っての戦いに慣れていない！」

瞬間、予想通り。兵士たちの魔法が――リリアーナの方を向いた。

「え――」

間髪容《い》れず放たれるが、その一瞬前にエルメスが立ちはだかって。

「いくらなんでも、同じ轍《てつ》は踏みませんよ」

リリアーナへの魔法を防ぐ。以前クライドとの戦いで不覚を取った点だ。庇って自分がダメージを負う、なんて無様はもう晒《さら》さない。

――しかし。攻撃はそこで終わらない。

「はは、流石《さすが》にやられはしないか。でも、いつまでその余裕が続きますかねぇ！」

執拗《しつよう》に、執拗に。戦う意思のないリリアーナを、迂闊《うかつ》に動けないリリアーナを魔法が攻め立てる。それを庇うエルメスに、先ほど以上に防御以外の行動を抑制する。完全にその場に留《とど》まり、魔法を防ぐ以外できなかったエルメスに、兵士長の高らかな哄笑が響いた。

「分かりましたか、ぽっと出で調子に乗った英雄君！　所詮一人の人間は、この程度で為《な》すすべがなくなってしまうんですよッ!!」

その様子を、呆然と。リリアーナは、喪心した様子で眺めていた。

「せ、師匠《せんせい》……」

「ご安心を、リリィ様」

弱々しい呟《つぶや》きを、エルメスは受け止めた上で告げる。

その声は、とてもとても力強くて。否応《いやおう》なしに、安心してしまうような声。それを受けた上で、リリアーナは自分の今の状況に、そして今までの人生に思いを馳《は》せる。

……どうして、と。

◆

——鳥籠に囚《とら》われているような人生だった。

生まれた時から、ずっと。自分の周りにあるどうしようもないものが自分を縛っていた。

王族としての立場。無適性という才能。末子という不利。

加えて、『空の魔女に似ている』という風評。

その全てが、リリアーナを閉じ込めた。無能であることを強いた。無気力であることを勧めた。更にはいっそのこと『いなかったこと』にすれば良いのではという意見も出て。

そして、その度に、誰かに守られてきた。

王家の恥晒しだ、という声から守るために、王宮の豪奢《ごうしゃ》な一室を与えられた。

血統魔法を持たない塵、との声からは、王族であるという理由で守られた。

「何故だ。こいつが王族であること自体、王家に対する侮辱だろう」

更には去年、そう言われた。言ったのは兄アスターだった。

そう言った時の彼の瞳は、激情に支配されていた。

自分の思い通りにならないことへの怒り、そして——腹立たしい誰かを思い出すから、早くいなくなってほしい、という嫌悪を内に隠して。

「どうして早く廃嫡しないのだ、この『出来損ない』を！」

そこからは、同じ王族である兄姉が守ってくれた。

『いる意味がない、ということは絶対ない。僕も——そしてお前も。だから安心しろ。たとえ将来の廃嫡が決まっていたとしても……決して僕が、悪いようにはさせないから』

『アスターはきっと、あなたのことが嫌いなのでしょう。でも……何もかも、あの子の思い通りにさせるのは良くないわ。だから……私が』

……分かっていた。

ヘルクも、ライラも、アスターに嫉妬していた。だからその炎の捌《は》け口《ぐち》として、同じ王族で自分よりも恵まれていない存在としてリリアーナを求めたことは、薄々勘付いていた。

それでも、家族だったから。大好きだったから。

何より、どんな思惑があっても、二人は自分を大事にしてくれたから。

だから——彼女は、この立場を甘受することに決めた。自分から、鳥籠の中に囚われることに決めたのだ。それが自分の役割だと、自分を納得させて。


アスターが没落した。

信じられなかった一方で、いつかこうなるのではないかという思いもあった。だってここ最近のアスターは、どう考えてもやりすぎだったから。

同時に、ヘルクとライラがおかしくなった。

今まで自分を守ってくれた二人が、今度は自分を遠ざけるようになって。

不安で、辛《つら》くて、何もかもが嫌になって。周りにあたりながら、それでも誰かが助けてくれるのではないかと淡い期待を持っていた、そんな時——

師匠が、来てくれた。

物語のように自分を救い、導いてくれる人が、助けに来てくれたのだ。

頼った。甘えた。求めた。同時に安心した。きっとこの人に任せれば大丈夫だと。

師匠なら、自分を導いてくれる。師匠に任せておけば、きっと。

今までのような家族の時間を、きっと取り戻せる。そう信じて、師匠に言われるがままに魔法を勉強して、かつての甘美な時間を夢見て——

◆

——その結果が、これだ。


何もかもが手遅れだった。兄ヘルクはどうしようもなく追い詰められていた。

王国に向けられる悪意は、抗《あらが》いようのないほどに王国を蝕《むしば》んでいた。

王都のいくつかの建物が燃えている様が見える。

王都のあちこちで、争い合う怒声が聞こえる。

自分の夢見た光景が、平和な王都が、家族の時間が。遠ざかっていく音が、聞こえる。

「——どう、して」

呆然《ぼうぜん》と呟く。どうして、許されないのかと。自分は、家族と一緒にいたかっただけなのに。どうして世界は、運命は、ここまで自分をがんじがらめにするのかと。

恨んで、呪って、そして——

「……大丈夫です、リリィ様」

そんな中でも、今まで通り。自分を守ってくれる人は、いるのだ。

声を発したエルメスは、心強い声で続ける。

「魔法の起動も、護衛に向いていないことも、共に自覚していた点です。両方を効率よく突かれたため少々手こずるでしょうが……必ず、活路は見つけますので」

その宣言通り、彼は防戦一方ながらも淡々と攻撃を捌く。リリアーナのもとには、微塵《みじん》も脅威を通さない。その上で攻撃を観察し、冷静に活路を見出《みいだ》そうとする。

……きっと、言葉通り彼はなんとかするのだろう。

今は不利でも、きっとどうにかしてこの状況をひっくり返し。そうして王都を奪還する算段をきちんと立てて、自分を導いてくれるのだろう。

だって師匠はそういう人だから。英雄だから。どんな不可能も可能にする類の人だから。

故に、自分は守られるべきなのだ。

彼に任せて、彼の道行を見守れば、それで――


――また、大事なものが壊れるのを、見ているだけの自分で、いいのか。


（……良く、ありませんわ……！）

彼女の瞳に光が宿る。そうして、もう一度思い返す。己のこれまでを。

――鳥籠に囚われているような人生だった。生まれた時から、どうしようもないものが自分に絡みついて。それを疎んだ人たちの悪意に晒され続けて。

そして――それから守ってくれる人の善意の鳥籠に、囚われる人生だった。

しょうがないと言い訳をして、どうしようもないと諦めて。

籠の外の悲劇を嘆いて、慰めてもらうだけの立場だった。

認めよう——それが、とても心地よかったのだ。

きっとこの光景は、それのツケだ。涙を流すだけで自分からは何もしなかった、何かをする振りだけをして結局誰かに任せていただけの自分に対する罰だ。

だからこそ、今、ここで。変わらなければきっと……弟子を名乗る資格すらない。

『王様になるつもりはない』？

——寝ぼけたことを言うな。

『何もできなかった』？

——ふざけるな。何もしたくなかったの間違いだろう。

『自分たちの代で、王家は詰んでいる』？

——うるさい。なら、自分でひっくり返せ。

「……リリィ様？」

雰囲気の変化を察知してか、エルメスが問いかけてくる。

……師匠を、悪く言うつもりはないが。きっと彼こそが、この鳥籠の最たるものだったのだろう。だって彼は求めれば守ってくれる。救ってくれる。甘やかしてくれる。

だからこそ、彼女は自らを戒めなければならなかったのだ。

——甘ったれるな、と。

さあもう一度問う、リリアーナ・ヨーゼフ・フォン・ユースティア。

『守られるだけのお姫様』で、いいのか。

「――良く、ありませんわ」

もう一度、彼女は答える。今度ははっきりと、自分の口で。

悲劇を傍観するな。救いを最初から当てにするな。

――自分がなんとかするのだという意思を、持て。

まだ幼いから、魔法を持っていないから、始めたばかりだから、女の子だから仕方ない。

そんな言い訳を、運命は聞いてはくれない。

何より――そうして誰かの力だけでことを為したとして。自分は、きっとその時誇れない。

自分がそうである限り……自分の夢見た家族の時間は、戻ってこない。

理屈はない。けれど彼女はそう確信した。故にその一歩として、彼女は告げる。

「……手が足りないのですよね、師匠」

戦況を分析し、自らの師が追い詰められていることを悟る。

ならば、どうする？――決まっている。自分がその最後の一手となるのだ。

できるかは分からない。やる勇気も今までは持てなかった。何より使いこなすには圧倒的に時間が足らない。でも、だからといって、やらない理由にはならないのだ。

師に任せているだけの自分は、もう捨てろ。

「お任せください。――わたくしが、なんとかしますわ」

それに……本当は思っていた。怖くて言えなかったけど、辛くて封じ込めていたけれど。

本当は——運命を前に泣くだけの自分に、うんざりしていたのだ。

さあ、時間だ、リリアーナ。甘美な鳥籠を捨てて、飛び立つ時が来たのだ。

大丈夫、恐れることはない。だって——

——翼はもう、大好きな師匠から貰《もら》っている。

そうして、少女は立ち上がる。自らの意思で、立ち向かうことを決め、息を吸い。

受け継いだものを、共に歩む意思を持って、唄《うた》う。

「——【斯《か》くて世界は創造された　無謬《むびゅう》の真理を此処《ここ》に記す
　天上天下に区別無く　其《そ》は唯一の奇跡の為《ため》に】！」

宣言する。受け継ぐ者として、新たな道を拓《ひら》く者として、魔法の銘を宣誓する。

幼くも美しい声で、碧眼《へきがん》に意思の光を煌《きら》めかせ。リリアーナは、告げた。

「創成魔法——『原初の碑文《エメラルド・タブレット》』！」

◆

然《しか》して現る、翡翠《ひすい》の文字盤。幻想的な光を宿すそれを、リリアーナはしかと握りしめる。

「——リリィ様」

そこで、襲い来る魔法を防ぎつつの、師の驚きの声が聞こえた。

彼の言わんとするところを正確に把握して、リリアーナは続ける。

「……分かっていますわ、師匠《せんせい》」

そう、ここ数日で『原初の碑文《エメラルド・タブレット》』の起動自体はできるようになったとはいえ。魔法の創成はもちろん、彼が汎用魔法でやっているような改造ですらできるようになるには到底時間が足りない。

エルメスですら五年かけてここまで辿《たど》り着いたのだ。たかが数日でそこまで追いつこうなど烏滸《おこ》がましい、魔法の道はそこまで甘くはない。

――けれど。リリアーナにだって、積み重ねたものがある。

魔法を夢見て、鍛えてきたものがある。魔法に焦がれ、突き詰めてきたものがある。

ならばそれと、この師から貰った力でもって。

魔法……と呼べるかどうかは分からないけれど、ささやかな力を形にしよう。

それが師のためになるのなら、迷う必要はない。

そう思って、リリアーナは集中し――同時に、告げる。

「……師匠。生意気なことを言ってしまったら申し訳ございません。けれど……よろしいでしょうか……？」

突如として創成魔法を起動し、真剣な顔で言ってきたリリアーナ。

その様子を見て、エルメスは――勿論《もちろん》攻撃を防ぐ手は止めないまま頷《うなず》く。何か考えがあるのなら、ぜひ聞いてみたい。その意思を込めて。

それを見てリリアーナはほっとした表情を浮かべ、続けてきた。

「師匠から貰ったこの『原初の碑文《エメラルド・タブレット》』。素晴らしい魔法ですわ。こうして起動するだけで、いろんな魔法の形が見えます」

「ええ」

「そこから魔法の組成を解析して、再現する。それがこの魔法の本当の使い方なのでしょう。わたくしは今はそこまでできません。けど——思ったのです」

「——何をごちゃごちゃ言っているんです！　兵士たちよ、さっさとあいつらを潰しなさいッ!!」

会話を始めた師弟に苛立《いらだ》ってか、予想以上にエルメスを崩せないことに業を煮やしてか。

兵士長が腹立たしげな声で兵士たちに怒鳴り、更に攻勢が増す。

「無能の王女と、足手纏《あしでまと》いを抱えた魔法使い一人でしょう、さっさとやりなさい！　そっちもいい加減諦めてもらえませんかねぇ、我々の門出をこんなつまらない茶番で汚さないでくれます!?」

されど、エルメスはあくまで冷静に魔法を、そしてついでに向こうの煩いだけの声も意識からシャットアウトする。

そんな中、ようやく準備が完了し。リリアーナが、迫り来る魔法を見据えて、一息。

「魔法が視《み》えるなら——『こういう使い方』もありなのでは、と」

その瞬間。今まさに発射準備の完了した炎の集束詠唱《コンツェルト》が、エルメスたちに放たれる——

——前に、その場で爆発した。

「——ッッ!?」「が——ッ！」「何、が——!?」

当然、魔法を放とうとしていた兵士たちもただでは済まない。戦闘不能は免れたようだが、大きな隙ができる。慌てて兵士長が他の兵士たちにカバーさせつつ、怒声をあげる。

「な——何をしているんですか!?　魔法を失敗するなど——！」

「……いや」

当然、エルメスは今の現象に気付いていた。

兵士たちは何もしていない。何かをしたのはリリアーナだ。

ただ、彼ですらにわかには信じ難い現象であったため問いかける。

「リリィ様、今のは——」

「うまく、いきましたわね。……発動阻害《インターセプト》、と勝手にわたくしは呼んでいます」

視線を察して、リリアーナは答える。安堵《あんど》と真剣さを込めて。

「わたくしは魔法を使えません。けれど魔力を扱うことはできますし、その魔力にささやかな指向性を持たせることはできますわ。小さな火を熾《おこ》したり、僅かな風を吹かせたり

——他の魔力に、干渉させたり」

エルメスが目を見張る。即座に答えに辿り着いた師を称賛しつつ、リリアーナは続けた。

「そう――手元を狂わせるのですわ。魔法の起動に合わせて、こちらの魔力で魔法を乱すのです。勿論、血統魔法の使い手ほどになるとそこまで効果は見込めません。せいぜい微《かす》かに狙いを逸《そ》らす程度ですが――これなら」

そうだ、血統魔法と違い、集束詠唱は多数の小さな魔法を組み合わせる魔法。当然、最大の威力を発揮するには全ての魔法に等しく指向性を持たせる必要がある。

――なら、それを全て乱してやれば？

当然、魔法同士が干渉し合って威力は減衰……どころか下手をすればまともに魔法が発動しない場合すらあり得る。先ほどの爆発はそういうからくりだ。

加えて、『原初の碑文《エメラルド・タブレット》』。

この魔法は、魔法を再現するための前段階として、対象の魔法の解析を補助する。

エルメスは、それを再現のために使った。『魔法を高める』ためにのみ使用していたのだ。魔法を創ることは彼の目標であるから、それだけに意識が行っていた。

――だが。リリアーナは、それだけではないと。

こと戦いにおいては、魔法を解析するこの魔法の使い方は他にあると。

魔法の構造が分かるのなら、自分の魔法を高めるだけでなく――『相手の魔法を阻害する』という実戦的な手法もあると考え、今それを実行してのけたのだ。

だが当然、控えめに言ってもとんでもない技術。恐らくは彼女の持つ桁外れの魔力操作能力が可能にした凄《すさ》まじい荒技だ。

「……その、実は」

魔法を防ぎながらの、そんな考察によるエルメスの沈黙をどう思ったか。

リリアーナが、少し自嘲気味に告げてきた。

「この技術は……元々は、他の家庭教師から逃げるために編み出したんですの」

「え」

「向こうが魔法を使えて、わたくしが魔法を使えない。それが羨ましくて、妬ましくて……どうにかできないかと思って考え出したものですの。そんなマイナスなものを師匠にお見せしたくはない、師匠の言う通りにしていれば良いと、今までは隠していましたが──」

思ったよりネガティブな起源を述べた後、リリアーナはでも、と顔を上げ。

「……それでも。そうやって隠して、身を引いて、言いなりにするだけでは……きっと、また失ってしまいますわ。だから……」

そうして、毅然《きぜん》と少女は告げる。

「甘えるだけは、もうやめますわ」

「──」

「……見ていてくださいまし、師匠！」

そこで、彼女は更に一歩前に踏み出し。

先ほどの技術──発動阻害《インターセプト》を再度使う。創成魔法から得た情報を基に桁外れに精度の上がった干渉の魔力を差し込み、魔法の不全を誘発する。

「っ、またか――！」「これは、どうすれば――！」

効果は覿面《てきめん》だった。

発動阻害《インターセプト》は、集束魔法に対して極めて有効な手段である。加えて魔法が上手《うま》くいかなくなることは、火力の阻害に加えて精神的なダメージも大きい。『自分の魔法にやられる』という先ほどのようなことは誰も起こしたくない、その心理が躊躇《ためら》いと迷いを生む。

兵士長が再度怒鳴った。

「何を迷っているんですッ!!　多少訳の分からない技術を使われたところで、相手は一人でしょう！　魔法を邪魔しているのが王女なら、王女を先に潰せばいいでしょうに！」

併せて兵士たちがリリアーナの脅威を換算、戦術を組み直し――致命的なミスを犯した。

『この場で一番目を離してはいけない人間』を、数秒フリーにしてしまったのだ。

「ッ、ばっ、誰がエルメスへの攻撃を緩めろと――!!」

「流石《さすが》にその両立は無理筋でしょう」

即座に気付くが、時既に遅し。数秒あれば、血統魔法一つを詠唱するには十分。

そして血統魔法一つあれば、この状況を乗り切るには十分だ。

「リリィ様、助かりました。そして――失礼します」

「え……ひゃっ!?」

心からの感謝と共に、エルメスはリリアーナを抱き上げ。

　同時にこの場をひっくり返すための、切り札たる魔法を宣誓する。

「術式再演――『無縫の大鷲《フレースヴェルグ》』！」

　そうして、二人は飛び上がる。兵士たちの魔法も届かないほどの、超高度まで。

「!?」

　リリアーナが声にならない驚愕《きょうがく》の声をあげる。

　兵士たちが全員目を剝《む》き、騒ぐ声が微かに地上から聞こえてくる。

　そんな様子を他所《よそ》に、エルメスは再度腕の中のリリアーナに話しかけた。

「リリィ様、改めて助かりました。貴女様《あなたさま》のおかげで面倒な状況を脱出できた」

「え、そのっ、こ、これは――!?」

　まだ状況に混乱しているらしいリリアーナに向けて、エルメスは苦笑気味に。

「これも魔法ですよ。というより……あんなすごいことができるのならもっと早く見せてくれても良かったではありませんか」

「そっ、それは――師匠が使わせてくれなかったからですわ！　鬼ごっこで師匠が魔法を使わなかったから機会がなかったんですの！」

　――それは、確かに。リリアーナが発動阻害《インターセプト》を使うとしたら以前の鬼ごっこの時だっただろうし、あの時はエルメスもリリアーナに合わせて魔法抜きで追い詰めていた。

　それ以降も基本的には座学だけだったし、機会がなかったと言えばそうなのだろう。

　納得するエルメスに対し、ようやく落ち着いてきたらしいリリアーナは数瞬沈黙し……

先ほどのエルメスの言葉を噛《か》み締めるように俯《うつむ》くと。

「……師匠」

「はい」

「わたくしは……お役に立てましたか？」

答えには一瞬の躊躇《ちゅうちょ》もいらなかった。

「はい、もちろん」

「で、でも！　こんな技術、魔法をすごく大事にしておられる師匠はお嫌なのではないかと！　それに、元はわたくしの嫉妬から生まれたもので、こんな——」

……確かに、エルメスにはない発想による技法だっただろう。魔法と呼べるかどうかは微妙だし、基になった感情が良いものではないこともきっと本当なのだろう。

それでも。これは紛れもない、弟子の新たな一歩だ。ならば師としては喜びこそすれ、嘆く必要はどこにもない。新たな発想だって歓迎すべきものだ。

……むしろ多分自分が甘すぎたのだろうなと反省するくらいである。故に、彼は告げる。

「——嬉《うれ》しかったですよ」

「え？」

「何であれ、それはリリィ様が必死に考えて生み出したものです。だとすれば嫌がる要素は一つもございません」

「！」

「それに——今はきちんと、僕を助けるために使ってくださったんでしょう？　なら、何も問題はありませんよ」

おずおずと顔を上げるリリアーナに、エルメスは笑って。

「——その技術。ぜひ今度、僕にも教えてください」

「……あ」

そこで、彼女の心のしこりが完全に取れたのだろう。感極まった様子で、リリアーナがエルメスに抱きついてくる。彼女の背を撫《な》でつつ、エルメスは告げた。

「では、リリィ様のおかげで得たこの機会、詰めに参ります。……よろしければ、今度はリリィ様にも見ていただきたい」

「……ふぁい？」

胸元に顔を埋《うず》めていたリリアーナが声をあげる。

「弟子の成長で個人的にも気分が高揚しているので。——状況的にも、最大火力で参ります。……今の僕の本気を、是非」

それで完全に再度顔を上げたリリアーナ。エルメスは眼下で喚《わめ》く兵士たちに向かって息を吸い。

「【天地《あめつち》全てを見晴るかす　瞳は泉に　頭顱《とうろ》は贄《にえ》に　我が位階こそ頂と知れ】」

先ほどの魔法と合わせ、改めての驚きに目を見開くリリアーナの前で。

一瞬で片を付けるべく、エルメスは手を振り上げ、告げた。

「術式再演──『流星の玉座《フリズスキャルヴ》』！」

かくして、光の雨が降り注ぐ。逃げ場はなく、防げる威力でもない。瞬く間に兵士たちが光に打ち据えられ、戦闘不能となっていく。

「……すごい」

リリアーナの、憧憬を含んだ声を最後に。

魔法が止《や》んだ後、展開されるは決着の沈黙のみ。

「な、なっ、何が起きた──!?」

……訂正。謎にタフな兵士長だけは辛うじて意識を保ったようだ。

眼前の光景を認められないらしく、兵士長が喚く。

「あ、ありえない！　何故《なぜ》だ、今日こそ我々の始まりとなるはずだったのに！　こんな、こんな訳の分からないもので終わっていいはずがないでしょう！　認めるものですか、こんなの──!!」

「──認めないのはご自由ですが。近所迷惑なので騒ぐのはほどほどに」

そんな兵士長の背後に、瞬時に降り立ったエルメスが全体重を乗せたハイキックをこめかみに炸裂《さくれつ》させ。今度こそ完全に意識を刈り取り、ようやく沈黙が辺りを包んだのだった。

◆

……こうして、とりあえずの窮地は脱したが。

王都全体を取り巻く状況は、未《いま》だ予断を許さない。というより――

「……リリィ様。落ち着いて聞いてください」

未だあちこちから大声が聞こえてくる、王都の中。リリアーナの前で目線を合わせ、エルメスが真剣な面持ちで告げる。

「トラーキア家も、激しい襲撃を受けました。加えて……既に王都の主要機関全てが、恐らくは第一王子派の手に落ちています。今王都を奪還するには、人も戦力もあまりにも足りなさすぎる」

「っ……はい」

リリアーナが、少し辛《つら》そうながらも毅然と頷《うなず》く。彼女も分かっていたのだろう。こうなった以上、いくらエルメスでも今すぐにはどうしようもないと。

それを認識した上で、きちんと頷いてくれたリリアーナに感謝しつつ、エルメスは続ける。

「なので、一先《ひとま》ず王都を脱出します」

「……ええ」

「そうして、改めて奪還のための方策を練るとしましょう。だからまず、カティア様たちトラーキア家の方に合流と助勢を――」

しかし、そこで。エルメスがぴくりと眉を動かし、立ち上がる。

「――する、前に。もう一仕事必要なようなので、もう少々お待ちください」

「え――」

リリアーナがそれに対して問いかけようとした、その瞬間。

「……おいおい、マジかよ」

向こう側から、聞き覚えのある声。

「まぁ勝てるとは思ってなかったけどさぁ……流石に俺が来るまでは持ち堪《こた》えてくれると踏んでたんだが……あいつが想像以上に無能だったか、或《ある》いは」

その声の主が、かつこつと歩いてきて。

姿が見える距離で立ち止まり、暗い蒼《あお》の瞳でこちらを射貫《いぬ》く。

「この惨状を見るに、また何ぞ隠し持ってやがったか？……マジで何もんだよ、お前」

「……ラプラス卿《きょう》」

男の……間違いなくこの状況に深く関わっている人間の名を、エルメスは呼ぶ。

彼、ラプラスがここに来た理由は聞くまでもない。

……奇《く》しくも、以前学園で対峙《たいじ》した時とは真逆の状況。

リリアーナと共に王都から脱出するためには、宣言通りもう一仕事必要なようだと。

エルメスは改めて気合を入れ、最後の関門を見据えるのだった。

◆

最後の関門として立ちはだかった、浅からぬ因縁を持つ灰髪の男、ラプラス。既に臨戦態勢であることを魔力から察したエルメスは、合わせて腰を落とし、踏み出す——前に。

「ラプラス……あの、人が……！」

「っ、リリィ様？」

リリアーナが、険しい面持ちでエルメスの一歩前に出て。ラプラスを睨《にら》みつけ、叫ぶ。

「——お兄様に、何をしたんですの⁉」

その美しい碧眼《へきがん》に怒りと敵意を漲《みなぎ》らせ、彼女は続ける。

「あなたが何かをお兄様にしたんでしょう、でなければあのお兄様が、こんなこと……っ！」

リリアーナはラプラスがどういう立場の人間か、そして第一王子ヘルクに取り入っていることも知っている。故に、当然の感情であり当然の疑問。それを受けてラプラスは、リリアーナの噛みつきように微《かす》かに目を見開いた後。

「——何も？」

それでも、愉快そうに唇を歪《ゆが》ませ、答えた。

「強いて言うなら、教えて差し上げただけですよ」

「教えたって、何を——」

「この国がいかにヤバいか。現状見えるところ、見えないところも含めてどれだけ追い詰められているか、放っておけばどんな結末を辿《たど》るか。教えただけです、国を憂う愛国の士として、ねぇ」

恐ろしいほどわざとらしい口調で後半を締め括《くく》ると、ラプラスは抉《えぐ》るように笑みを深め。

「そうしたら、責任感の強いあの王子サマはすぐにでも行動を起こしてくださいましたよ？　ええ、こちらの予想通り。その結果がこの結末だ。ご理解いただけましたかい、引きこもりの第三王女殿下」

「そんな――っ、でも、こんなにあっさりお父様が……」

予想していたとはいえ、改めて告げられるとショックが大きかったのだろう。リリアーナはしばし視線を彷徨《さまよ》わせた後、思いついたように。

「そうですわ、そう簡単に王宮を落とせるものですか！　お父様はこういう時のために、自らお選びになったこの国でも選《よ》りすぐりの魔法使いの部隊を個人的に――！」

「ああ、国王直属の魔法部隊のこと？」

しかし、その僅かな反論も踏み潰すように、ラプラスは酷薄な視線を向けて。

「それ。さっき俺が一人で全滅させてきたところです」

「――――」

「それがこの場に遅れた理由ですよ。逆にそうじゃなきゃ、一番の脅威がいるここに即座に駆けつけないわけがないでしょうに」

「……そん、な」

「むしろ驚きましたよ。この国でも選りすぐりの魔法使い？　ははッ、あ、あれが？　あの程度でこの国の何を守るって言うんだ。平和ボケの代名詞として後世の辞書に残したらどうだい、まぁ後世なんてないんだけど」

衝撃を受け、後ずさるリリアーナ。そんな彼女の様子を見て多少は満足したのか、

「さて、それじゃあ第三王女殿下。こっちも長くおしゃべりできるほど暇じゃないんで……さっさとご退場いただきますよ、っと！」

地を蹴り、魔力を漲らせてこちらを攻撃すべく詠唱を始めた。

それに対しエルメスも、忘我の表情を浮かべるリリアーナの前に立ち。リリアーナにとあることを囁《ささや》き、はっと正気を取り戻したリリアーナを下がらせて、詠唱を終え突撃してきたラプラスを正面から迎え撃つ。

「――やっぱあんたが最難関だよな、エルメス。けどいいのかい、お姫様を守りながら俺と戦えるとでも？」

「どうぞやれるものなら。それに……個人的には、色々と言いふらしてくださった借りも返しておきたいので」

そうして、挑発の言葉を交わして。

エルメスとラプラス、二度目の激突が始まったのだった。

お互い、全てではないがある程度手の内を把握した者同士の戦いだ。故に戦闘は双方の予想通り――エルメスの防戦で幕を開けた。

「っ――」

「悪いが、そっちの弱点は把握してる」

ラプラスの血統魔法、『悪神の篝幕《ゴエティア》』。

その詳細は原因不明の感覚により解析できないが……それでも分かることはある。

今、エルメスの周りに次々と展開される黒い壁。あれに、捕まったら終わりだ。

よってまずは紙一重での回避に専念する。否――それしかできない。何故なら、エルメスの弱点。詠唱する間もなく攻め続けられると反撃が難しいのだ。

従来ならば強化汎用魔法である程度対応できるのだが、それでも応じきれない物量や実力、技術を持った相手には対応が一気に困難になる。故に現状は凄《すさ》まじい実力に加えて『一度捕らえられたら終了』という恐ろしい魔法を持つラプラスの攻勢に為《な》すすべはない
――

――だが。

「…………」

「……チッ、しぶとい」

それでも、エルメスは冷静に捌《さば》き続ける。一度のミスも許されない回避を精密に、正確

無比にこなす。時に誘導や相殺すら狙って決定打を与えない。

それを可能にしているのは、彼の桁外れの技術に加えて――

「――おい」

遂《つい》にラプラスが、その疑問に気付いて声をあげる。しかし、エルメスは答える様子を見せない。それを見て、ラプラスの中でますます疑念が深まり――その内容を心中で呟《つぶや》いた。

(どういうことだ。こいつ……お姫様を守る素振りがないぞ?)

そうなのだ。彼はこの戦いで今まで、一切リリアーナを気にする様子を見せない。

ラプラスへの対処にだけ全神経を注いでいる。だからこそここまで戦えているのだが
――言うまでもなくそれは、最も守るべきものを無視するという愚行に他ならない。

(……仕方ない。こういうのは趣味じゃないんだが……)

なら当然、そこを突くべきだろう。

個人的に上回りたい気概もあるが、私情を優先していいレベルの相手ではない。それを正確に理解した上で、ラプラスは意識を切り替える。

対峙するエルメスの後ろ。無防備に佇《たたず》むリリアーナに向けて魔法を起動。

黒い壁が箱のようにリリアーナを囲み、彼女を捕らえ――

――られない。

「な――ッ」

ここで初めて、ラプラスの表情が明確に変わった。何故なら起動した魔法、黒い結界が

狙ったはずのリリアーナ……その横。僅かに、されど決定的にズレた座標に出現したからだ。

操作ミスではない。ラプラスに限ってこんな状況でそのようなヘマはしない。

エルメスの仕業でもない、彼の動きには細心の注意を払っていた。

ならば、この現象の原因は——と思い、そこで気付く。

リリアーナの手元。そこに、エルメスと同じ翡翠《ひすい》の文字盤があることに。

「……どういう、ことだおい」

冷や汗と共に、ラプラスは呻《うめ》く。

「無能のお姫様じゃなかったのかよ、何が起こってやがる——!?」

◆

「……すみません、リリィ様」

戦う前、リリアーナがエルメスに言われた言葉はこうだ。

「ラプラス卿は強敵です。僕でも……貴女様《あなたさま》を守りながらでは厳しいでしょう」

「そんな——っ」

国王直属の魔法使いを単騎で全滅させたことといい、どこまでの化け物なのだあの男は。

そうリリアーナの思考が絶望に支配されるが——

「だから、問います」

そんな中でも、凜《りん》と。落ち着いた彼の声がリリアーナを射貫く。

そのまま彼は、はっきりとした意思を込めた声で。

「ラプラス卿の攻撃から、リリィ様の魔法で、ご自身を守ることはできますか？」

「――」

あの男の脅威を説明した上での、この言葉。普通に考えれば、即刻無理だと首を振るところ、だけれど。

彼の言葉と、そして視線には――確かな信頼と。何より、期待があった。

今まで誰にも向けてもらえなかった感情が、今一番向けてほしかった人から、はっきりと向けられていた。

それを自覚した瞬間――リリアーナの中で、何かが燃え上がる。

「お任せくださいまし、師匠」

気付けば答えていた。思った以上の強い口調。少し驚いているエルメスに照れ臭くなったリリアーナは、それを誤魔化すように可憐《かれん》な照れ笑いと上目遣いで。

「その代わり……上手《うま》くいったら、たくさん褒めてほしいですわ」

その言葉を聞き届けると、彼は軽く笑って。詠唱を終え、ラプラスを迎え撃つ。

そして、予想通りラプラスは途中こちらに向けて恐ろしい魔法を放ってきた。

凄まじい強敵との評価に偽りがないことは、彼に発動阻害《インターセプト》を行う時点で察せられた。エルメスを除けば、今まで対峙した誰よりも精密で、隙のない魔法だった。今までのリリアーナであれば僅かな阻害すらも不可能だっただろう。

けれど今は、師から貰《もら》った翡翠の魔法。より深く魔法を理解するための力があり。加えて宣言通り、自分を一切気にすることなく戦ってくれた師匠の信頼と期待がある。

――それに応えられずして、何が弟子だ。

自らの力で誇りたいと、先ほど確かに芽生えた彼女の想《おも》い。その想いを燃やし、過去最大の集中力でもって、恐らくはトップクラスの強敵の魔法にすら干渉することに成功したのだ。

……分かっている。成功したのはラプラスが自分に対しては油断していたから、そして意識の大部分がエルメスに割かれていたからだということは。

二度は通じない。本気で来られたら為すすべはない。

今の自分では、これが限界。たった一度、足手纏《あしでまと》いにならないだけで精一杯だ。

――けれど、いつか、必ず。誇れる弟子であるために、あの場所を目指す。

その決意と共に、リリアーナはエルメスを見据える。今度は彼女が、師に対する揺るぎない信頼を見せて。

◆

「お見事」

心からの称賛を、エルメスは告げる。

対するラプラスは、予想外のリリアーナの抵抗に流石《さすが》に一瞬の動揺を見せる。

──彼にとっては、それで十分。

「うちの愛弟子《まなでし》を舐《な》めないでいただきましょう」

「っ、しま──」

攻守が逆転する。今度はエルメスがラプラスに体勢を立て直す暇を与えず、現在の血統魔法を最大限使って攻め立てる。

……しかし、相手もさるもの。即座に攻勢に対応すると、互角の状態に戻す。その黒い壁を今度は防御に使い、エルメスの血統魔法を完璧に防ぎ切ってくる。

どころか、何かを思考する薄笑みすら浮かべ。再度戦況をひっくり返すべくエルメスの魔法の起動に合わせ、先ほどとは雰囲気の違う黒壁を展開し──だが、そこで。

「ずっと考えていたんですよね」

エルメスは、起動した魔法を──敢えて放たず。

起動をフェイントに使って、更にラプラスとの距離を詰める。

「貴方《あなた》の魔法は、どう考えても結界型。なのに以前の学園で、僕はその魔法に多大な手傷を負わせられた」

そのまま格闘戦に持ち込む。ラプラスはそこも優れているが、流石にここではエルメスの方に軍配が上がる。

「魔法が解析できなくとも、分かることはある。手傷の種類、戦闘の想起、魔力の残滓《ざんし》。貴方と痛み分けて以降、ずっとそれを考え――そして分かった」

じわじわと相手を押し込みつつ――彼は、結論を告げる。

「恐らく貴方は、カウンタータイプの魔法使いだ」

「！」

「相手の魔法を利用、逆用して手傷を与える。全てかは知りませんが、主要な攻撃手段の一つがそれなのでしょう」

戦闘の最中では普段ほど誤魔化《こわば》しは利き辛《づら》い。

微《かす》かに、されど確実に顔を強張らせるラプラスに、エルメスは図星だったことを悟る。

だからこそ、この回答だ。相手の魔法を利用するのが主要な攻撃ならば、そもそも魔法を使わなければ良い。

「故に近接《ここ》ならば、そこまでの攻撃力は発揮できない。貴方は僕を『防戦に向いていない』と分析したようですが――返しましょう。貴方は逆に、攻戦に向いていない」

唯一の脅威として、例の黒い壁で囲んで捕まえるというものがあるが――逆に言えばそれさえ見切れば、攻撃面での脅威は半減する。あの壁の攻撃にある程度の溜めがいるのは既に分析済みだ。その意味でも、この距離での戦いが現状での最適解。

そして彼は、上段の攻撃を囮《おとり》に足払いでラプラスを空中に跳ね上げ。

今までの苦戦の礼も込めて、意趣返しの言葉と蹴撃を放ったのだった。

「貴方と同じように——こっちだって、貴方のことは対策してるんですよ」

全体重を乗せた蹴りが、頭部に炸裂《さくれつ》する。

ラプラスも流石で、咄嗟《とっさ》に腕を挟み込んで威力は軽減させたようだが……いくら彼でもダメージは避けられず、吹き飛んで地面を派手に転がる。

「ッ、痛《い》ってぇな……」

当然、これだけで決着するほどラプラスは甘くない。即座に立ち上がり、未《いま》だ消えぬ戦意を宿してこちらを見据えてくる。一撃いいのを入れたとはいえ、戦いはまだこれから
——と、向こうは思ったかもしれないが。

そうはならない。何故《なぜ》なら……

「——待たせたわね、エル」

美しくも頼もしい彼の主人が。冥府の手勢を引き連れて、この瞬間駆けつけてきたから。

彼女——カティアに引き続いて、後ろからサラ、アルバート、そしてユルゲン。

トラーキア家の魔法使いが、ここに集結する。駆けつけた四人は多少の手傷こそ負っているものの、全員が無事。トラーキア家を襲った大量の刺客も退け、ここに集ってくれた。

「……みな、さん」

驚きのあまり泣きそうな表情で、リリアーナが呟く。加えてその後ろで、

「……嘘《うそ》だろ。もう全員蹴散らしてきたのかよ。どんだけそっちに戦力割いたと思ってんだおい」

驚愕《きょうがく》の表情で、ラプラスが呟く。

直接視認していないカティア、サラ、アルバートにも人相は伝えてある。状況的にも彼が元凶と即座に理解したこの場の全員が、一斉にラプラスに敵意を向ける。

形勢、逆転だ。

「……あー。時間切れか、くそったれ……！」

いくらなんでもこの人数差。分が悪いと理解したのだろう。心底悔しそうなラプラスの声を聞いて、ようやく一つ危機を乗り越えたことをエルメスは悟ったのだった。

◆

嬉《うれ》しい方向の想定外だ。

トラーキア家が襲撃されたことは知っていた、というより襲撃された瞬間エルメスもその場にいたのだ。

しかし、同時にユルゲンがリリアーナも襲われていることを察知。『無縫の大鷲《フレースヴェルグ》』で唯一脱出可能なエルメスを救助に向かわせた。

当然その分、トラーキア家の戦力は低下する。残された人間だけで突破できるかどうかは五分五分だと思っていたが……どうやら、カティアたちの力が想定以上だったようだ。

ともあれ、ここにリリアーナ陣営の主要な魔法使いが集結した。ラプラスに一撃を入れることにも成功したし、この場の形勢は完全に逆転した——

——と思えるほどには、どうやら事態は甘くなかったようだ。

どどど、と複数の方向から足音が聞こえてくる。

それに気付くと同時、建物の陰から一人、二人と人影が出てくる。

人影は止《とど》まることなく増えていき——やがて足音が止《や》む頃には。見える範囲だけでも何百に届こうかというほどの兵士たちが、エルメスたちを全方位から取り囲んでいた。

リリアーナが呟《つぶや》く。

「そんな……まだ、こんなに……」

その彼女の絶望に拍車をかけるように、先ほどとは別の兵士長らしき人間がラプラスの前に出てきて。

「ラプラス卿《きょう》。王宮の件、完全に終了いたしました。その他の第一王子派でない貴族の屋敷も軒並み制圧済み。——これで王都は全て、我らのものです」

「——」

分かっていたこととはいえ、あまりにも残酷な宣言。

そのまま、兵士はこちらを振り向いて。

「さぁ、あとはあの王女を捕らえるだけです！　何、トラーキアも揃《そろ》っているようですがこの人数差、我々ならば恐るるに足りません！　さぁ！」

「――ッ」

その言葉に、エルメスたちが一斉に臨戦態勢を取る。

合わせて周りの兵士たちも武器や魔法を構え、一触即発の空気が充満し――そこで。

「――やめとけ」

暗く、されど凜としたラプラスの声が、その空気を霧散させた。

周りの兵士たち、そしてカティアたちが驚きの表情を浮かべる。

一方のエルメスは対照的に静かな視線を向け、続きの言葉を待った。

「お前らじゃ何人でかかろうと無理だよ。トラーキアが揃った以上、下手に妨害しても無駄に兵力を減らすだけだ」

「なっ」

「そもそも、その危惧があったから『こうならないように』兵を動かしてたんだろうが。その前提が崩れた以上、ここまでだ」

「そんな……そんな消極的な！」

ラプラスの言葉に、また別の兵士が噛《か》み付く。

「何を恐れることがあるのです！　いくら血統魔法使いとはいえ高々五人、おまけに魔法が使えない無能の王女という足手纏いまで抱えている！」

「そうです！　我々全員の力に加え、ラプラス卿のお力まであれば負けることなどありえない。労せず捕らえられることでしょう！」

「ここまで全て計画通りに行っていたではありませんか！　トラーキアを襲撃する部隊だけがヘマをしたのです、捕縛の名誉を是非我々に――！」

「――へぇ？」

そのまま捲《まく》し立てる兵士たち。最後の言葉を聞き届けると、ラプラスはすっと目を細め。

「『ヘマをした』って具体的に何だ？」

「え……」

「部隊が油断したことか？　じゃあお前らはこの重大な場面で油断するような馬鹿どもより最重要箇所を任されなかった能無しになるな。それとも『何だかよく分からないが失敗したに違いない』とでも言うつもりか？――それこそ論外だろうが」

まさしく図星を突かれて黙り込む兵士に、ラプラスは引き続いて。

「理由のない失敗はないし、完全に計画通りに行くことだってあり得ないんだよ馬鹿ども。イレギュラーはいつでもどこにでもあり得る。今回はその特大のやつがここだった。トラーキアたちの実力であり――そこの王女サマだったたわけだ」

「っ」

ラプラスの暗い蒼《あお》の瞳に射貫《いぬ》かれ、リリアーナが怯《おび》える。彼は再度兵士たちを見回すと。

「『魔法が使えないから無能に違いない』。『たった数人で突破できるはずがない』。自分たちに都合の良いことだけ信じて事実を捻《ね》じ曲げるな。それすら認識できないほどお前らは愚かか？」

有無を言わさぬ迫力で、兵士たちを完璧に黙らせる。続いて肩をすくめると。

「……ま、俺も人のことは言えんがね。しくじったのは事実だし。——だが、だからこそこれ以上はやらん。当初の計画には固執しない、トラーキアをこれ以上相手にはしない」

結論を告げたのち、それに、と薄く笑みを浮かべてこちらを見据える。

「——そっちだって、これ以上王都《ここ》でできることはないだろ？」

言葉を受け、カティアが歯噛《はが》みした。……事実、その点に関してはエルメスも同感だ。

戦いの前に、リリアーナに言った通り。

王都はもはや完全に制圧され、僅か六人で奪い返すことは不可能。

仮にここで暴れて——万が一にここの兵士たちを全員倒し、ラプラスも仕留められたとしよう。だが、所詮そこまでだ。王都中の戦力をかき集めればこの比ではないだろうし、ラプラスと同格の人間がまだ潜んでいない保証もない。ただ逃げるだけならともかく、『場所を奪う』ことに関しては——あまりにも圧倒的に、数は力なのだ。

故に……こちらもこの場からの離脱以外に、もはやできることはない。

「分かったろ？　あんたらは強い。だが、ただ強いだけだ」

以前学園でエルメスに言ったことと似たような言葉を、ラプラスは復唱する。

「単騎の戦力が優れているからどうした。そんなもんでできることなんざ、せいぜいそれだけだよ。お姫様、それを重々噛み締めた上で、どこぞで細々と逃げ延びるが良いさ。

――いずれ必ず、あんたは追手をかけて捕まえる。その時までな」

底知れない視線に再度射貫かれ、リリアーナが怯えを露《あら》わにする。

エルメスが肩を支えようとするが――彼女はそこで、顔を上げると一歩踏み出し。

「……そうですわね。あなたの言う通り、良く分かりましたわ。――でも」

きっ、と幼いながらも精一杯の迫力をその碧眼《へきがん》に宿して、睨《にら》み返す。

「追手をかける必要はありません。何故ならわたくしは――必ず、戻ってくるからですわ」

「――」

「王都を、この国を、あなたたちから奪い返す用意を整えて。必ず帰ってきます。だからあなたは……ヘルクお兄様にお伝えくださいまし」

あどけなく美しい顔を、決意に固めて。ラプラスを指差し、告げる。

「絶対に、玉座の前で、一発平手打ちをかましますので。覚悟して待っていなさいと！」

突きつけられたラプラスは、しばし呆《ほう》けた表情を浮かべたのち。

――は、と嘲るように、されど一定の真剣さを込めて不敵に笑う。

「りょーかい。伝えておこう。『期待せずにお待ちください』とだけ改変してね」

そこで、更に遠くの方から多くの足音が聞こえてきた。追加の兵士たちが、更にここを目指して集いつつあるのだ。それを把握した上で、ラプラスが笑みを深めて。

「それじゃ、さっさと逃げ――いや、このまま待ってくれてもいいですよ？　そうしたら先の啖呵《たんか》を最大の笑戯劇《バーレスク》としてお伝えして差し上げますが」

「っ」

当然、そう言われればこの場に留《とど》まる理由はない。

そのままリリアーナは、エルメスたちを伴って。

騒ぎと、怒声と、炎上に満ちた王都から——逃げ出したのだった。

◆

王都が燃えている。

簒奪《さんだつ》と、変革と——そしてきっと破滅の始まりとなる音に、今も王都は満ちている。

「……トラーキア家も、奪われました」

そんな王都から抜け出し、安全な場所まで逃げ延びてから。

重い声で、ユルゲンがリリアーナに告げた。

「レイラをはじめ使用人たちも安全な場所に逃がしましたし、人員の損失はありません。ですが——あの数を前に家に留まるのは自殺行為と判断したため、捨てざるをえませんでした。……申し訳ない」

責める者はいない。ユルゲンがそう判断したのなら、それが最善だったのだろう。全員がその意思を共有する。……それに、責はユルゲンだけにあるのではない。全員にあるか、誰にもないかのどちらかだ。

どうしようもなかった。ラプラスの言う通り、あの謁見の場にラプラスが現れた時点で、既に抗《あらが》いようもなく詰みの状況だったのだ。

向こうの魔の手は想像を遥《はる》かに超えてこの国に浸透しており、第一王子ヘルクの、そしてその背後にいるラプラスと彼が所属する組織の思惑通り、為《な》すすべもなく王都は奪われた。

次の王位を目指すという戦いに、自分たちは——戦う前に、負けたのだ。

——でも。

「なら、奪《と》り返しましょう」

それでも。何もかもが奪われたそんな中でも。

得たものと、生まれたものが、ある。

その最たるものを持つ幼い王女様。創成魔法の使い手であり、彼の一番弟子は宣言する。

「トラーキア家も、王都も、玉座も、何もかも。

今回足りなかったものを集めて、もう一度、取り戻しに行きましょう」

「……殿下」

今日の昼、エルメスにしがみついて泣きじゃくるばかりだったリリアーナ。そんな彼女の変化、毅《き》然《ぜん》とした態度と宣言に、ユルゲンが目を見開く。

そのまま、彼女は引き続いて宣誓を謳《うた》う。

「そうして、玉座の前で。言った通りお兄様には一発平手打ちをかましますわ。その上でどうしてこんなことをしたのか、何を知っていて何を言われ、どう思ったのか。全部全部問い詰めて、わたくしがどんなに傷ついたか、思ったことを全部全部叩《たた》きつけて――」

涙を堪《こら》えて、最後に。

「――そして。最後にちゃんと、仲直りをしますわ」

家族が大好きだった少女は、その在り方のまま、己の想《おも》いを告げる。

「全部をぶつけて、全部を受け止めて。そうしてまた、家族に戻るのです。戻りたいのです」

「……」

少女の決意を、その場の全員が聞き遂げる。

それから、リリアーナは全員の前で――頭を下げて。

「その……ごめんなさい。今までのわたくしは、覚悟が足りませんでしたわ。『王様になる気はない』だなんて言って、逃げて……甘えていました。あの王都の混乱の中、誰一人欠けずに集ってくれた。こんな素晴らしい人たちに……頼りっぱなしに、なっていたのです」

今までの態度と、自分の非を告げてから。再度顔を上げて、全員を見据える。

「――もう、迷いません。玉座を取り戻すまでは、止まらないと約束します。だから……改めて、わたくしに、力を貸してくださいまし」

それからリリアーナは全員を見渡し、締めくくりとして、エルメスの顔を見ると。

「……そして、師匠」

確かな光を美しい碧眼に宿し、告げる。

「どうか……改めて。わたくしを、導いてくださいますか？」

問われ、エルメスはまず周りを見渡す。

カティア、サラ、アルバート、ユルゲン。ある者は微笑《ほほえ》み、ある者は頷《うなず》き。

想いが一つであることをエルメスは確認してから、もう一度正面を見る。

リリアーナ・ヨーゼフ・フォン・ユースティア。

彼の師とよく似た少女であり、現状唯一の、彼と特性を共有する少女。

そんな彼女は——あの時の縋《すが》るような表情とは一線を画す、確かなものを、きっと彼よりも強い何かを持った視線で、真剣にこちらを見てきていて。

——綺麗《きれい》だ、と思った。

彼にとっては、それで十分だった。

「はい、喜んで」

端的に肯定の意を告げ、彼女の手を取る。リリアーナは瞳を潤ませ、再度感謝を告げて。

そうして、全ての始まりとなる六人は集い。

——国の未来を取り戻すための戦いが、始まったのだった。

第四章　北部反乱

——王都が、静けさを取り戻していく。

あちこちで上がっていた火の手は消され、穏やかな月明かりが王都を覆い。そこら中で響いていた怒声もついには聞こえなくなり、晴夜の静寂が戻る。

それはすなわち、王都の掌握が完全に終了したということに他ならず。

「……さて」

その様子を窓から確認すると、男——ラプラスは身を翻し、王宮の廊下を歩く。

行き先は、謁見の間。そこで次の国王であり、現状彼が表面上仕えている王子様が待っている。今後の方針を擦り合わせるべく、かつこつと一定のペースで足音を響かせ——

——それがふと、ぴたりと止まる。

その原因となった、曲がり道の陰に潜む人影に視線を向けて。ラプラスは……微《かす》かな驚きを含んだ苦笑と共に、親しげに告げた。

「——よぉ。ボス」

人影も、同様の表情を返す。そんな二人の間には、厳格な組織にあるような明確な上下関係は驚くほど感じられない。

「来てたのかよ。誰にも見つかってないだろうな？　あんたが表に出るのはまだ先って話だったろ」

人影が、苦笑とともに謝罪と心配していたことを告げ、そのまま首尾を聞いてきた。

「予定通りだよ。必須目的だった王都の掌握は拍子抜けするくらいあっさり終わった。国王の親衛隊も大したことなかったな、あれなら俺がわざわざ行かなくてもよかったくらいだ。ぜーんぶ計画通りさ」

言いつつも、ラプラスの顔は苦々しい。そこを容赦なく指摘してきた人影に、全てお見通しかとラプラスは手を上げて。

「………あー分かった分かった。そーだよ、俺が一番懸念してたエルメスとその一党にはものの見事に逃げられた。確実に捕らえられると思った戦力よりも更に上乗せしてけしかけたはずなのに全部突破されたよ畜生」

その時の光景を思い返しつつ、ラプラスは分析する。

「エルメスもきっちりこっちの対策してきてたし、トラーキアの連中も学園での分析以上に成長してた。おまけに――あの王女サマまで、訳分かんない魔法を習得してやがったし。流石《さすが》にあれは初見じゃ読めんわ」

恐らく……原因はあの翡翠《ひすい》の文字盤。一週間ほど前にエルメスがあの王女様の家庭教師になったことは知っている。察するに、その間に何かを身に付けさせたのだろう。

「てことは、ケチの付き始めは学園の一件だな。あそこでエルメスが俺を痛めつけなければ今回の計画が遅れることもなく、その分こっちが遅らせてた謁見も早まって簒奪も早くなり、王女サマの成長もなかった。……マジかよ。そう考えると全部あいつに邪魔されてんのか。しかもあの様子からするに、今度会う時はもっと厄介になってるだろうなぁ。

──あくそ、マジで改めて腹立ってきたぞおい」

敵意も露《あら》わに、ラプラスは苛立《いらだ》たしげに呟《つぶや》く。

改めて、あそこで逃したのは手痛い失敗だったと考える、が──

「──だが、最初に言った通り。全部計画通り、だ」

個人的な怒りを押し殺し、組織の幹部として。酷薄な笑みを取り戻しラプラスは告げる。

「こっちはリリアーナ王女を取り逃がしたし、どうやら向こうも王子サマがしくじって第二王女まで捕らえ損ねたようだが……」

親しみと、敬意を込めた視線を人影の方に向けて。

「最初に言った通り、今回の必須目標は王都の掌握、それ一点だ。逆に言えばそれ以外はどうでも良い。というか──どう転ぼうが最終的にはこっちが勝つようになってる」

改めて、彼の上司に声をかける。

「そういう計画を立てたのはあんただろ、ボス？」

人影が、同意を示す。

計画に失敗はつきものだ。故に──その失敗すらも計画の余白として組み込んである。

最良の結果こそ逃したが、現状は欠片《かけら》も彼らの想定を逸脱していない。

それを共有できれば十分だと、二人は頷き合って。

「そんじゃあ、今後の話だ。とりあえずこっちは王子サマと話して、今後の国内貴族に対するスタンスを決める。……ああ、油断はしないさ。ヘルク殿下は有能じゃないが馬鹿でもない。転がすのも一手間だが――まあそっちは上手《うま》くやる」

いよいよ大詰めだねと、人影が言う。ラプラスも頷く。

「そうして、国の件が一区切りついたら、いよいよ本命だ。

ボス。――『あんたの魔法』を、取り戻しに行くぞ。それがそれができればチェックメイト、あとはもう勝ち戦だ」

そうして、最後に彼らは笑って。

「あんたの望んだ、愉快な破滅はもうすぐだ。――楽しもうぜ？」

二人は、互いに背を向けて。お互いの行くべき場所へと、歩みを再開するのだった。

◆

同刻、王都から遠く離れた森の中。一先《ひとま》ず追手がかかる心配が小さくなった距離と場所にて、焚《た》き火《び》を囲んで相対する影が六つ。

エルメス、カティア、サラ、ユルゲン、アルバート、そしてリリアーナ。現状、たった六人となってしまった第三王女陣営の全員だ。

一同を代表して、ユルゲンが口を開いた。

「……それでは、今後の方針について話そうと思う」

この場で唯一の大人である彼の言葉に、自然と全員が耳を傾ける。

「王都は第一王子派に奪われた。奪還のためには、何をおいても戦力を集めなければならない。これは、全員が共有できていることだと思う」

全員の同意を確認した上で、ユルゲンが続ける。

「ならば、そのためにどこに行くか。その候補はいくつかある。まず第一に思いつくのは――『ローズを頼ること』、だね」

これに対する反応は半々に分かれた。

ローズこと、ローゼリア・キルシュ・フォン・ユースティア。ユルゲンのかつての友人であり、エルメスの師にあたる人物。

その人間関係を知っているエルメスとカティアは納得を、知らなかった――つい今しがた聞かされたばかりのサラ、アルバート、リリアーナは再度の驚愕《きょうがく》を顔に浮かべる。

その中でも特に衝撃だっただろう少女――リリアーナにエルメスは視線を向ける。それを察してか、リリアーナが口を開いた。

「……びっくりは、しましたわ。まさかあの『空の魔女』様が、師匠のお師匠様だっただなんて。でも――ある意味納得もしました。聞きたいことは色々とありますが……とりあえず、味方であれば頼もしいことは間違いありませんわ」

その言葉から、ローズに抱いている懸念のあった忌避感は感じられない。

特にリリアーナは『空の魔女に似ている』ということで受けた中傷もあったと聞くが──それを引きずっている様子は見られなかった。

アルバートとサラも、驚きこそすれ厭《いと》う様子はない。ならば──と全員がユルゲンに視線を向ける。それを踏まえた上で、ユルゲンは口を開き。

「ローズを頼る選択肢だが──私は、お勧めはしない」

今度は、全員に驚愕が広がった。

「理由をお聞きしても？」

「もちろん」

しかし思い当たる節もあったエルメスが真っ先に問い、ユルゲンが頷いて解説を始める。

「まず第一にして最大の理由は、求める『戦力』の質の違い。ローズは強い。凄《すさ》まじく強い。人間の範疇《はんちゅう》であれば間違いなく王国最強だ。だが──それでも。ラプラス卿《きょう》の言う『ただ強い』の域を出ないことも確かなんだ」

そう。現状、リリアーナ陣営に圧倒的に足りないもの。それは個人戦力としての強さではなく、頭数だ。彼女が加わってくれれば心強いことは間違いない。

だが──彼女を加えただけで王都奪還ができるかどうかと言われれば、これも違う。

もしそうなら、そもそもローズは王都を追い出されていないのだ。

「そういうことだ。ローズを加えるのは魅力的だが、決定打にはならない。どころか頭数をそろえる、まとまった軍隊を味方につけるにあたって──『彼女が仲間であること』はデメリットになる可能性すらある」

「っ」

カティアが歯噛《はが》みした。残る全員もある種の納得を見せる。そうだ、この場の人間は例外的に忌避感こそ持っていないが……この国の大半の人間は違う。

彼女自身が王都でやったこと、それに国全体の情報操作も加わって――『空の魔女』は多くの貴族、そして民にとって紛れもない悪名なのだ。

その彼女がいることで、本来得られるはずの味方を得られない可能性がある。遺憾だが、そこも認めざるを得ないだろう。

「加えて、彼女の気質。事情を話せば、ローズは間違いなく匿《かくま》ってはくれるだろう。だが……『王都を取り戻す』ことに関して、彼女が積極的になってくれる確証は正直私にはない」

「……確かに。師匠なら、『じゃあ全員一緒に国外へ逃げようぜ！』と言ってもおかしくない――いえ。多分高確率でそう言うかと」

ローズをよく知るエルメスもそう告げる。彼女は、王都を毛嫌いしている。カティアたちと触れて昔ほど顕著ではなくなってきているものの、それでもあんなことがあった王都の奪還を積極的に目指してくれるかと言われると……あまり自信がない。

「そして最後に……時間だ。エルメス君、端的に問おう。もし君が今からローズのもとに向かうとして――辿《たど》り着くまで、どれくらい時間がかかる？」

問いかけられたエルメスは、数秒考え込み。

「……三日、ですね。師匠のいるところは国の端も端ですし、『無縫の大鷲《フレースヴェルグ》』を使ったとしても一日中空を飛べるわけではありませんので」

「ああ。三日、つまり往復で六日。事情説明や準備も含めると一週間。――今の我々にとっては致命的なロスだ。極端な話、その間に追手と鉢合わせればほぼ詰みだ。分かるね、私たちは今が一番危険な状況なんだよ」

それらの理由から、少なくとも今すぐにローズを頼ることは得策ではないとユルゲンは告げる。

「無論、いずれなんとかしてこちらの状況を彼女に伝えることは必要だろう。だが……ローズだけを頼りに今後の進路を決定するのは危険と私は考える」

「……」

理に適《かな》っている。エルメスとしても異論はない。

他の人間も同意見のようだ。そしてその上で、リリアーナが問う。

「……では、どうするんですの？」

疑問と、信頼を含んだ声。

エルメスも同意見だ。……ユルゲンがここまで言う以上は、代案を用意していないはずがない。その予想通り、ユルゲンは頷《うなず》いて続ける。

「さっきも言った通り、私たちに今必要なのは軍隊戦力だ。……生憎《あいにく》トラーキアは文官の家系だから、こんな状況で頼れる軍隊は持っていない。すぐに頼れるような他の家も思い浮かばない。

——だが、賭けになるが一つ、大きな心当たりがある」

「！」

全員が改めて注目する中、ユルゲンが口を開いた。

「覚えていますか、殿下。今日、謁見の間で言われたことを」

「え……」

「色々あって、それどころではなくなってしまいましたけれど。言われたでしょう——殿下が御自ら、『北部の地方反乱を平定しろ』と」

今この状況でその話題を出す意味。それを正確に把握し、代表してカティアが確認した。

「……お父様。まさか」

「ああ。——敢《あ》えて、そこに向かうことを提案する」

一同がざわめく。

「理由は二つ。一つ目は現金だが——もし平定が叶《かな》えば、現在反乱の煽《あお》りを食っている家を味方に付けられるだろう。今回の王都の事件を受けて反乱がどうなっているかは分からないが……それでも、全く元通りとはなっていないだろうしね」

「……そう、ですね」

「そして二つ目。……エルメス君と話した通り、今回の反乱は『教会』が関わっている可能性が高い」

　謁見の後、ユルゲンと会話して確信したことだ。

「今回の王位簒奪《さんだつ》に教会がどこまで関わっているかは分からないが……教会ほどの大規模な組織が全く無関係とも考えがたい。ならば、この地方反乱を足掛かりにして——今回の事件が何故《なぜ》起こったか、その謎に踏み込めるかもしれない」

　……それは、確かに重要だ。この王都の事件は、何もかもがあまりに唐突だった。その背景を把握しないことには、しっかりとした奪還は叶わないだろうから。

　だからこそ、敢えてのこの提案。

　無論言うまでもなく、リスクは極めて高い。反乱の規模も内容も、向こうの戦力も分からない。平定できなければその時点で詰みだ。

　だが、それが叶えば。軍隊戦力と、王位簒奪に関する情報。現状最も欲しい二つのものが一挙に手に入る可能性がある。

　まさしくハイリスクハイリターンな提案。もっと安全な方法も探せばあるのだろうが——最大かつ最短で目的に近づくには、恐らくこれがベストだろう。

　そして、自分たちには時間がない。第一王子の側近であるラプラスの目的を大まかに把握している以上、時間が重要であることも間違いない。

　一同が悩み、最後の決断を下すべきリリアーナに視線を向ける。

　リリアーナはそれを受け止めた上で……エルメスを見てきた。今度はエルメスが視線の

意味を読み取り、穏やかに告げる。

「公爵様の提案を、お受けした方がよろしいかと」

「……師匠《せんせい》」

「確かにリスクは非常に高い。ですが——そもそも現状がこの上なく追い詰められている状況だ。堅実な手では盤面をひっくり返すことは叶わないでしょう。ここは、冒険に出るべき時かと」

エルメスの言葉に、カティア、サラ、アルバートも首肯する。

それを受けて、リリアーナは一度俯《うつむ》いた後、毅然《きぜん》と顔を上げて。

「……分かりました。ユルゲン、あなたの提案で行きますわ。北部反乱に介入し、味方戦力と情報を集めに向かいます」

「——」

「師匠の言う通り、ここは危険を冒してでも進む時です。そして何より……民が危険な目に遭っている場所ですもの。王族として捨て置くわけには、いきませんわ」

「……御意に」

ユルゲンが、微笑と共に頷き。一先ずリリアーナ陣営の方針が、決定したのだった。

最大の議題が片付き、一息吐《つ》く一同。そこで、ユルゲンが口を開く。

「助かりました、殿下。……今回の地方反乱は、個人的にも色々と気になっていることがあったもので」

「……気になっていること？」

「ええ。教会の件もそうですし、それに――これはエルメス君、むしろ君たちの方が関わりが深いことだろう」

それを聞き、リリアーナ以外の四人も注目する。

「謁見が終わった後、個人的に北部反乱について調べてみた。するとね……気になる名前が出てきたんだよ」

「名前……」

反芻《はんすう》するエルメスに、ユルゲンは厳しさの増した視線で。

「反乱に参加している――つまり今回敵となる可能性が高い、貴族の名前だ。資料にはこうあった。北部六家の内訳は、アンティラ男爵家、スヴェント男爵家、マルコフ子爵家、メラム子爵家、ヴァレンティン伯爵家。

そして最後に――フロダイト子爵家、と」

「！」

聞き覚えのある、その家名に。

エルメス、カティア、サラ、アルバート。共通点を持つ四人が、一斉に目を見開いた。

◆

某日、某所。

月明かりに照らされた狭い部屋で、銀髪の美しい少女が立ち上がり。様々な感情を宿した瞳で、彼女だけに分かる確信を持って。

ニィナ・フォン・フロダイトは、告げたのだった。

「そっか。——来るんだね、エル君」

◆

とりあえずの方針が決まったところで。もう今日は夜も遅いし、近い街もなかったため、エルメスたち一行はその場で野宿の準備を始めた。

幸い、ユルゲンがトラーキア家を脱出する際に一通りの道具は持ち出していてくれた。なんとも妙な因果だが、以前冤罪《えんざい》をかけられたカティアと逃避行をする際の経験が役に立ち、一式をまとめておいてくれたらしい。

……とはいえ、ここにいる人間はエルメスを除き全員が王侯貴族。この手の手法に明るいとは言えず、必然エルメスが大半の準備を担うことになった。

無論、全員が自分にできることは必死に行ってくれたし、何より……

「師匠！　薪《まき》集めが終わりましたわ！」

「師匠、他には何をすればよろしいんですの？」

「なんでも言いつけてくださいまし、師匠！」

この通り、リリアーナが想像以上に積極的に働いてくれた。

激動だった今日一日の疲れを微塵《みじん》も感じさせず、小さな体を懸命に動かして。きっとこんな泥にまみれる作業はやったこともなかったろうに、不満を欠片《かけら》も表に出さず頑張ってくれた。

その甲斐《かい》あって、不慣れな人間も多い中、野宿の準備はつつがなく完了し。

明日からの移動に備え、早い時間から就寝の用意を整えることができた。


夜も更け、草木も寝静まり。穏やかな月光だけが木々の隙間から優しく照らす中、エルメスは見張りのためテントの横に腰掛けていた。

テントは二つ。単純に男女比が三対三だったため部屋割りは選択の余地なく決定した。

今頃は向こうのテントでカティア、サラ、リリアーナが休んでいる頃だろう。

「……」

綺麗《きれい》な満月を見上げつつ、エルメスは考える。

現状の把握、方針の吟味、行動の推測。一人でいる時に何かと思索を巡らせることは、魔法研究を通して染み付いた習慣だ。そうして、この追い詰められた状況を打開するために彼が思考の海に沈んでいた時だった。

「……エルメス、さん」

傍《そば》から声。一旦思索を打ち切って目線を向けると、そこには声と呼び名から予想した通りの金髪の少女が。

「――サラ様。どうしました？」

単純に眠れずに出てきた、というには少しばかり表情が真剣だ。

何かあったのだろう。その推測通り、サラは少しばかり硬く、けれど彼女らしい優しさも見える声色で、今しがた出てきた自身の寝所を指し示し、こう言ったのだった。

「あちらのテントに、行ってくださいませんか？……見張りは、わたしが代わっておきますから」

サラの言葉の理由は、テントに入った瞬間に分かった。

……と言うより、おおよそ推測できていた。

「……っ。…………ぅ……」

促されて入ったテントの中央。赤髪の幼い少女が眠る布団の中。

――そこから漏れ出てくる、押し殺した嗚咽《おえつ》。

それが気になっているのだろう、左側の少女カティアも起きているのが気配で分かる、そもそもテントに入る際に彼女にも許可を取った。

エルメスが部屋の中央に寄ってしゃがみ込む。そこでようやく気配に気付いたのか、リリアーナがぱっと顔を上げた。

「──師匠!?」

流石《さすが》にそこにいる人間までは予想外だったか、上擦った声をあげる。

そこからすぐに現状に気付いたのか、誤魔化すように明後日《あさって》の方向を向いて。

「な、何をしているんですの。いくら師匠とはいえ乙女の寝室に無断で入るなど──」

「リリィ様」

その声を遮って、エルメスは静かに名を告げる。

説明してもらわずとも分かった。薄明かりの中でも分かる腫れぼったい目に、枕の染み。

──泣いていたのだ、彼女は。布団の中で一人、誰にも聞かれないように声を押し殺して。

……無理もないと思う。

いくら、最後で決心したとはいえ。立ち上がる決意を固めたとはいえ。

あんなことが、あったのだ。僅か十一歳の少女が一日で体験するにはあまりにも残酷で、悲しい出来事が今日は起こりすぎてしまったのだ。

それら全てを、無視することなどできるはずがない。否、無視しないと決めたからこそ、立ち向かうことを決心したからこそ、その重責と悲しみが今彼女に襲いかかっているのだ。

故に、エルメスは問う。

「リリィ様の許可を取らず入った件は申し訳ございません。……ただ、放っておくわけにもいきませんでしたので」

「！」

「……何か、僕にできることはありますか？」

ある、と一も二もなく言いそうになってから。

リリアーナは口を引き結んで、それでもどこか迷うような声で。

「……や、やめてくださいまし」

そう、告げた。

「やめてください、甘やかさないでくださいまし。……わたくしは、わたくしはもう甘えるだけではないと、一人で頑張ると決めたのです。だから……っ」

「……」

……そんなことだろうなとは思った。今回野宿の準備をするにあたって、リリアーナは積極的に働いてくれた。必死に、全力で、何も考えず、手伝いを続けてくれた。

――そうでなければ、耐えられなかったからだ。何かに没頭していないと、背負ったものから目を逸《そ》らしきれなかったからだ。

だからこそ、寝付くにあたって。何もすることがなく、一人で横になった瞬間、それらが一斉に襲いかかってきたのだろう。

それでも、彼女は。自分だけで受け止めようとした。自ら背負って、涙を流してでもやり過ごそうとした。その心根は、非常に尊いことだと思う、けれど。

「……保《も》ちませんよ、リリィ様」

エルメスに先んじて、そう告げる少女がいた。リリアーナがそちらに目を向ける。

「……カティア？」

「その心意気は素晴らしいものです。が……心を張り詰めるばかりでは、いずれ行き詰まります。それはあなた様も勘付いているのでは？」

彼女の言葉には――きっとその在り方と行き詰まりを実体験した者にしか分からない、重みがあった。

「カティア様の仰《おつしや》る通りです」

「……師匠」

それに、エルメスも乗っからせてもらうことにする。

「進む決意をして、実際に結果も出した。それでもう、今日は十分ですよ」

「……っ」

「それに……いきなり頼ってもらえなくなるのは、こちらとしても、少し寂しいので」

そう苦笑と共に告げ、ぽんと頭に手を置く。……そこが、限界だったのだろう。

「ぅ……ぁ……っ!!」

リリアーナが、こちらにしがみつき。すぐに、くぐもった泣き声が聞こえてきた。

温かく、柔らかく、小さな体躯《たいく》を腕に収める。

カティアも立ち上がり、こちらに寄ってきてリリアーナの背に手を置く。

どうして、と言う声が聞こえた。変わってしまった兄姉《きようだい》を悲しんでいた。今日一日で失ってしまったあまりにも大きなものを悼んでいた。

ありったけの不満と、悲哀と、絶望をぶちまけた。その全てを受け止めた。

そうして、また。前に進むための儀式を、彼女は行っていくのだった。


そのように、明日立ち上がるための準備を終えて。リリアーナは、改めて床につく。

……ちなみに、エルメスも一緒だ。

「……わたくしが、寝付くまでで良いので。だからどうか、一緒に……」

と、微《かす》かに涙の残る可憐《かれん》な目で頼まれては断れない。

丁度、カティアと彼女を挟み込む形で。時に二人でリリアーナを落ち着かせ、時に彼女の声を受け止めて。時に温《ぬく》もりを伝えるべく触れ合って。

そうしてしばらくした後、泣き疲れたリリアーナから規則的な寝息が聞こえてきた。

最後にもう一つ、艶《つや》やかな赤髪を穏やかに撫《な》でて。一仕事が終わったことを悟る。

「……思ったより、ずっと強いお方だったわね」

それを見計らってか、対面で横になるカティアの声が聞こえてきた。

「あなたが来る前にも、色々話したけれど……『嫌だ』とは一言も言わなかったもの。

——そう言っても仕方ないと、私は思っていたのだけれど」

その口調からは、確かな敬意と慈しみが感じられた。

……正直なところ、これまでのカティアとリリアーナの仲はエルメスから見るとあまり良好だったとは言えなかった。無論互いに立場を意識して尊重していたものの、その範囲内では何かと張り合いたがった記憶がエルメスの中にはある。そのことを聞くと……

「……まぁ、否定はしないわ。だってその……ずるいじゃない。こう言ったらあれだけど、エルに教えられるためにいるような子だったし……本人もそれに全力で甘えきってエルにくっついてるし……」

と、軽く羞恥と嫉妬が交じったような表情で視線を逸らし気味に告げてくる。

……なんだかこれ以上は掘り下げてほしくなさそうだったので、エルメスは話題を変えることにした。

「……今日一日で、色々とありましたね」

「……ええ、そうね。本当に色々と」

国王への謁見、リリアーナの兄姉《きょうだい》との顔合わせ、ラプラスとの再会。

そうして夜の王宮襲撃、王都の簒奪《さんだつ》。そこからの脱出。

……改めて並べてみると、これらが僅か一日の間に起こったことが信じられない。今朝の自分に今の境遇を話しても俄《にわか》には信じ難いだろう。

「……これから、どうするのかしら」

控えめに、カティアが聞いてきた。

「そうですね。一先《ひとま》ずは公爵様の方針に従って動こうと思います。何を推測するにしても、今はあまりに情報が足りない。北部反乱で、その一端でも集められればと」

そうして、首尾よくいった場合は……とエルメスが続ける。

「そこから兵力を集め、可能な限りの推測と対策を行って、王都に戻り。ラプラス卿《きょう》、そして恐らくはまだ見ぬ組織の方々、トップの方と対決する。言うのは簡単ですが……きっと、この上なく厳しい道程となるでしょう」

その声色に、少しだけ硬さが交じった。

自分は良い。厳しい道行ならばこれまでも幾度となく乗り越えてきた。

……だが、自分以外はどうか。そう懸念するエルメスの手に——ふと、柔らかな手のひらが重ねられる。改めて対面を見ると、美しい紫水晶の瞳と目が合って。

「……大丈夫よ、エル」

美麗な、それでいて芯のある声で彼女は言葉を紡ぐ。

「あなたが何をしても、どこに行っても。……私は、そばにいるから」

「——」

その声に導かれるように、委ねられるように。穏やかな表情で、エルメスも頷《うなず》く。

そうして、しばしの沈黙が流れ——そして、気付く。

夜更け、狭いテントの中。手を伸ばせば容易に触れ合える距離で、お互いに寝転がり。

寝息を立てる小さな子供を挟んで、先ほどまでのような言葉を交わす。

……これは、ひょっとしなくても、かなり恥ずかしい状況なのでは？

「…………」

見ると、多分全く同じことに気付いた様子で。カティアがその美しい顔を見慣れた赤に染め、なんと言っていいか分からない様子で口を絶妙な感じに緩ませていた。

「……そろそろ戻りますね。あまりサラ様を待たせてもいけませんし」

「あ……」

瞬時に判断してエルメスは立ち上がる。

すると何故《なぜ》かカティアが、思わず、といった調子で少しだけ寂しそうな声をあげた。もう一度目を向けると、今の無意識の声を恥じる様子で彼女は。

「そ、そうね。明日も早いし。殿下のことは任せてあなたも早く休みなさい」

「は、はい」

……なんだかこのやり取りも久しぶりな気がする、と。

そんな益体《やくたい》もないことを思いつつ、エルメスはテントを後にする。


テントを出て歩き、見張りを代わっていてくれたサラに声をかける。同時にリリアーナの様子も伝えると、彼女は心から安心した様子で微笑《ほほえ》み、一礼して入れ替わりに戻っていく。

……しかし、その途中で。ふとサラは足を止めると、こちらを振り向く。

「……その、エルメスさん」

「はい？」

控えめに問いかけられて、エルメスも正面から彼女を見やる。

「えっと……今そういう状況ではないのも分かりますし、多分カティア様もそうだと思うんですけど……」

そう言って彼女は、月光に照らされたブロンドの髪をふわりときらめかせ、幼さを残した美しく白い顔を対照的に朱に染め。

「……最近、エルメスさんはリリィ様に構いっぱなしだったので。……その。たまには、こちらともお話ししてくれると……嬉《うれ》しい、です」

そっと、それだけを告げて。わけもなく息を詰まらせるエルメスに向かって、もう一度頭を下げると。少しばかり慌てるようにテントへと帰っていくのだった。

「…………」

言葉の内容にか、それとも月下の彼女のあまりに美麗で儚《はかな》げな雰囲気に呑《の》まれてか。しばしその場に立ち尽くしたのち、エルメスも見張りに戻ろうとする。

そして、そこで。

「……まぁ、俺は何も言えんが」

いつの間にか起きていたアルバートと、最後に目が合う。

「……ええ、っと」

「何も言えんぞ。生憎《あいにく》俺は堅物すぎると周囲から言われて、こういうことにはとんと無縁だったものでな」

その顔には、『何も言えない』のではなく『不用意なことは何も言いたくない』という意思がありありと表れていた。よって彼は宣言通り一切言及せず、用件だけを告げる。

「見張り交代の時間には早いが、お前も寝ろ。恐らく今後も一番負担がかかるのはお前だろうからな」

「……お気遣い、痛み入ります」

それでもきっちりと周囲のことは見ている彼に、ある種の信頼を覚えつつ。心からの謝意を述べて、エルメスもテントに戻る。

そうして、ようやく。激動の一日の最後が、静かに更けていくのだった。

◆

エルメスたち一行が王都を脱出して、十日余り。

追手を警戒しつつ移動を続けた彼らは、遂《つい》に目的地である北部に辿《たど》り着こうとしていた。

懸念事項だったリリアーナの精神状態も、あの日吐き出して以降は落ち着いている。むしろ落ち込んでいられないと言わんばかりに精力的に動き、移動中はエルメスに魔法の教えを請い、一番守られるべき存在である立場に甘んじず様々なことを積極的にこなしていた。

逆にあの時のように無理をしすぎていないかこちらが心配になったほどである。それに関して時折頑張りたいリリアーナと休んでほしいエルメスとの間で謎の言い合いが発生したりしていたが。裏を返せばそれ以外の問題は特になく、一行は問題なく目的の場所に到達するところまで来たのであった。

「……改めて、確認をしておこう」

そんな折を見計らってか。あと一山越えれば目的地というところで、ユルゲンが一行を見渡して口を開く。その意図は全員が把握した。言葉通り、これから踏み込むだろう北部反乱、そしてその経緯や背後の存在についてのおさらいをしようと言うのだ。

「今から我々が介入するのは北部反乱。これは元々現行の王権にあまり協力的ではなかった北部の六家、それが——恐らくはアスター元殿下の失脚を契機に連合を組み、反旗を翻して起こっている」

そこまでは、あの謁見の日にも説明されたことだ。一同が頷く。

それを踏まえた上で、ユルゲンは更なる核心に踏み込んだ。

「加えて、この件。十中八九——『教会』が絡んでいる」

「……」

教会。この国で大きな権威を振るう存在であり、第二王女ライラの後ろ盾である組織。

その概要について、ユルゲンが軽く説明を挟んだ。

「トラーキア家は深い関わりがないから詳しくは知らないが——その成立は凄《すさ》まじく古い。多分王国の創成期とさほど違いはないいくらいなんじゃないかな」

「……そこまでですか」

「うん。そして活動内容は知っての通り、『血統魔法』の神聖視と制御。ある意味で現在の王国の血統魔法に対する価値観を醸成した組織であるし……それに相応《ふさわ》しい権威と力、そして技術も持っている」

技術、と聞いてエルメスの眉が軽く動く。

「この中の何人かは馴染《なじ》みがあるかもしれないけれど、血統魔法があるかないか、そしてその血統魔法がどういうものか、そういったことを判別する『鑑定士』も教会の所属だし、他にも——正直得体の知れない魔法的技術を多数独占しているのも確かだ」

そう聞くとエルメスとしてはどのようなものなのか知りたいという好奇心が働くが……今はそうも言っていられない。

「『血統魔法は星神より賜った天稟《ギフト》』。これが彼らの根本的な主張であり、様々な特殊技術で裏付けてきた教会の信条なわけだが——エルメス君、どう思う？」

そこで、ユルゲンがエルメスに問いかけてきた。教会の主張が、彼の認識と真っ向から食い違っていることを踏まえての質問だろう。エルメスは答える。

「無論、それが間違いである……少なくとも血統魔法は人の、人としての意志を持つ存在が作ったものであることは僕と師匠が観測した事実です」

それは、魔法の解析を行える彼のポリシーであり、譲れない部分。

しかし、その上で。ですが——と彼は前置きし、静かに告げた。

「『星神』と呼ばれるもの。本当に神様かは分かりませんが、人智《じんち》を超えた途轍《とてつ》もない力を持った存在、或《あ》るいは存在たちは——

——恐らく、実在します」

一同に驚愕《きょうがく》が広がった。

「なぜ……そう思うんだい？」

「『そうとしか説明できない』部分が魔法解析で散見されるからです。血統魔法ではない、もっと深いところ……きっと、魔法の根本と呼べる部分に」

これも、魔法の解析をする上で浮かび上がってきた事実。心情はともかくとして、『そういう存在がいる』ことは認識する必要がある——というのが、エルメスの結論だ。

無論、だからといって今回そういう存在と直接的に接触する可能性は低いだろう。教会が本当にその星神とやらと関わっている可能性も薄い。

だが——無関係と断ずるのも、危険だと考える。

ともあれ、この件しかり、教会がユルゲンの言う『得体の知れない』技術を多数所持していることしかり……

「油断していい相手でないことは、確かでしょう」

その結論に、全員が頷く。

話しているうちに山も頂上に差し掛かってきた。ここを越えれば、目的地が少なくとも視認できるところまでは来る。それを見て取ってか、ユルゲンが話を進める。

「教会の件はこのくらいにして、まずは目の前の反乱の件だね。北部六家連合は、現在連合に入らなかった家の領地を凄まじい勢いで攻め立てているという話だ。だから一先ずの目的としては、その『攻められている家』と協力して連合の勢いを止めること」

「了解ですわ。けれど……そこまで凄まじいのですか？　北部の連合は全て伯爵家以下。家の規模であればもっと大きいものも北部にはあったと思うのですが……」

「そうですね、殿下。そういった大きい家が現在侵略の後回しにされている事情もあるにはあるのですが……」

リリアーナの素朴な疑問に、ユルゲンは頷いて事情を説明したのち。

「まず六家連合の異様な士気の高さ。加えて——『とんでもない化け物』が一人、連合の中にいるそうなのです」

「な、なんですのそれ……」

聞くからに荒唐無稽な内容にリリアーナが顔を引き攣《つ》らせる。ユルゲンも苦笑して、

「まぁ、流石《さすが》に多少は盛られていると思いますが。ともかくエルメス君の言う通り、くれぐれも油断しないことで——」

そこで、山の頂上を越え。眼下の様子が視認できる一行の目に入ってきたのは——

——わぁっ、と。

目まぐるしく入り乱れる人々に、飛び交う怒声と魔法。

紛れもない、争いの風景。

「これは……！」

「……どうやら、まさしく侵略の現場に出くわしたようだね」

カティアが驚きの声をあげ、ユルゲンが一瞬目を見開いたのち冷静に分析する。

「すまない、エルメス君。できればここの領主と合流してからことを運びたかったが、この状況ではそうも言っていられない。――先行して、加勢してくれるかい。攻められている方、逃げている方が我々の味方だ」

「承知しました」

ユルゲンの言うように、四の五の言っていられない状況であることは明らかだ。

エルメスが、これまで他の人に合わせて抑え、温存しておいた魔力を解放。そのまま一気に山の頂上から飛び上がると、争いの場所に向けて急降下していくのだった。

◆

魔法使いの軍勢同士の戦いには、大きく二つの特徴がある。

そのうちの一つは、魔法を使わない軍勢同士の戦いと比べて死人が出にくいこと。

魔法使いは、誰もが大なり小なり魔力で肉体を強化している。それによって常人よりも非常に高い生命力を持っていることに加えて『魔法使い』の存在自体が相当に貴重なため、味方としても、そして敵としても戦後を考えると容易に死なせるわけにはいかないという事情もある。

そういうわけで、魔法使いの軍勢同士の争いは兵数の消耗戦というより魔力の、そして領地、陣地の削り合いの側面を強く持つ。

故に――例えば今回のように、退《ひ》く側と追う側に分かれている場合、余程のことがない限り退く側が圧倒的に不利だ。その場を守りきれなかったからこそその場から撤退していることに他ならないのだから。

「追え！　追い立てろ！　この拠点さえ落とせば残るは本拠地だけだ！」

「奴《やつ》らは少数で魔力も既にない！　反撃は来ないぞ！」

「恐れることはない、我々には星神の加護がある！　さぁ愚か者への神罰を！」

そうして、追い立てる側の――北部六家連合の兵士たちの声が響く。

勝利に酔い、反撃を受けない追撃の愉悦に酔う声が聞こえる。

そして追われる側、本来の領地を守っていた兵士たちは嘆く。もはや魔力はなく、唯一できることと言えば逃走して貴重な魔法使いとしての我が身を無事逃がすことだけ。しかも向こうの追撃速度からするに、それすらも叶《かな》わない可能性が非常に高い。

己の不甲斐《ふがい》なさに、絶望に押し潰されそうになりながら必死に足を動かす。

それでも、いよいよ体力すらも尽きて。このまま向こうに捕まり、捕虜として無様な扱いを受けるか、或いは魔法使いとしての資質を買われ向こうの兵士にさせられるか。

いずれにせよ、ろくな未来ではない。

守ろうと誓った地を捨て、守るべき職業についた己の責務も果たせず。

無力感に苛《さいな》まれ、俯《うつむ》きかけた兵士は——しかしそこで、ふと顔を上げる。

何故《なぜ》なら見えたからだ。自分たちの逃げている先。そこに一人の少年が立っているのを。

歳《とし》の頃は十代半ば。銀の髪に中性的な顔立ち、綺麗《きれい》な翡翠《ひすい》の瞳が特徴的な少年だ。

服装からするに、彼も魔法使いか。いやしかし、何故ここに。

(本家からの援軍？　いやまさか、そんな余裕などどこにもないし、あの領主が出し惜しみなどするものか。だが、だとしたらどうして——)

訳が分からず困惑するが、それでも。意地からか責任感からか、彼は必死に叫んだ。

「——逃げろ、そこの少年！」

「——」

「ここはもう北部連合の手に落ちる！　君が何者かは知らないが、ここにいてもろくなことにはならない！　だから——」

声を受けた少年は、一瞬驚いた顔を見せた後——薄く微笑《ほほえ》むと。

地面を蹴る、兵士の様子とは逆方向……つまり、北部連合の兵士の方へと。

「な——」

驚きの声をあげるが、その後制止する間もなく。想像を遥《はる》かに超える速度で自分たちをすり抜けていったその少年に、他の兵士たち共々振り向いて見やる。

そうして、彼らは目撃した。

――魔法使いの軍勢同士の戦いには、大きく二つの特徴がある。

一つは、先に述べたとおり兵士が死ににくいこと。

そして、二つ目にして最大の特徴は――『兵の能力差』だ。

人間の身体能力と比べて、人間の魔法能力には大きな個人差がある。魔力容量や魔力出力、そして何より扱う魔法によっては同じ一人の人間であってもあまりに大きな差が出るのだ。

その頂点に位置するのが血統魔法使い。血統魔法を持って生まれた貴族の中でも、更に適性と実力を兼ね備えた者たちだ。兵の数と質に加えて、血統魔法使いを何人擁するかがその軍勢の兵力を決めると言っても過言ではない。

まとめよう。魔法使いの軍勢同士においては、それ以外では決してあり得ない存在。単騎で戦局を左右する――文字通りの『一騎当千』が、あり得るのだ。

そうして彼、エルメスは告げた。

「術式再演――『魔弾の射手《ミストール・テイナ》』」

彼らの戦いの始まりであり、王女の反撃の狼煙《のろし》となる一撃を。魔法銘の宣言と同時に、無数の――それでいて一つ一つが異様な威力を持った魔弾が解放される。

それは、まさしく勝利と追撃に酔っていた兵士たちに罰を与えるがごとく。先頭にいた兵士――対応して結界を張ったはずの兵士たちを、結界ごと冗談のように吹き飛ばして。

あまりの衝撃に、後ろにいた兵士たちの足を軒並みその場に縫い付けた。

ただの一撃。それで、大軍の足止めを成功させたエルメスは。

「……場を弁《わきま》えない介入で、申し訳ございませんが」

いつもの冷静な口調で、告げるのだった。

「公爵様の命により、こちらに加勢いたします。──お引き取り願えますか。北部連合、侵略者の方々よ」

◆

……北部連合の兵士からすれば、訳が分からなかっただろう。

恐らくは現在逃げている敵の兵士たちをあと一歩のところまで追い詰めたところで突如現れた謎の少年。しかもその魔法一発で先頭の兵士たちが軒並み戦闘不能に陥った。

到底受け入れられない、混乱して然《しか》るべき状況だ。だが、彼らの判断は素早かった。

「っ、総員警戒！　相手は一人──恐らくは公爵家クラスの血統魔法使い！」

兵たちの指揮をとっていたと思《おぼ》しき人物が即座にそう声をかける。続けて、

「大丈夫だ、仮に公爵家クラスであろうとも単独、この人数差があれば押し切れる！　攻撃系の魔法持ちは一斉射撃の用意。向こうの魔法も射撃系だ、十分に距離をとって撃ち合いに持ち込め！」

「ああ、せっかくのここまでの快進撃だ。最後の最後で水を差されてなるものか！」

「我々には星神の加護がある！　恐れるな、撃て、撃てぇ！」

そう口々に鼓舞の言葉をあげ、迅速に兵士たちが準備を始める。

……彼らの判断は、恐らく適切だった。不意打ちに対する混乱も最小限に抑え。相手の魔法を看破し、人数差を活《い》かせる火力戦に素早く持ち込んだ。練度も、状況判断も行動への移行速度も見事だ。

ただ、唯一の誤算は。

エルメスが、『公爵家クラス』程度で収まる魔法使いではなかったこと。

故に彼は、襲い来る色とりどりの魔法を冷静に視認し、唱える。

「術式再演──『天魔の四風《アイオロス》』

術式複合──『煌の守護聖《セントエルモ》』」

複合血統魔法。質量を持った炎嵐が顕現する。

エルメスの目の前に現れたそれは、北部連合の兵士たちが放った魔法を前にしても小揺るぎすらせず。あまりにも絶望的な防壁となり、逆にそれらの魔法を呑《の》み込んで消失した。

「何だと──」

無傷のエルメス。それを見て、兵士の一人の驚愕の声が響く。

一方のエルメスは、それで立て直す隙など与えない。次の魔法を放たれる前に、反撃の血統魔法の準備を完了させる。

「術式再演──『魔弾の射手《ミストール・テイナ》』

──属性付与《エンチャント》：火炎《フラメア》」

炎の魔弾。先ほど放った一撃よりも尚《なお》強い、今兵士たちが張っている結界魔法をゆうに貫通して余りある威力。どころか、爆発によって今度は正面どころではなく前方一帯の兵士たちが残らず戦闘不能に陥るだろう。

それを防ぐ手段を……北部連合の兵士たちは、持ち合わせていない。

これが、全ての実力を十全に発揮できるエルメス。

そして、魔法使い同士の戦いの常だ。

兵の数が、絶対的な兵力差に直結しない。少数で、或《ある》いは今回のように単独で。

全ての戦況をひっくり返しうる駒が、時に存在し──


──そして、それは。向こうにとっても例外ではない。


「おお!?　これはまずい」

炎の魔弾が向こうの一団を直撃する、その寸前。どこか間の抜けた、けれど力強い声が響いたかと思うと。

信じられないことが起こった。

「…………え」

その光景を見て、思わず呆《ほう》けた声をあげるのは——エルメス。

そんな中、『信じられないこと』が起こった後で。

すたりと無傷の兵士たちの前に着地し、こちらに目線を向けてくるのは……一人の青年。

年齢は、二十代前半だろうか。癖のある紺色の髪に、黄金の瞳。ざっくりと表現するならば優男と言うべき整った顔立ちをしているが、その表情や眼光には隠しきれぬ才気と精《せい》悍《かん》さも表れている。

装いは、いかにも戦士然とした活動的な戦闘衣。全体的な体格は華奢《きゃしゃ》だが、それでも鍛え上げられていることが一目で判別できる。

だが、それら全てを差し置いて。真っ先にエルメスの視線を奪ったものは。

「…………」

——剣、だ。

青年の左手。そこに握られている、無骨でありながら高貴なしつらえも感じさせる大剣。しかも特筆すべきは、それが『両手剣』であるということだ。

明らかに、両手をフルに用いるべき重量とサイズをした剣。それを片手で軽々と扱っている様子からも、青年の華奢な体に反して尋常ならざる膂力《りょりょく》と技量が感じられる。

……同時に、思い返す。今しがたエルメスの目の前で起こった信じ難い光景を。

目では辛うじて追えていた。追えていたからこそ信じられない。

起きたこと自体は単純。まずエルメスから放たれた炎の魔弾、それが兵士たちを直撃する寸前、件《くだん》の青年が魔弾の前に躍り出たかと思うと。

彼は腰を落として構えを取り、そして。

斬ったのだ。

魔弾を、物理的な実体を持たないはずの魔法を、大剣で物理的に。

しかも、二十余りあったはずの魔弾を、一つ残らずほぼ同時に。

何故斬れるのか、どうして同時に斬れるのか、そもそもあんな動きがどうやったらできるのか——全て、エルメスの観察眼をもってしても皆目見当がつかない。

だがしかし、眼前で起こったことは紛れもない事実。炎の魔弾は遥か手前で爆発し、一つたりともその威力を発揮することなく四散した。そして。

「——おお！　ルキウス殿だ！」

「ルキウス殿が来てくれたぞ、これで勝利は間違いない！」

青年の登場に、先まで絶望していた兵士たちが色めき立つ。

そんな中、ルキウス、と呼ばれた青年は口を開いた。

「……なるほど、なるほど！」

その黄金の眼光で、油断なくエルメスを射貫《いぬ》きながら。

「その風体、その立場に、今の恐るべき魔法！　察するに——君が、噂《うわさ》の学園騒動の英雄君か」

「——ッ」

同時にルキウスから放たれる、凄《すさ》まじい魔力とそして――剣気とでも呼ぶべき身を裂かれるような気合。それを受け、エルメスも思わず身構える。

……エルメスも確信した。

ここに来る前にユルゲンから聞いた、北部連合に関する内容。曰《いわ》く、連合の六家は異様なほど士気が高く――そして、とんでもない化け物が一人いるらしい。

間違いない。今の桁外れの剣技に、兵士たちから受ける信頼。そして凄まじい魔力に加えて隠しきれぬ強者の気配。彼こそが、件《くだん》の『とんでもない化け物』とやらだ。

「これは神に感謝すべきかな！　君とは、ぜひ手合わせをしたいと思っていた」

「……それは、どうも」

エルメスにしては珍しく、口数の少ない返答になる。

侮っているからではない、むしろ最大限の敬意と警戒を払っているからだ。何せ……

（この、人。……多分、僕より強い）

かつてラプラスと対峙《たいじ》した時と同等の気配を、感じていたからだ。

底知れない深海のような雰囲気を纏《まと》っていたラプラスに対し、ルキウスは巨大な山嶺《さんれい》のような気配。種類の違いはあれど――肌で感じる脅威は、いずれも同じ。

……この国に、まだこんな強者がいたのかと。エルメスの肌が粟立《あわだ》つ。そして故にこそ。

「――では、早速始めようか」

激突が不可避であることを、両者が悟り。

改めて魔法を起動すべく、同時に息を吸い込むのだった。

◆

ルキウスが息を吸い、魔法の詠唱を開始する。

「――【天に還《かえ》り　終わりを告げよ　御心《みこころ》の具現に姿無き声を】」

（やっぱり――）

そして、エルメスがとある確信に至ると同時。ルキウスが構えを取り、銘を宣言する。

「血統魔法――『無貌の御使《ルナド・サラカ》』！」

瞬間、ルキウスの姿が掻《か》き消える。

それを視認する間もなく、眼前にルキウスが現れて剣を振りかぶっていた。

（でしょう、ね――！）

しかし、エルメスもそれは読んでいた。まず予《あらかじ》めバックステップ。それによって相対速度を遅らせ、辛うじてタイミングを合わせることに成功する。

咄嗟《とっさ》に強化汎用魔法で剣閃《けんせん》を防御。同時に全力で後方へと飛び退《の》いて衝撃を逃がす。初見の一撃に対してはほぼ完璧な対応だった。

――にも、拘《かか》わらず。

「――ッ！」

尋常ならざる衝撃が全身を襲う。完全な防御すら貫通して無視できないダメージがエルメスに叩《たた》き込まれる。後退しながらその回復を待ちつつ、エルメスは分析を開始する。

……ルキウスの血統魔法は、予想通りだった。

『無貌の御使《ルナド・サラカ》』。単純故に強力な身体能力強化の血統魔法。ルキウスの術理を完璧に理解したわけではないが、あれほどの動きをするのにこの魔法が必要不可欠であることは予想がついた。

だが、しかし。その強化の幅は、エルメスの予想を遥《はる》かに超えていた。

なまじ同じ魔法を彼も再現できるが故に分かる。――ここまで魔法を引き出すことは、今のエルメスには不可能。ルキウスはこの魔法を凄まじい練度で習得していると。

「ほう、今の動き――格闘戦の心得もあるのか！」

ルキウスが感嘆の声をあげつつ追撃に来る。……これ以上の考察をする猶予はない。

「『魔弾の射手《ミストール・ティナ》』――属性付与《エンチャント》：風嵐《テイフア》！」

防戦一方でもいられない。エルメスも後退しながら魔法を放つ。風の魔弾。牽制《けんせい》を重視して速度に特化した魔法が発射され、一斉にルキウスに襲いかかる。が――

「良い魔法だ。しかし――少しばかり遅いな！」

ルキウスがそう告げ、大剣を振るう。凄まじい重量の剣が、片手で軽々と冗談のような速度で振るわれ轟音《ごうおん》が唸《うな》る。

その結果は――先ほどと同じ。全ての魔弾が、立ちどころに斬り伏せられる。

(――予想通りとはいえ、これは)

エルメスがそれを確認し、次の手を用意しながらも顔を引き攣《つ》らせる。

改めて見て、詳細こそ分からないが大凡《おおよそ》の性質は摑《つか》めてきた。

まず、あの技術……恐らく何かからくりがあるタイプでは――ない。あの剣が魔道具という気配もないため、ルキウスの純粋な技術によるものだろう。

だが、それはすなわち――効果的な対策が不可能であることに他ならず。

「さぁ、もう種切れ……ということはないだろう？　悪いが君の評判は聞いている。油断は期待しないでくれ！」

宣言通り微塵《みじん》も速度を緩めることなく、ルキウスが飛びかかってくる。

エルメスは分析を続けつつ、それを迎え撃つのだった。


――そこから先は、一方的な展開になった。

ルキウスがエルメスを攻め立て、エルメスが逃げながらそれを凌《しの》ぐ。エルメス側の反撃手段としては、逃げ回りながらの血統魔法となるのだが――

「はっはぁ――甘い！」

「なるほどそう来るか、だが！」

「それは先ほども見たぞ！」

――これが、本当に、何も、効かない、のだ。

『魔法を斬れる』という恐らく唯一無二の特性。加えて彼自身の魔法込みで桁外れの身体能力に加え、大剣を操る神がかった技量。それが合わさった結果――エルメスのどんな魔法も全て、彼の間合いに入った瞬間に斬り伏せられる。これで一体どうしろと言うのか。

エルメスの知りうる様々な魔法を試した、あらゆるパターンで隙を探った。

けれど、終《つい》ぞそれが見つかることはなく。

「これも先ほど見た。……いよいよ品切れかい？」

何度目か分からない魔法を易々《やすやす》と斬り伏せ、ルキウスが問いかけてくる。

対するエルメスは、全力の回避と魔法行使を続けた結果、荒い息を吐いている。僅かな汗を流すだけのルキウスと比べて、劣勢は明らかだ。

……とんでもない化け物。噂に違《たが》わぬことを、改めて実感する。

しかし、当然。エルメスがやられっぱなしでいるはずがない。全力の逃走の甲斐《かい》あって、十分に解析は済んだ。突破口も見つけた。故に――反撃は、ここからだ。

「――む？」

ルキウスが眉を顰《ひそ》める。何せエルメスが次に放った魔法は――『魔弾の射手《ミストール・テイナ》』。今まで散々撃って効かなかった魔法だ。

今更これでどうするのか。考えられるのはこの魔弾に何かを仕込んでいる可能性だが――だとしてもまとめて斬るだけ。そう判断してルキウスが剣を構えるが。

「――！」

その、手前。

ルキウスに向かうはずの魔弾が落ちる軌道で急カーブを描き、地面に激突する。炸裂《さくれつ》する魔弾。舞い上がる砂煙。結果――一時的に視界が奪われる。

「そういう、ことか――！」

そうしてルキウスの攻めを防ぎつつ、エルメスは唱える。――ここまで見せず温存しておいた、この場における彼の切り札たる魔法を。

「術式再演――『無貌の御使《ルナド・サラカ》』

術式複合――『魔弾の射手《ミストール・テイナ》』」

エルメス特有の魔弾の肉体付与による速度強化と、身体強化魔法の融合。彼の扱う複合血統魔法の中で、最速を誇る魔法だ。

エルメスがこれを選んだ理由は単純。

――これが唯一、ルキウスの速度を上回れる魔法だからだ。

ここまでの分析で、ルキウスの『無貌の御使《ルナド・サラカ》』による強化の幅は把握した。魔法単体ではエルメス以上の強化を誇る彼だが――この速度特化の複合血統魔法には届かない。

故に、ここだ。

砂塵《さじん》で視界を奪い、ルキウスの死角から反応させる間もなく高速の一撃を叩き込む。隙が見つけられないなら、純粋な速度で上回って叩き潰す。その決意を込めて、彼は魔法を起動する。現在瞬間的に出せる全魔力を注ぎ込んで、最高速度を実現する。

そして、彼の体が魔弾と化す。ルキウスの位置を魔力で感知し、数回のフェイントをかけて視界外から神速の突撃。過去最高の速度に到達した彼は、さしものルキウスをもってしても捉えることは不可能——

——だったが。

「——そこだな」

完璧に。

寸分の狂いもなく、ルキウスが砂塵に包まれた中、剣を振るい。

吸い込まれるように、エルメスの突撃を弾《はじ》き飛ばした。

「か——ッ」

こうなると、速度は逆にエルメスに牙を剝《む》く。神速で振るわれた剣に叩き飛ばされる形となったエルメスが、身を襲う凄《すさ》まじい衝撃に呼吸すら止まって苦悶《くもん》の声をあげる。

彼の脳裏を占めるのは、驚愕《きょうがく》ただ一色。

「——素晴らしい一撃だったとも」

剣を振り切ったルキウスが、その体勢を保ったまま。

「だが、悪いな！——目が見えずとも魔力を視《み》れば、どこから来るかは大凡読める」

心からの称賛を示す口調で、己の動きの種を明かした。

そう、彼の反応の正体は魔力感知。エルメスが魔力でルキウスの位置を把握したように、ルキウスも魔力で把握したのだ。……しかも、エルメスより更に詳細な魔法の正体、速度、そして狙いまでも。

そこで、エルメスが地面に叩きつけられる。辛うじて受け身は取ったがダメージは甚大。

それでも立ち上がりつつ、彼はこう思考した。

（……そこまでは、読んでいた）

エルメスも、ルキウスに反応されることまでは予測していたのだ。

何せ、彼は自身以上の魔力感知能力を持つ人間を知っている。それに照らし合わせれば、魔力から狙いが読まれることまでは推測の範囲内だった。だからこそ――『反応できたとしても体が動かない速度』まで到達した上での突撃を仕掛けたはずだったのだ。

なのに、完璧なカウンターを食らった理由。それも、エルメスはあの一瞬で正確に把握していた。

（あの人はあの瞬間――魔法を集中させたんだ。恐らく上半身、更に言うなら左腕へと）

『無貌の御使《ルナド・サラカ》』の応用だ。あの魔法は通常、全身をくまなく強化する。それが一番基本的だし、そもそもそれ以外の使い方は魔法の意図から外れる。

しかし、ルキウスはそれを覆した。己の全身を満遍なく強化している魔法。それを――上半身に集中させ、魔法の濃度を高める。結果、限界を超えた強化に成功し、反応に追いつくだけの挙動を実現できたのだ。

無論これは、言うは易しの典型例。そもそも普通はやっても無駄どころか逆効果なのだ。全身ならまだましだが、自分の体の一部分だけが異様に強くなればどう考えてもうまく動かせるわけがない。バランスが崩れて、普段通りの力すら発揮できないのが関の山。にも拘《かか》わらず、ルキウスは成功させた。恐らくは弛《たゆ》まぬ鍛錬と魔法への理解、そして天性の魔法への適性によって。

エルメスに同じことは……現状では、不可能だ。

それが意味することは一つ。

この青年は、かつてエルメスが考え、ローズが語った理論。エルメスに到達できない極致──『一つの魔法を極めた』人間に他ならない。

（……こんな、人が、いたのか）

肩を押さえ、ある種の感動と共に立ち上がるエルメスの前で粉塵《ふんじん》が晴れる。そこには、

「──改めて、本当に見事」

──額から一筋の血を流す、ルキウスの姿があった。

「な──!?」

「ルキウス殿が、血を!?」

北部連合の兵士たちがざわめく。どうやら彼が手傷を負うこと自体、彼らには信じられないことだったらしい。そんなざわめきを他所《よそ》に、ルキウスは口を開き。

「君の魔法は返された。だが剣を受ける瞬間、返されると悟って体を捻《ひね》り──それだけでも驚愕に値するのにあまつさえ、尚《なお》も私の頭を狙うとは！」

あの瞬間エルメスが咄嗟《とっさ》に行ったことを説明した。……とはいっても、与えられたのは

かすり傷のみ。自省するエルメスに、されどルキウスは感嘆の声色を崩さず。

「しかもその目、ここまでやられて尚、戦意が衰えないと見える！　本当に素晴らしいな
――だが、だからこそ惜しい」

そこで、初めて。どこか不可解げに目を伏せた。

「――それほどの力を持ちながら。何故《なぜ》、星神に逆らう？　君がその境地に至るまでには相応の鍛錬があったはずだ。ならば、その過程で神の威光にも触れように」

「……？」

その言葉に今度は、エルメスの方も違和感を抱いた。なんと言うか、うまく言葉にはできないのだが……彼らしくない気がしたのだ。

いや、出会って僅か数分の人間に何を言っているのかと思われるかもしれないが、少なくともこの戦いを通してルキウスの人となりはなんとなく分かったつもりだ。

そこから受ける印象とは――どうも今の言葉が不自然に思えた。

まず、言っている内容からしておかしい。彼は、自分の知らない何かを知っているのだろうか。そう言葉を分析するエルメスに、再度口を開きかけるルキウスだったがそこで。

「願わくば、決着まで君とは研鑽《けんさん》の成果を交わしたかったが――そうもいかないようだ」

状況が、動いた。――悪い方へと。

ルキウスの後ろ、向こう側から大勢の人間の足音。その正体は聞くまでもない。

「君の粘りは称賛する。だが、確実にここは押さえろとの仰せでね」

北部連合の、増援だ。足音の規模からするに、数は百やそこらではきかない。ここからカティアたちが合流したとしても対抗できるかどうか分からないほどの規模だ。

エルメスの後ろに控える兵士たちが、絶望の声をあげる。

「聞いておこうか、英雄君。君の名前は？」

「……エルメス、です」

その上でのルキウスの問い。そんな状況ではないと分かっているが、抗《あらが》い難いものを感じてエルメスは素直に答える。そして、それと同時に。

──覚えのある魔力が、向こう側、敵の方から急速にやってきていた。

その正体を即座に把握すると同時に……ある意味で納得した。

「では、こちらも改めて名乗ろう！　私の名前はルキウス」

だって、あまりにも共通点がありすぎた。

すっきりとした性格や立ち居振る舞い、戦いでのスタイルや動きに──極めつけは使用している武器。おまけに北部連合の人間とくれば、朧《おぼろ》げながらも予感はするだろう。

「ルキウス・フォン・フロダイト。北部連合が一家、フロダイト子爵家の嫡男にして、連合騎士団の総隊長を務めさせてもらっている」

そうして、遂《つい》に。

背後の人混みの中から、覚えのある魔力の主──美しい銀髪の少女が飛び出してきて。

「そして聞くが良い、北部の背教者たちよ！　星神の言葉に背き、間違った秩序を守り続

けようとする不届き者は、この北部連合騎士団と──」

背後の兵士たちにも言い聞かせるように、声を張り上げるルキウスの隣に並ぶ。

「我ら『フロダイトの兄妹《きょうだい》』が、決して逃がさぬと心得るが良い！」

ニィナ・フォン・フロダイト。

エルメスの学園の友人にして、学園騒動で敵方の間諜《かんちょう》だと判明した人物。

その少女が、自身の義兄でありエルメスたちの敵であるルキウス・フォン・フロダイトの隣に控え。その可憐《かれん》な容貌と金の瞳に感情の読めない色を湛《たた》えて、こちらを見据えてきた。

「そう言えば……お兄さんがいる、と。出会ったとき仰《おっしゃ》っていましたね」

エルメスが小さく呟《つぶや》くと同時に、こちらの背後からも足音。

どうやらようやく山を下りて、カティアたちが追いついてきたようだ。

……かくして間もなく、なんの因果か。かつて学園で言葉を交わし合い、様々な因縁を持った彼らが。

想定以上に早く、一堂に会することとなる。

◆

「……ニィナ、様」

強敵ルキウスの隣に現れた、学園の友人ニィナ・フォン・フロダイト。

明らかにただならぬ立場である彼女に、エルメスは慎重に声をかける。

一方呼ばれたニィナは、少しだけ前に歩み出てきて。戦地の只中《ただなか》でありながら、気さくに、気軽に手を上げて。再会を喜ぶように、愛《いと》おしむように、可憐な微笑を浮かべてから。

「や、久しぶり。エル君。——早速だけど、ごめんね」

——そのまま、魔法を起動してきた。

「ッ!!」

思考が囚《とら》われる。意識が吸い込まれる。

あの時と同じ……否、あの時以上の強制力を持って。彼女の魔法が、彼女の魅力が、容赦なくエルメスに叩《たた》き込まれ、何もかもが目の前に立つ美しい少女のもとへ引き寄せられる。

……考えうる限り最悪のパターンだ。どうやら初手から問答無用、つまり話し合う気は現時点ではないらしい。

だが、それでも。——最悪ではあるが、想定内。

「——アルバート様!」

既に自分の意思を受け付けない肉体に、その自分の意思すら囚われようとするのを懸命に阻止して、エルメスはそう叫ぶ。

瞬間、横合いから凄まじい突風が吹いた。それはエルメスの体を攫《さら》い、中空に吹き飛ばす。そうして強引に、彼女の魔法の範囲内から離脱する。

風の効果が切れ、受け身を取って着地。そこで横合いに並んだ少年に、エルメスは端的な言葉を告げる。

「助かりました」

「問題ない。が……」

これも端的に返したアルバートが、先ほどまでエルメスが立っていた場所を見やる。するとそこには、丁度エルメスと入れ替わりに。

「……久しいわね、ニィナ」

「ニィナ、さん……」

カティアと、サラ。山を抜け、ようやく合流した二人の少女がエルメスを庇《かば》うように前に出てきていた。……いや、これは庇うというより。

「──それで？　随分なご挨拶じゃない。よりにもよって私の目の前で……わ、私の、エルを手籠《てご》めにしようとするなんて。一体何を考えているのかしら」

「そこはもう言い淀《よど》まなくていいんじゃないかなカティア様。……でもまぁ、そりゃ怒るよねぇ」

既にスイッチが入っているらしきカティアの圧力に若干怯《ひる》みつつ呆《あき》れつつの表情で応対するニィナ。サラも表情は控えめながら、エルメスのいる方向には断固として通さないとの意志が立ち位置から見て取れる。

そんな二人の少女を見たニィナは、警戒しつつも言葉を続ける。

「……なるほど。ボクの魔法が一番効きそうなエル君と、あとアルバート君を優先的に遠ざけようってことか。……やっぱりちゃんと対策してるよね。——でも」

そこで、ニィナはくすりと薄笑みを浮かべると。

「ごめんね？——ボクの魔法、女の子にも効くから」

「な——」「！」

「というわけで、久しぶり二人とも。再会を祝してぎゅってしたいからさ——こっち、おいで？」

同時にニィナが手を広げて二人のもとに歩み寄る。それに合わせ、容赦なく抗いようもなく。ふらりとカティアとサラも歩み寄り、ニィナがそれを確認してから素早い身のこなしで二人を捕らえようとして——

「術式再演——『精霊の帳《テウル・ギア》』！」

そこでようやく回復したエルメスの結界の魔法に阻まれた。

彼女の魔法には、結界による物理的な遮断が有効なことは知っている。「ありゃ」と呟いて足を止めるニィナ。

同時に術中に嵌《は》まりかけたカティアとサラを、更に後ろからやってきたリリアーナが回収しにかかる。二人の腕を引っ張って離れようとする間際、リリアーナも結界越しにニィナと目が合う。彼女は変わらずに微笑《ほほえ》んで、

「あなたは初めまして、かな。可愛《かわい》い王女様。……いや本当にすごく可愛いね。もう割と好きになりそうなんだけど、試してみる？」

その言葉と、眼前の結果に。得体の知れないものを感じたリリアーナは、冷や汗をかきつつ二人と共に後退した。

そのまま、結界を挟んでの膠着《こうちゃく》状態が続く――否、膠着ですらない。

現状場が固まっているのは、何故かルキウスが積極的に動かないからに他ならず。

何より、ニィナ。

今の状況が示す通り――彼女が魔法を発動している限り、誰も彼女に近づけない。

……冗談のような光景だった。エルメスが、カティアが、サラが。子供の領分どころか、一般の血統魔法使いの領分も大きく逸脱した一騎当千の猛者《もさ》たちが。

たった一人の少女を相手に、何もできずに捕らえられてしまうのだから。

ニィナ・フォン・フロダイトの血統魔法、『妖精の夢宮《イル・フエルリナ》』。

効果は魅了《チャーム》。加えて、『相手を好きなほど効果が増大する』という特徴。縛りは大きい。だがそれ故に、条件を満たしてしまった場合は絶大な効果を発揮する。そう、つまり。

彼女は、この場の主力四人にとって――紛れもない、『天敵』だ。

「……これは、きつい」

エルメスもニィナの魔法については色々と推測していた。……同性にも有効、という性質も予想の範疇《はんちゅう》ではある。だが。その効果の強さがあまりにも予想の上限を極めすぎていた。

仮に、この場にいる元学園生四人が無策で突撃した場合。恐らく——ニィナ一人に全員、完封される。

魅了《チャーム》で動きを止められ、彼女の凄《すさ》まじい近接能力で為《な》すすべもなく捕縛されるだろう。彼女の魔法はそれほどに強力で、容赦ない。直接対峙《たいじ》したことでそれがよく分かってしまった。

……更に最悪なことに。向こうにはルキウスが、今しがたエルメスを真っ向から打ち破った怪物がいるのだ。

おまけに、今尚《なお》増え続けている北部連合の敵兵たち。状況は加速度的に悪くなっている。

「……っ」

それでも何とか。ニィナとルキウス相手にこの面子《メンツ》でどうにかする方法はないかと。どうにかして彼らをここから撃退できないかと思考を巡《の》らせるエルメスだったが……そんな彼を他所《よそ》に、結界の向こう側で。とんっ、と飛び退いたニィナがルキウスと言葉を交わす。

「もう良いのか?」

「……うん。大丈夫、お兄ちゃん」

「そうか、では」

それだけをやり取りすると、入れ替わりにルキウスが前に歩み出てきて息を吸い。

「——これで分かっただろう、第三王女派の精鋭たちよ！……貴殿らが北部の争いに介入することも、この辺りにやってくるだろうことも全て予測済みだ！」

「……でしょうね」

納得する。でなければ最強の敵とエルメスたちの天敵がこの場に都合良く揃《そろ》うわけがない。漏れていたのだ。自分たちの動向は、最初から。

ルキウスが続ける。

「故に、自分たちなら何とかできるという傲慢と思い上がりを、そして北部の背教者たちの希望を砕くために！

──我らが盟主が、罰を下される。刮目《かつもく》するが良い！」

盟主。言葉の響きと、ルキウスの朗々とした声に導かれて。

その場の全員が、同じ方向に目を向ける。ルキウスの指差した、小高い丘の上に注目する。

「──」

そこに、一人の男が立っていた。

歳《とし》は初老ほどか。しかし受ける印象は衰えより年齢による貫禄《かんろく》の方が強い。

得体の知れない印象を与える白髪に、爛々《らんらん》と輝く赤銅の瞳。所々に宗教的な意匠をあしらった服装は確かな威厳を放ち、階級を示す掛け帯《ストラ》の色は最高位の紫。

男の姿を認めた途端、場が一気にざわめく。兵士の一人が呟いた。

「……ヨハン大司教……」

しかしエルメスは、その名称に聞き覚えがない。

視線の先の男が如何様《いかよう》な人物か判断しようとすると、横から声が響いた。

「……ヨハン・フォン・カンタ一ベル」

サラだ。どうやら知っているらしい彼女がエルメスに説明するべく続ける。

「教会長の下につく四人の要職が一人。その中でも最大の成果と権勢を挙げた、名実ともに最も有名な大司教様」

つまり――と彼女が端的にまとめる。

「――教会のナンバーツー、です」

「……それはそれは」

いきなり途轍《とてつ》もない大物が出てきたものだ。今回の反乱に教会が関わっていることは予測していたが――予測以上。関わっているどころではない、『主導』しているではないか。ルキウスが盟主と呼んだことからもそれは明らかだろう。

徐々に見えてきた北部反乱の全貌。状況の推移を観察しつつ、丘の上の男、ヨハン大司教を見据えるエルメス。そうしてようやく――男が、口を開いた。

「……嘆かわしいな」

大きくはない。けれど、響く。

重々しい、腹の底に沈むような声。己の言葉で人を動かしてきた、力ある者の声だ。

「何度説いても、何度理解を促しても。一向に人は懲りることなく、神の言葉を違《たが》えようとする。何故《なぜ》逆らう？　何故無駄な反抗を繰り返す？　神に似せられた、知性ある存在としての振る舞いはどこへ行ったのだ貴様らは。これでは猿と変わらんではないか」

まさしく、睥睨《へいげい》するかの如《ごと》く。

ヨハン大司教はこの場に集う全ての人間を見下ろし、続ける。

「……だが、それを導くことこそ我らの定め。そうして古来より、神に逆らう者を排除し、愚かにも惑わされる者たちに効率よく神の言葉を聞かせる手段が一つ、存在する。

──痛みだ」

そこで、大司教は手を翳《かざ》し。

能面のような表情を変化させ。──口の端を、嗜虐《しぎゃく》的《てき》に吊《つ》り上げて。告げる。

「──故に。『神罰』を、与える。拝謁し、享受し、死ね」

その瞬間。

上空で、魔力が高まる。同時にエルメスは感じ取った。

エルメス、カティア、サラ、アルバート、リリアーナ、ユルゲン。六人の魔法使いの周りの空気が変わった。上空の魔力が収束する。徐々に光が増し、エルメスたちの頭上に展開される。──あたかも、今にも『発射』されるかの如く。

「……そん、な」

──その魔法の展開には、見覚えがあった。

それは彼の扱う魔法の一つにして、彼にとって最も身近だった魔法の一つ。

同時に彼の師の魔法であり、王家にしか伝わらないはずの血統魔法。

血統魔法、最強の一角。その銘は――

「……『流星の玉座《フリズスキャルヴ》』――？」

疑念と驚愕《きょうがく》の言葉を、諸共《もろとも》呑み込むように。

神罰の光が、エルメスたちに襲いかかった。

◆

『流星の玉座《フリズスキャルヴ》』。

王家相伝の血統魔法にして、血統魔法の中でも随一の複雑さを誇る魔法だ。事実エルメスもこの魔法だけは未《いま》だ完璧に効果を引き出すことができず、複合血統魔法のパーツとして組み込むこともできていない。故に。

――こんな簡単に、王家でないはずの人間が、使えて良いものではない。

「づ……っ」

呻《うめ》き声《ごえ》をあげる。

エルメスたちのいる場所にだけピンポイントに降り注いだ光線の雨。

彼は咄嗟《とっさ》に対応した。『精霊の帳《テウル・ギア》』を展開し、全力で魔力を結界維持に回すことで防げるはずだった。――しかし。

（……信じ、られない）

よろめきながら、エルメスは心中で呟《つぶや》く。

（この、魔法――『流星の玉座』の威力じゃ、な、い……！）

そう――あまりにも、強すぎたのだ。

彼の扱うそれよりも……どころか、ローズの使うそれよりも。

今受けた光線の方が、威力が高かった。だからこそ、完璧には防ぎきれず。光線の一部を通してしまった。幸い各々が対応してくれたおかげで大事には至っていないが、エルメス以外も全員が少なくない傷を負っている。

（この魔法は、『流星の玉座《フリズスキャルヴ》』じゃない……別の何かだ）

エルメスはそう結論付ける。

彼の知る光線の魔法よりもより強力で、凶悪な何か。そう、それこそ今大司教が言っていた『神罰』としか思えないような。しかしそんなものが存在するのか。一体どうやって……と、あまりにも多すぎる不明点に歯噛《はが》みするエルメスの前で。

「――流石《さすが》です、大司教猊下《げいか》」

「こんなものだ。愚者に物事を分からせるのは、やはりこれが一番手っ取り早い」

「……」

称賛を告げるルキウスに、当然だと言わんばかりに答えるヨハン。そして無言のニィナ。

エルメスを追い詰めた三人が、今度こそ完全に終わらせるべく。こちらに歩いてきていた。

「……これ、は」

エルメス以上の力を持ち、全ての魔法を力技で無効化したルキウス。

エルメスに対して極めて有効な魔法を持つ、天敵のニィナ。

エルメスの知る何よりも強力で、原理不明の魔法を扱うヨハン。

――これが、北部連合の主力。教会の本領。

彼の判断は素早かった。

「……公爵様、撤退を。――勝ち目が、あ、ありま、せん、い」

近くにいたユルゲンに、冷静な声色でエルメスが声をかける。他の全員が驚くが、その判断も当然だと全員が理解してしまっていたのだろう。ユルゲンも同様に頷《うなず》く。

「……それしかないね。了解した、残りの兵士たちをまとめ上げて後退しよう。北部について詳しくはないが、ここに来る前逃げていた兵士がいたということは――『逃げた先』があるはず。そこに乗っからせてもらおう」

素早く方針の詳細を決定した後、けれど、とユルゲンは目を細め。

「問題は――『させてもらえるのか』、というところだけれど」

そうだ。この、エルメスたちの目の前に現れた布陣を見れば明らかだ。

向こうは既に自分たちの動きを完璧に捕捉しており――そして、それを最大限利用して、最大戦力を集中。この場でこちらを詰ませるつもりだ。

北部反乱に参加させる間もなく。初手で全てを終わらせる最も効率的な戦術。

だからこそ、当然。大人しく逃がしてくれるわけがない……が。

「大丈夫です」

それでも、冷静に。エルメスは告げる。そのまま続けて……

「──僕が一人、殿《しんがり》で時間を稼ぎます。その間に」

「──!」

それに全員が再度驚愕し、カティアが声をあげた。

「エル！　正気なの、いくらあなたでも一人じゃ……！」

「カティア様」

彼女の懸念には、名前を呼ぶことで答える。

詳しく説明している時間はない──が、積み重ねてきた信頼でカティアも分かったのだろう。彼は正気で、決してここで犠牲になるつもりでもないことを。

そう理解すると、少しだけ迷いつつ。けれど毅然《きぜん》と、彼女は告げる。

「ちゃんと戻ってきなさい、五体満足で。じゃないともう一生物理的に私のそばから離してあげないから」

「……承知しました」

それなら尚更《なおさら》気合を入れなければ、と改めて気を入れ直して。一度反対方向に彼らは歩き出す。エルメスは敵に立ち向かう方向に、カティアたちは兵士たちを誘導して撤退する方向に。

かくして、単身北部連合に立ち向かうこととなったエルメスの前。

「――愚かな。貴様一人で何ができると？」

「……流石に大司教猊下に賛成だね。君ほどの実力者だ、勝ち目がないどころか足止めすらろくにできないことくらい気付いているはずだ」

大司教ヨハン、そしてルキウスがそう言ってくる。

エルメスは答えることで時間を稼ごうとするが――無論そこまでは許されず。

「行け。即座に此奴《こやつ》を片付け……最低でも王女は絶対に捕らえろ」

少し気になった大司教の指示だったが、それを吟味する間もなく。

ルキウス、そして無言のニィナが飛びかかってきた。

――一分も保《も》たなかった。

ルキウスの突撃を捌《さば》きつつ、かつニィナを一定以上近づかせず、尚且《なおか》つその場に留《とど》まらなければならない。大司教ヨハンは理由があってか追撃に参加していないが、それが慰めにもならないほどの戦力差だ。むしろ一分も保ったのが奇跡的。

しかし当然、代償は大きく。僅かな時間に全力を使い果たしたエルメスは荒い息を吐き。

何一つ魔法を出せないまま、ルキウスとニィナを見据える。

もう少しでニィナの魔法の射程に入る。そうすればもうどうしようもない。

――だが。もう、十分。

十分、離れた。

元より、エルメスが稼ぎたかったのは兵士たちが逃げおおせるまでの時間ではない。兵士たち、そしてカティアたちが『巻き込まない位置まで離れる』までの時間だ。

魔力感知でそれを確認したエルメスは、詠唱済みの魔法を――告げる。

「術式再演――『灰塵の世界樹《レーヴァティン》』」

ルキウスとニィナが身構える。魔力の高まりから大技を感じ取ったのだろう。

しかし……大司教は眉根を動かさない。恐らくこの魔法のことも知っているのだろう。

……知っていて、この魔法を使ってもどうにもならないだろうことも。

――しかし、当然。エルメスとて、それは把握している――故に。

『もう一つ』を、告げる。

「術式複合――『火天審判《アフラ・マズダ》』」

「――何」

ここで初めて、大司教の眉が動いた。

当然だろう、これは如何《いか》なる手段でも知ることはできない。

……何せ、今ここで初めて見せる複合血統魔法だからだ。

『灰塵の世界樹《レーヴァティン》』と『火天審判《アフラ・マズダ》』。

本来、この二つの複合は不可能だ。

そもそも前者の魔法の一部に後者が使われているし、前者が多数の血統魔法を組み合わせたある種の複合魔法のようなもの。それを無視して強引に掛け合わせるのは、今のエルメスの技量では不可能。無理に押し進めようとすれば、当然魔法の体裁は保てない。

だが——そもそも魔法として成立させる気がなければ？

魔法を複合する。炎の大剣に炎を重ねる。

そして、同時に崩壊が始まる。そして、それを敢えて放置。重要な、致命的な崩壊だけを魔法で遅らせて抑え込み、内包した莫大《ばくだい》な火力の圧力を高める。

最後に、それが臨界に達した瞬間。後ろ跳びと同時に、目の前に炎の剣を放り投げ。

……色々と理屈は付けたが、やることは単純。

一連の行為の内容を、たった一言でエルメスは締めくくった。

「——自爆、ですよ」

「貴様——！」

制止は間に合わず、むしろ起こることを察知して足を止める、止めざるを得ない北部連合の目の前で。

——目を灼《や》くほどの真紅の爆炎が、辺り一体を照らしたのだった。

◆

ようやく、轟音《ごうおん》が収まった頃。

至近距離の音と光に未だ五感を焼かれながらも、ルキウスが告げる。

「……してやられたね」

ルキウスの眼前に広がるのは、目の前の道——丁度山間道となっている場所。

そこが、爆発による土砂と岩石で埋まっている光景だ。

端的に言うなら——『埋め立てた』のだ。エルメスはあの爆発の魔法を使って、攻撃ではなく土木事業を単騎でやってのけたのだ。

スケールが違う。桁外れの威力の魔法を持つ彼ならではの発想だろう。

「……ルキウス。追撃はできるか」

感心するルキウスに、忌々しげな声がかけられる。大司教ヨハンの問いに、ルキウスは肩をすくめると。

「難しいかと。私とニィナだけならばこの埋め立てを乗り越えることも可能ですが……残りの兵士たちはそうはいかない。加えて……この魔法を放ったエルメス殿も恐らく生きています。爆発の直前に離脱するのが見えました。これほどの広範囲だ、彼自身も無傷では済んでいないでしょうが——それこそ相手は手負いの獣だ、この状況での追撃はリスクが高い」

私情を挟まない冷静な説明。しばし大司教ヨハンは悔しさを滲《にじ》ませて聞いていたが——

「……ふん。ならば良い」

しかし、すぐに。能面からの薄笑みを取り戻して身を翻す。

「逃げられたなら、それはそれで『使いよう』がある。……むしろその方が良いものが見られるやもしれんな。いずれにせよ、奴《やつ》らに退路はないのだ。ゆっくりと、神の威光を知らしめていくとしよう」

「は。では奪った拠点へと戻りましょう。全軍、反転！」

ヨハンに付き従うルキウスの号令で、兵士たちが一斉に向きを変える。

そのまま一糸乱れぬ行進で拠点へと戻っていく中、その最後尾。

「…………エル君」

埋め立てられた跡を眺めて、ニィナは複雑な声色でぽつりと呟《つぶや》いたのち。

彼女も身を翻し、自分の——今の自分が所属する場所へと帰っていくのだった。

◆

「——エルっ!!」「師匠！」

どうにか足止めを成功させて、よろめきながら合流を果たしたエルメス。

そんな彼は、姿に気付いたカティアとリリアーナの焦りを含んだ声色に出迎えられた。

そのまま、両側から抱きつくように二人に支えられる。

「ちゃんと戻ってくるって言ったじゃない……！」

「……一応、五体満足ではあるので許していただけると」

「せ、師匠《せんせい》、血が、すごく、だ、誰か――」

「エルメスさん、すぐに治します……！」

……とはいえ、彼女たちが焦るのも無理はない。

何せ今のエルメスは、単なる比喩ではなく血まみれなのだから。

ルキウスの見立て通りだ。エルメスが最後に放った魔法の余波に、エルメス自身もきっちりと巻き込まれていた。あの魔法は手元から離れるほど制御を失うため、これは不可避の現象だ。威力と引き換えのとんでもない欠陥、だからこその『自爆』なのだ。

治癒の魔法、『星の花冠《アルス・パウリナ》』を受けつつエルメスが告げる。

「サラ様、ありがとうございます。……それとリリィ様も」

「え、わ、わたくし？」

「貴女様《あなたさま》がきっかけの魔法のおかげで、あの場を乗り切れましたから」

そう、実は例の自爆魔法は移動の道中、授業中のリリアーナとの問答がきっかけで生まれたものだ。

『師匠が使える中で一番威力の高い魔法って何ですの？』という、ある意味子供らしい率直な質問。だがそこを詳しく考えていなかったエルメスは改めて考察、ものは試しとばかりにその他全ての要素を無視して『威力』だけに特化した魔法を作ろうと思った結果の試作品があれだ。

当然できたものは威力こそ高いが、時間がかかるわ、そもそも自分も大怪我《おおけが》するわで使えたものではないと思っていたのだが……まさかあんな場面で役に立つとは。

ともあれ、追撃を振り切ることはできたのだ。

「……公爵様。この後はこの領地の兵士たちの拠点へ？」

「ああ。領主もそこにいるようだ。若干順番は前後したが、そこで改めて事情を説明するとしよう」

今後の方針もユルゲンから聞き、一先《ひとま》ずの区切りはついたと考える。

すると続いて思い浮かぶのは、今しがたの戦いのこと。率直に、彼はこう分析した。

「…………惨敗、でしたね」

「エル……」

そう言わざるを得ない。

自分たちの動きは完璧に読まれており、最大戦力で待ち構えられ。

自分以上の実力者に自分たちの天敵、原理不明の魔法を使う教会の権力者。想定をはるかに超えた布陣に容赦なく叩《たた》き潰された。

玉座を取り戻す旅の道のりの険しさ、この国の深さをまざまざと見せつけられた形だ。

——だが。

「でも、逃げ延びた」

「！」

そう、それでも自分たちは生き延びたのだ。あそこで完全に潰す気だった相手から、誰一人欠けることなく逃げることに成功した。

そこだけは唯一、誇って良い。勝利と言って良いことだろう。

それに、正直なところ生き延びさえすればこっちのものだ。

あの戦いは負けこそしたが、あまりにも多くの貴重な情報をエルメスに与えた。

──彼が学習し、分析し、対策を打ち立てるには十分な、情報を。

敵の強さを知った。敵の魔法をこの目で見た。有用な分析もできた。そして何より……

「……ニィナ様」

あの少女に、もう一度会った。

容赦なく攻め立てられたけれど。手も足も出なかったけれど。

けれどあの時、爆発で離脱する直前。一瞬視界に入った、彼女の顔は。

──あの時、学園で。助けを求めることを約束した時と、同じ顔だった。

……ならば、十分だ。

助ける余地はある。付け入る隙はある。それらを総合して、エルメスは。満身創痍《そうい》の状態で、それでもしっかりとした意志を持って、こう呟いた。

「──ここから、反撃です」

第五章　初戦を終えて

「皆の者、勝鬨《かちどき》をあげよ！　ヨハン大司教猊下《げいか》と、英雄ルキウス殿の凱旋《がいせん》である！」

とある北部の砦《とりで》。

つい数日前までは平和そのもので、つい先日まではここを領地に持つ貴族の兵士たちが運営しており。そして、たった今。持ち主が北部連合に代わったこの砦にて、ある兵士の声に合わせて——わぁっ、と。砦の人員が一挙に歓声をあげた。

それに迎えられて入ってくるのは、二人の男。まずは、白髪に赤銅の瞳を爛々《らんらん》と輝かせる初老の大司教ヨハンが前に躍り出て、口を開いた。

「——背教者どもは、一人残らず撤退した」

途端に、場が静まり返る。

声の抑揚、服装、身振り。それら全てが人の注目を効率よく集めるよう計算されている。『人に物事を説く』ことに慣れ切った人間の振る舞いだ。その効果は抜群で、誰もが彼の言葉に耳を傾ける。

「奴らは小賢《こざか》しくも援軍の魔法使いを呼んだが……それらもルキウスの武勇に手も足も出ず。終《しま》いは我が神罰に恐れをなして逃げ帰った。——我々の完勝だ」

期待が、兵士たちの中に膨れ上がる。応えるように、ヨハンは両手を天に掲げて。

「残る拠点は一つ。それで北部の伯爵以下は全て我ら北部連合の軍門に降《くだ》る！　これも全て星神の加護の賜物《たまもの》だ。誇りを持ち、祈りと信仰を捧《ささ》げよ。さすればこれからも、これまで通り――永遠の勝利と繁栄が其方《そなた》らに与えられよう！」

再度、歓声が爆発する。続いてヨハンの後ろを歩くルキウスも、歓声を止めないまま声を張り上げた。

「今回の勝利は無論星神より賜ったものだが……同時に貴殿らの奮闘の成果でもある。よくやった、我が精鋭たちよ。今は英気を養い、これからも力を貸してくれ！」

文言は洗練されていないものの、彼には圧倒的な実力がある。それ故に兵士たちの人望も厚く、同量の歓声が与えられる。北部連合の、中枢とも言える二人の人物。その人気は、このように一切の翳《かげ》りを知らなかった。

そして。

そんな二人に引き続き、銀髪の可憐《かれん》な少女。

ニィナ・フォン・フロダイトが眥に入った瞬間――

「――出たな。淫魔《サキュバス》」

ざわめきの質が、変わった。

好意と信頼、崇敬から……悪意と厭悪《えんお》、軽蔑へと。

「数多《あまた》の家を渡り歩き、取り入っては潰してきた悪魔めが」

「全く、見目だけは無駄に愛らしい。それで油断を誘い、どれだけの相手を破滅させてきたのやら」

「それで今度はフロダイト家に入り、ルキウス様まで毒牙にかけようとしたのでしょう？

ああ、なんて身のほど知らずな！」

そうして、彼らは噂《うわさ》をする。ニィナの背景を――『大司教ヨハンよりそう説明された』経緯を、疑うことなく信じ込んで。

「けれど、ルキウス様は一向に惑わされなかった。流石《さすが》ですわね！」

「ああ。加えて大司教猊下も、そんな邪悪な存在を処罰するのではなく更生させようとしているとか！　やはり大司教ともなれば慈愛の心もお持ちでなければならないのだな」

同時に、ルキウスとヨハンへの好意を、崇敬を高める。ニィナを利用して、思惑通りに信仰を強固なものにする。

「……しかし俺は疑問だね。本当に更生なんてできるのか？」

「私も無理だと思いますわ。だって……あんな魔法でしょう？」

「そうだな。魅了《チャーム》の魔法――『気に入った相手を誑《たぶら》かす』ための魔法。そもそもそのような血統魔法を持った時点で、魂から穢《けが》れているに違いない」

「性根から腐っているのさ。どれほど大司教猊下の御心《みこころ》が素晴らしくとも、当人がその様子では仕方あるまい。全く、ああはなりたくないものだ――」

徹底的にニィナを軽蔑する言葉が、そこかしこから聞こえてくる。

それを、誰も止めない。ルキウスも、そしてヨハンも。むしろそうすることを推奨するような気配すら漂わせて、ニィナを見せつけるように。

対照的な感情をぶつけられたまま、三人はゆっくりと歩みを進めていくのだった。


「——人心を統一するには、二つの要素が必要だ」

兵士たちが集まっている広間を通り過ぎ、人気のない廊下へと三人が差し掛かったタイミングで——再度、大司教ヨハンが口を開いた。

「まずは崇拝の対象。疑うことなく己の心を預けられるものがあってこそ人は意思を統一できる……否、それに縋《すが》らなければ惰弱なる人間は立ち行けないのだ」

淡々と、けれど神職の人間にしてはひどく毒の強い言葉で。

「そしてもう一つは——軽蔑の対象」

ヨハンが振り向く。侮蔑的な目で、ニィナを見据える。

「あらゆる神話には、神と悪魔が存在する。何故《なぜ》か？——それが必要だからだ。善き存在の僕《しもべ》となり、悪《あ》しき存在を攻撃し、こき下ろし、排斥する。その儀式を通して、『そうやっている自分たちは正しいのだ』と安心する。これこそが古《いにしえ》より続く由緒正しき信仰の保ち方だ。だろう？」

そう。先ほどの兵士たちの反応。彼らにとってはそれこそが、ヨハンの言う儀式。正しきものを崇敬し、邪悪なるものを蔑視する、そうして自分たちは正しいと信仰を強固なものにしている。『ああはなりたくない』と今の立ち位置に縋ることに躍起になる。

だからこそ、兵士たちのあの反応をヨハンは一向に止めない。むしろ推奨さえしている。ルキウスは崇拝され、ニィナは軽蔑される。それこそが、ヨハンに強制された北部連合における自分たちの役割なのだから。

そうやってこの男は——ある日突如としてフロダイト家に踏み込み、全てを塗り替えていったこの大司教は。

恭しく、けれど嘲弄に満ちた笑みでニィナを見据え、告げたのだった。

「感謝するよ、フロダイトの兄妹《きょうだい》。英雄と悪魔、信仰に必要な両面を備えた極上の偶像たちよ。貴様らのおかげで——また地上に神の楽園を築くことができそうだ」

「……」「——光栄です」

ニィナが黙り込み、ルキウスが礼を告げる。そんなルキウスに……ここまで言われているにも拘《かか》わらず一切の反論をしない義兄に、ニィナは声をかけようとして。

「お兄ちゃん——」

「——ああ、すまない、ニィナ」

けれど。ルキウスはそれを拒絶するように手を突き出して。

「——邪悪なる存在とは不必要に喋るなと大司教猊下に言われている。だから妹であろうと無駄な会話はできないのだ」

そう、告げた。なんの疑いもなく――『何も疑うことを許されていない』口調で。

「……うん。そうだね。ごめん」

「そういうことだな、ニィナよ。貴様も――余計なことは言ってはならんぞ？」

それ以上は無駄だと、よく分かってしまっているから。

ニィナは黙り込み……なんとかしようとして、結局どうにもなっていない、全てこの忌々しく強大な大司教の思い通りになっている現状を見て。

念を押しほくそ笑むヨハンを睨《にら》みつけ、歯噛《はが》みするのだった。

◆

同刻、別の拠点。あの時庇《かば》った兵士たちに案内され、逃げ込んだ拠点の一室。

「それでは――あの遭遇戦で分かったことを整理します」

命を救われた恩もあったのだろう。

身分と立場を明かしたところ、全力で謙《へりくだ》られた兵士たちに疑われることなく拠点の中に入れられ、それなりの広さの一室を貸し与えられた。

そうして領主を待つ間、第三王女派の人間が注目する中。エルメスが、口を開いた。

「何から話すかは迷いますが……まずは、確定ではありませんが極めて確度が高く、真っ先に共有すべきことを」

カティア、サラ、アルバート、ユルゲン、リリアーナ。

五人の目線を受け止めた上で、彼は一息。

「大司教ヨハン。彼は――『洗脳』の血統魔法を持っています」

全員が、驚愕《きようがく》を露《あら》わにした。

「……確かかい？」

「少なくとも、あの時得た情報からはそうとしか説明できません。順を追って説明しますと――」

違和感を持ったのは、ルキウスと対峙《たいじ》した際だ。

戦った時間は短かったが、彼の性格や性質はよく分かった。如何《いか》にも武人らしく公明正大、自分の中で時間をかけて醸成された確かな価値観を持っているタイプ。

そう、つまり――『妄信』とは一番ほど遠い類の人間だ。

にも拘わらず、星神信仰に関しては明らかに思考停止の雰囲気を見せていた。戦う際に覚えた違和感の正体はそれだ。

そこからルキウスを注視すると、彼の中に何か奇妙な魔力が存在することを確信できた。その質の分析と、魔力の内容があの時登場した大司教ヨハンと同質のものだったことから考えれば……その結論が最も確度が高い。

「まとめると、大司教ヨハンの血統魔法は洗脳……少なくとも、何かしら思考を操作する類のものである。そしてそれに――ルキウス殿がかかっている、と？」

「はい」

「……なるほど。それなら納得がいくわ。あのルキウスさんの言動も……そして、ニィナの態度も、ね」

　ユルゲンのまとめにエルメスが頷《うなず》き、同時にカティアが納得の声をあげた。

「つまりニィナ嬢は――実質的に兄を人質に取られている状態、ということか？」

「……です、ね。しかもただの人質ではありません。ただ囚《とら》われているだけでなく、洗脳の結果――『人質が向こうに協力的』ということになります、よね」

「ええ。だから仮にニィナが大司教の隙を突いて逃げ出したとしても……ルキウスさんが一緒に逃げてくれない。加えて――更に保険として他の家族も幽閉されててもおかしくはないわ。……あの子が八方塞がりになるのも納得よ」

　アルバート、サラ、カティアの順に整理する。流石にこの辺りは王都最高峰の学園に通う生徒たちだ、非常に高い理解力で情報を共有してくれた。

「ニィナ様は、フロダイト家――今の家族との仲は良好と聞いていました。恐らくはそこをあの大司教につけ込まれ、ルキウス様や他の家族を人質に取られ言うことを聞かされている……もしくはもっと直接的に、何かしらの制約《ギアス》をかけられていると思われます」

「制約《ギアス》って……エル、それも向こうの魔法？」

「いえ、恐らくは魔道具によるものかと。そういうものがあると師匠に聞いたことがありますし、その類の魔力も薄《うっす》らとですがニィナ様から感じ取れました」

「……教会は、国中から集めた多数の魔道具を所持していることでも有名だ。そこも納得はできる。一先《ひとま》ずはエルメス君の見立てを基準にして良いだろう」

ユルゲンの言葉で、フロダイトの兄妹が置かれた状況に対する推測は一旦終了して。

「……ちょ、ちょっと待ってくださいまし！」

そこで、今まで黙っていたリリアーナが口を開いた。注目が集まることを確認してから、彼女が続ける。

「その、ニィナさんというのは……あの銀髪の綺麗《きれい》なお方ですよね。わたくしはその方についてはよく知らないので、そこは皆さんにお任せしますわ。ただ――」

「ただ？」

「……ヨハン大司教の血統魔法は洗脳。師匠はそう仰《おっしゃ》いましたね」

その言葉で、次にリリアーナが言う内容は大まかに想像がついた。

「じゃ、じゃあ……あの『神罰』は……何なんですの……？」

予想通り、である。

「……丁度次にそれの推測も述べようと思っていました」

エルメスが静かに告げ、今度はアルバートが口を開いた。

「真っ先に考えるのは、あの大司教が二重適性ということだが」

「……多分、それは違うと思います」

その妥当な疑問には、同じ二重適性であるサラが答えた。

「サラ嬢、何か知っていることが？」

「……わたしは、昔教会と関わっていたことがありました。その際にヨハン大司教猊下《げいか》の噂も聞いたのですが……あの方が二重適性であるという話は全く聞きませんでしたので」

「隠していた……というわけでもなさそうだね。だとしたら今度は、あの状況で明かす理由がない。お披露目ならもっと良いタイミングで行うはずだ」

ユルゲンが補足する。その前提を共有した上で、エルメスはその『神罰』についての推測を開始した。

「まずそもそも、あの魔法――仮に『神罰』と呼称しますが――あれは血統魔法の範疇にはありません。威力や性能を総合すると、明らかに血統魔法だとしても異常な性能になりますから」

彼はおそらく、血統魔法に関してはこの国で一番詳しい。だからこそ分かる。

ローズの『流星の玉座《フリズスキャルヴ》』、彼の知る限り最強の血統魔法。それ以上の威力を持って自在に撃ち落とせる術式など――あり得ない、と。

「ど、どういうことですの？」

「何かからくりがある、ということです。リリィ様」

結論を、エルメスは告げた。

ルキウスの『魔法を斬る』という技術。あれは恐らく彼独自の技術によるもので、特殊な仕掛けがないタイプのものだ。対してヨハンの『神罰』は、そうではない。そうエルメスは直感する。

「からくりがある、血統魔法ではない……ということは、これも魔道具によるものかな？」

「恐らくそうだと思ってはいるのですが……」

ユルゲンの推測に、同意しつつもエルメスが言い淀《よど》む。それを見てとったユルゲンに促され、エルメスは続けた。

「——まず、一つ経験則による前提を述べておきます。魔道具は基本的に、血統魔法以上のことはできません。仮に古代魔道具《アーティファクト》であってもです」

「初耳だが……そうなのかい？」

「ええ。無論、理論的な裏付けと確信があるわけではないのですが、少なくとも今まで知っている魔道具でその例に漏れたものはありません」

その前提を共有した上で、エルメスが再度口を開く。

「その上で考えたのですが……例の神罰術式。恐らく上手《うま》く魔道具を組み合わせれば、あの威力の砲撃を放つこと『だけ』ならできます」

「だけ、ということは……」

「ええ。ただし——それをあの時僕たちを狙ったように、自由自在に照準を合わせて撃ち落とす。そこだけは……僕の知る魔道具と推測する魔道具の性能をどう組み合わせても不可能なんです」

あの威力を再現しようとすれば、どう足掻《あが》いても丁寧に時間と手間をかけた上での固定砲台が彼の知る魔法技術では限界なのだ。

逆に、自在に狙って打てるような術式となるとどう足掻いても威力が落ちる。その両立こそが難題であり、それこそがエルメスが『流星の玉座《フリズスキャルヴ》』を最強の血統魔法と定義する所以《ゆえん》でもあるのだ。

だからこそ――と、エルメスは最後の懸念を述べる。

「先ほどと矛盾するようですが……そこに関しては、以前公爵様が仰《おつしや》ったような何か――『人智《じんち》を超えた得体の知れない技術』が絡んでいる可能性も、否定しきれません」

「……」

ここで改めて、一同が今相手にしている敵の強大さを思い知る……が、そこで。

「色々と話してくれたところ悪いけれど……」

ユルゲンが、どこか苦笑気味に口を開いて。

「もう一度、今までのことを整理しないかい？――そろそろ殿下のキャパシティが限界のようだ」

「うぇっ!?」

突如話題に上がったリリアーナが驚きと羞恥で変な声をあげた。

「だ、だだだ大丈夫ですわ！　わ、わたくしの頭脳ならまだ全然複雑な話でも――」

「殿下、そこで強がってもいいことはありませんよ」

ユルゲンにたしなめられる。

……実際にリリアーナが今にも頭から煙を出しそうな様子だったのは確かだったので。

エルメスは反省して、再度全体をまとめにかかる。

「まず……大司教ヨハンの血統魔法は『洗脳』であり、ルキウス様がその影響下にある。それによってニィナ様もこちらに敵対せざるを得ない。そして向こうの『神罰』術式に関しては、恐らく魔道具によるものだが何か……僕たちの想像を超えるギミックが仕込まれている可能性がある。大別すると、問題はこの二点ですね」

……まとめてみると、思った以上に未解決の点が多い。子供組が五者五様に唸《うな》る、が

――


「それでも、ある意味での朗報も存在する」

その上で、ユルゲンがきっぱりと述べた。

「――ヨハンさえ倒せれば全て解決する、ということだ」

……まぁ、それは、確かに。

ある意味シンプルな結論に全員が頷いたのを確認すると、ユルゲンが続けて。

「それに、あの状況でそこまで分析してくれただけでも大したものだ。現状全てを理解する必要はないし、これだけ分かれば今後の方針を立てる上では十分だよ」

エルメスの分析力を素直に称賛し、これからの話に移行する。

「『大司教ヨハンの打倒』。北部反乱を収めるにあたり、これが絶対条件と分かった。ならば今後はその目標に向けて動こう。

一先ずは現在この拠点にいる兵士たちをまとめて、打倒のための作戦を練る。並行して向こうの戦力を把握し、向こうの魔法──『洗脳』と『神罰』に関する詳細をより分析、推測して対策を打ち立てる。前者は旗印であるリリアーナ様を中心に、後者はエルメス君を中心に。……こんなところかな。エルメス君に改めて感謝だね。初戦何も分からず負けたにしては、随分前進したじゃないか」

非常に端的で、今後の動きも分かりやすい。……この辺りはやはり、多くの人たちと話し取りまとめてきた経験の差が出ているのだろうか。

「……未熟を恥じますわ、お父様」

「はは、勿論《もちろん》君にも今後は期待したいが、流石《さすが》に現時点で娘にここまでされては当主の立場がないからね」

カティアの言葉に、ユルゲンは軽く笑うと。

「──時間はたっぷりある、とはこの状況では言えないけれど。できることを、きちんと確実に行うことだ。そうすれば、君たちなら大丈夫だよ。差し当たっては──」

大人の貫禄《かんろく》とでも言えるものを見せた後、ユルゲンは扉の向こうに目を向ける。

すると、丁度折よくこんこん、とノックの音が響いて。

「……どうやら、この領地の領主様の用意ができたようだ。まずは、そちらと話し合って兵士たちを味方につけるところから、だね」

ユルゲンの言葉に、子供たちが頷いて。北部反乱を収めるために、険しいけれど確かに見えた道筋に向かって、彼らは改めて進み始めるのだった。

◆

「おお、殿下！　よくぞいらっしゃいました！」

北部拠点の中、別の会議室にて。

案内されて入った一行、その先頭に立つリリアーナを人のよさそうな声色が出迎えた。

ユルゲンと同年代と思われる中肉中背の男。全体的に特徴こそないが服装の品は良く、人好きのしそうな笑みを湛《たた》えた壮年の男性、といった風体だ。

彼こそが、この領地一帯を治める貴族——ハーヴィスト伯爵だろう。

道中でざっと聞いたところによると、彼は伯爵でありながら北部で随一の兵力を持つことで有名だそうだ。その兵士を指揮することで権勢を増してきた家で、だからこそ北部連合による暴虐に今まで耐えられてきたのだろう。

そんな当の伯爵は、緊張気味のリリアーナを恭しく——必要以上に謙《へりくだ》って迎え、残る五人も同様に座らせると、改めて話し始める。

「これまでの経緯は聞いております。第一王子殿下の突如のご乱心に加え、得体の知れない謎の組織に身柄を狙われるとは！　そんな苦境にありながら見事王都を脱出なされた殿下のご苦労を思うと、私は胸が張り裂けそうでございました！　そしてよくぞご無事で乗り越えられましたな、流石は王家の血を引くお方！」

「……周りに恵まれただけですわ」

過剰なほどの美辞麗句の奔流。恐ろしく慇懃《いんぎん》で丁寧な言葉の量と圧にリリアーナが気圧《けお》されつつ、言葉少なに返す。

対する伯爵はそれにも謙虚な心をお持ちだとかなんとか通りいっぺんの称賛を繰り返した後、ようやく。

「それで、ええ。今後はリリアーナ殿下を擁立し、あの忌々しき星教会を打倒する、ということですな！　是非ともそうさせていただきたい！　我がハーヴィスト家の精鋭全員、殿下に忠誠を誓わせていただきましょう！」

本題に入り、快諾の姿勢を見せた。

なんであれ、協力してもらえるのか――とリリアーナが息をついた……

「それで」

その次の一言だった。

「――当然、全指揮権は私に委ねていただけますな？」

場が、凍りついた。

ハーヴィスト伯爵の言わんとするところは、リリアーナも……そして、背後に控えるエルメスたちもよく理解してしまったから。

それでも、リリアーナが確かめるように問いかける。

「……それは。今わたくしの後ろに控える五人も、伯爵の麾下《きか》に入る……ということですの？」

「当然ですとも！」

一方の伯爵は、全く悪びれることなく。

「ああ、もちろん相応の待遇は約束しますぞ。殿下を王都より守り抜いた忠臣たちですからな。……ですが」

自信満々に、己の中の理《ことわり》を説く。

「ここは私の領地ですから。そちらには公爵家令嬢や当主がいらっしゃることも承知していますが、だからといって他所者《よそもの》如《ごと》きに大きな面《つら》をされては、私の麾下の兵士も納得できないでしょう。ここは我が指揮下にて、一致団結することが打倒の近道だと存じますが？」

「……お待ちを」

その伯爵の物言いに、今度はカティアが異を唱えた。

「伯爵。こちらとしても、あなたの意向は汲《く》みたいと考えています。仰《おつしや》る通りいきなりしゃしゃり出てきて全軍の指揮権を寄越《よこ》せ、と横暴なことを言うつもりもありません。

……しかし……その」

「『こちらの言うことに全て従ってもらう』とまで言うのは如何《いかが》かと」

前提を述べた後、言葉を選ぶように言い淀むカティア。その意図を汲んで、エルメスが言葉を引き継いだ。

「ハーヴィスト伯爵。それはすなわち貴方《あなた》が、この場の誰よりも兵士たち、そして僕たちを上手く動かせる、動かせば勝てるとの保証があっての話です」

彼女が言い淀んだ理由は、単純に伯爵を明確に批判する言葉になってしまうからだ。

現在の立場上そういったことを言いにくいのならば、代わりにエルメスが告げよう。

……それに。この伯爵は、きな臭い。そう考え、エルメスは翡翠《ひすい》の瞳で伯爵を射貫《いぬ》いて。

「こちらには公爵家の血統魔法使いに二重適性といった、強力な血統魔法使いが揃《そろ》っています。加えて公爵様は大軍の指揮経験もおありだし、敵の情報もある程度把握している。

……それを差し置いて、自分に全権を握らせろと一方的に言うのはそれこそ横暴では？　少なくともこちらにも幾ばくかの権限を許していただくことが、星教会を打倒するには効率的かと存じますが」

「エル……」

カティアが呟《つぶや》く。彼にしては穏当かもしれないが、それでも比較的手厳しい言葉であることに変わりはない。

けれどエルメスの意図も分かるので何も言えない彼女の前で、伯爵は少し眉を顰《ひそ》めると。

「……ふむ。君は格好から察するに、公爵家の執事か何かかね？　少々従者の域を出た傲慢な物言いだが、この場に限り許して差し上げよう。……それに」

　その笑顔に、紛れもない嘲弄の色を乗せて。

「……『強力な血統魔法使い』？　笑わせてくれるね。——所詮貴殿らは、ルキウス殿に手も足も出なかったじゃないか」

「——」

　……なるほど。そこを突いてくるか。

「良いかい？　戦における血統魔法使いの役割は、『敵の血統魔法使いを倒すこと』。これに尽きる。それすらできないで一枚噛《か》ませろとは、なんとも驕《おご》り高ぶった発言じゃないか」

「確かに、そう言われると何も反論できませんね。惨敗したのは確かですし。……しかし、それは貴方も同じでは？　星教会の侵入をここまで許した時点で領地を大過なく守れているとは言い難いでしょうに」

「……ふん、私は負けてはいない。予想以上に手こずっていることは確かだが、敢《あ》えてこの一箇所に兵力を集中させているのだよ。それをまとめて運用すれば、我々だけでも打倒は叶《かな》うとも。たとえ相手が六家の連合でもね」

「へぇ、あのルキウス様がいてもですか。それは頼もしいことで」

　エルメスの指摘に眉を更に引き攣《つ》らせる伯爵。その反応自体が図星と言っているようなものだが、所詮使用人に発言権はないと開き直ってか、エルメスを無視してリリアーナに笑顔を向ける。

「殿下、貴女様《あなたさま》の配下は腕こそ立つようですが、少々発言が過激に過ぎるようですな。やはり貴女様が一番話が通じるようだ、どうです、これからの会合は二人で――」

「……わたくしの師匠を、悪く言わないでくださいまし」

対してリリアーナは、少しばかり不信を漂わせた口調で反論する。

「それに……わたくしを旗印として擁してくださるのであれば。人材の登用も含め、わたくしに判断を委ねてはくださらないのですか」

「とんでもない！」

だが、それに対してハーヴィスト伯爵は『何を馬鹿なことを』と言わんばかりに肩をすくめると。

当然のように、こう告げてきた。

「――殿下は、血統魔法を持たない無適性の王族ではございませんか！」

「！」

「そのようなお方の指揮など妥当性がありませんし、何より誰もついてきませんぞ！　殿下は皆に崇《あが》められ、心を預ける拠《よ》り所《どころ》として在れば良いのです！　厳しいことを言うかもしれませんが、これも殿下の御為《おんため》なのです。どうかこの私めの言うことを信じてはくださいませんか！」

そうして、傷を抉《えぐ》る指摘と言葉の奔流に何も言えなくなったリリアーナの前で。独壇場と化した舞台で、ハーヴィスト伯爵は次々と忠言という名の要望を捲《まく》し立ててきた。

まず、今回北部連合に対抗する全権を自分に与えること。

そうして、その後の兵力集めや王都に攻め上がることも含めて自分に全て任せてほしい。

その後無事玉座を取り返した暁には、自らを重く用いること。彼曰《いわ》くこれは私欲ではなく、論功行賞の観点から当然であり国が立ち行くために必要なのだとか。そう語る伯爵の口調は、まさしく幼子に道理を言って聞かせるかのようだった。

その後も人事の件でエルメスたちを完璧に蔑《ないがし》ろにしたり、挙げ句の果てには将来リリアーナの王配を自分の息子にだなどと言ってきたり。

……その辺りで、リリアーナを含めた全員が察していた。

ああ——自分たちは、舐められている、いる、のだ、と。

血統魔法を持たない、傀儡《かいらい》にしか使えなさそうな王女様に。向こうの血統魔法使いを打倒することもできない少数の人員。

ならばどうせ自分の言いなりになるしかない。むしろ自分が上手《うま》く使ってやろう。そう決めつけてたかを括《くく》り、一方的な要求を次々と突きつけてくる。

……結局、その後も伯爵に言いたい放題言われるままで。

最終的にリリアーナが『今日中に返答するので、時間をくださいませ』と精一杯の声で告げて、一旦その場を退去するのだった。

◆

「……考えてみれば、当然だったね」

そうして、最初の一室に戻ってきた一同。

ユルゲンが反省の声色と共に、伯爵との話し合いの結果を総括する。

「もちろん私は君たちが強力無比であることも、向こうの人員と我々との相性があまりに悪すぎるだけだということも、そして――リリアーナ殿下が誰よりも可能性を持ったお方だということも知っている。

だが――北部の人間はその全てを知らないんだ」

リリアーナの評価は、あくまで身内だけのもの。加えて……王都から離れた北部まで、エルメスの噂《うわさ》が広まっているとは言い難い。トラーキア家の威光も同様だ。

更には、今回ルキウスやニィナ、そしてヨハンに相対して為《な》すすべもなく逃げ帰ってきたという事実。それらを加味すれば――北部の人間がエルメスたちを素直に受け入れないことは明らかだ。

……まぁ、だとしても。あそこまで取り付く島もないどころか完璧に見下してくるとは想定外だったわけだが。それを踏まえた上で、ユルゲンが問いかける。

「さて、このままだと我々はハーヴィスト伯爵の指揮下で戦うことしかできない。伯爵が弱いとは思わないが、エルメス君の言う通りここまで追い詰められていることを考えると、伯爵の手腕に期待するのは望み薄だろう。――どうする？」

それに対して……真っ先にリリアーナが反応した。

「わ……わたくしが、なんとかしますわ」

「……殿下？」

ユルゲンが意外そうに声をあげる。それに対しリリアーナは震えながら。

「だって、わたくしが……一番何もできていませんもの。今回の件だって、つまるところわたくしに威厳がないから、あんな居丈高な態度を取られてしまったんですわ。……こういうことは、上に立つものがなんとかすべきなのに」

その上で、どこか悲壮な覚悟を固めたような声で。

「だ、大丈夫ですわ。伯爵が権勢を欲していることはよく分かりましたもの。他の皆さんを蔑ろにさせない代わりに、わたくし一人が伯爵の言うことを叶えればいいんですわ。伯爵の登用も――その、将来の王配についても。わたくし一人が、犠牲になれば……」

「――リリィ様」

どこか、自棄《やけ》すら感じさせるその声。しかしそれを遮ったのは――

「……サラ？」

「リリィ様、そうお考えになる気持ちはよく分かります。でも……『そういうこと』ばかりを……自分を蔑ろにすることばかりを繰り返すのは、だめです」

そうして、サラはリリアーナに近寄って寄り添うように手を置く。

その言葉は抽象的だったけれど、ひどく重く、確かな説得力を持っていた。実際に経験した者にしか宿せない何かが言葉に宿っていた。

「そうですね。それに——きっと伯爵はそれでもこちらに一切の権利を与えないでしょう」

「師匠……？」

続けて、エルメスが言葉を発した。

「伯爵は、権勢を求めています。そして恐らくこちらの力が強く——自分の立場を脅かしかねないことも理解している。だからこそ、僕たちよりも上の立場であることにはなんとしてもこだわるでしょう。たとえ戦略的に悪手だとしても」

「そうね。つまり——」

そして、カティアが引き継いで結論を述べる。

「あの伯爵にとっては——北部反乱に勝つことより、自分の立場を高めることの方が重要、ってことよね」

ぴり、と部屋の空気が重くなった。

思わず全員が居住まいを正すほど。それほどの……次期公爵家当主たる可憐《かれん》な少女の圧力が辺りを包む。

「……個人的なことを付け加えると」

すると、それに呼応するかのように。エルメスも立ち上がり、ひどく凪《な》いだ声で。

「あの伯爵は、言葉上はリリィ様に敬意を払っていましたが——一度も礼を告げることも、拝跪《はいき》することもなく。そもそも向こうから出向くこともしなかった。態度でも、目でも。……最初から最後まで、リリィ様をそれこそ『傀儡』以上の見方をすることはありませんでした」

この場の誰もが一度は見た、零下の激情を翡翠の目に灯《とも》す。

「伯爵の兵を借りる以上、一定の敬意は必要と思っていたけれど。……向こうが侵略者を打ち破ることを第一にしないのならば、容赦はいらないわ」

「それに、向こうの異様に強気な態度も違和感があります。——こちらの予想が当たっているならば、どう足掻《あが》いても協力はできません」

「ええ、だから——」

……ハーヴィスト伯爵の心情も、分からないではなかった。

北部随一と呼ばれる兵力を保持していながら、伯爵の地位に甘んじている不満。生来の上昇志向も相まって燻《くすぶ》っていたところに、転がり込んできた動乱と旗印。

抑えつけていた権力欲が吹き出してしまったとしても、仕方ない。

しかし、彼の誤算は。

カティアにとっては、貴族の立場で責務を放棄する輩《やから》。

エルメスにとっては、親しい人間を不当に扱われる事。

この場で怒らせてはいけない筆頭の二人。

その地雷を――あろうことか同時に踏み抜いたことである。

そうして、恐ろしく息の合った様子で意思を統一し。

「――ご退場いただくわ。伯爵には悪いけれど」

「ご許可をいただけるでしょうか、リリィ様」

呆然《ぼうぜん》とするリリアーナの前で、そう告げた主従。

その様子を見て、残るサラとアルバート、そしてユルゲンは同時に思ったのだった。

ああ――詰んだな、と。

◆

北部の名家、ハーヴィスト伯爵家。

その今代の当主、アスラク・フォン・ハーヴィストは強い不満を抱えていた。

不満の内容は一点。――何故《なぜ》自分の家が伯爵家ごときなのかということ。

自分の魔法は、確かに伯爵家の域を出ない……自分ではそうは思っていないが、伯爵家の割には弱いと周りから陰口を叩《たた》かれたこともある。

だが、それでも。伯爵家には――自分には、それを補って余りあるほどの鍛えられた魔法使いの集団、兵力が存在するはずなのに。それを一切理解せず、血統魔法だけを見て自分を馬鹿にする同じ伯爵家や侯爵家の連中。あの愚物共にはほとほと嫌気がさしていた。

これからは血統魔法の時代ではない、数の力がものを言う。今のうちに粋がっていろ——と心の中で舌を出し。

……けれど面と向かって言うことはできず、鬱屈としたまま漫然と日々を過ごしていた。

——きっといずれ、周りの方が時代遅れになる。

そんな時期が来ると信じて、耐え忍び……実際は何もしていなかったある日。

表面上は平和だった日常が激変する。北部連合と名乗る大軍が現れ、直後に王都で政変《クーデター》が起こったと噂に聞き。

——そうして同時に、自分の前に現れた。

第三王女リリアーナ。不当に玉座を奪った第一王子に相対する大義名分にして、自らが成り上がるための都合の良い象徴。

これだ、と思った。

今まで『兵力ばかりを過信するな』『いざという時のために鍛えることを怠ってはならない』と意味の分からない的外れな戯言《たわごと》ばかりを言っていた周りの連中を押し除《の》け、自分が成り上がるための最大の駒が、目の前に飛び込んできた。

これまで耐え忍んできたのは、全てこの時のため。この王女はそれこそ——神が自分に遣わした褒美に違いない。そう確信した。

周りにはそこそこ強い血統魔法使いが揃《そろ》っているようだが……何、問題ない。所詮は向こうの血統魔法使いに勝てないような連中だし、自分にとっては『たかが六人』だ。

せいぜい上手く使ってやろう。そう侮蔑の意思を隠さず、案の定惰弱そうな王女様に自分に極めて有利な……けれど伯爵自身は妥当だと思う条件を吹っかけた。

これも問題はない。向こうは自分たちではどうしようもないからハーヴィスト伯爵家を頼ってきたのだから、この北部反乱を平定するためには呑《の》まざるを得ない。

それに……万が一断られて、向こうが伯爵を突っぱねたとしても大丈夫。

何故なら——自分には、もう一つの保険があるのだから。

そう勝利を確信し、伯爵は思索にふける。

今頃あの出来損ないの王女様とその取り巻きは、自分の吹っかけた内容について必死に考えているのだろうか。ひょっとすると譲歩を引き出そうとしているのかもしれないが無駄だ、自分は何一つ譲るつもりはない。

そうして向こうを意のままに操り、次代の王国で権力を握る。あの王女も、成長すればきっと絶世の美女になるだろう。今年二十歳になる自分の息子も間違いなく喜ぶ……いや、それこそ息子にだけやるのも惜しいやもしれぬ。

そんな考えすら、躊躇《ためら》いなく頭の中に浮かぶほどだった。

向こうが必死に頭を悩ませて提示した案を無下に突っぱねる、その時が楽しみだ。

そう期待していると……同時に、部屋の扉がノックされた。

入ってきたのは、王女とその取り巻き四人。

王女以外に礼儀を払う価値はないだろうと判断した伯爵は即座に視線をリリアーナだけに向け、表面上はにこやかな——けれど胸中では侮蔑しながら、言葉を発する。

「答えは決まりましたかな？」

「ええ」

答えたのは、リリアーナ——ではなかった。

彼女の横から前に出てきたのは、リリアーナの後ろ盾であるトラーキア公爵家の使用人らしき少年。名前は……エルメス、だったろうか。

またこいつか。伯爵は内心でため息をつきつつも、おそらくこの少年が代理で交渉を始めるのだろうと先の話し合いから理解して声をかける。

「君か、まあ良い。よもや都合が悪くなれば、『使用人が勝手に言ったことだから』と彼を切り捨てて言い逃れをするつもりではあるまいね？」

「いいえ、きちんと全員で話し合っております。この場では僕の言葉がリリィ様……第三王女リリアーナ殿下の言葉と思ってもらって構いません」

『切り捨てて』の部分で背後の紫髪の少女——トラーキアの娘が何やら凄《すさ》まじい怒気を発し思わず腰が引けるが、居住まいを正して向き直る。

「それは結構。では——改めて、答えを聞かせてもらえるかね？」

「ええ。これからも我々は、伯爵様と共に手を取り合って北部反乱の平定に向かいたいと思っています。しかし……いささか伯爵様の条件に頷《うなず》けない部分がございまして。この度はそのすり合わせをさせていただければと」

そらきた。

伯爵は内心でほくそ笑み、向こうの言葉を突っぱねる瞬間を期待しながら言葉を紡ぐ。

「なるほど。しかしこちらとしてもそう簡単に撤回するわけにはいかないね。使用人の君には馴染《なじ》みのない、上に立つ者の重みというものがあるのだよ」

「ええ、心得ておりますとも」

しかし、伯爵の皮肉も少年はにこやかに受け流し。

「――ところで、ですが」

続けて、少しトーンの下がった声で言葉を発した。

「改めて言いますが、我々は伯爵様と手を取り合って北部連合を打倒したいと思っております。これは伯爵様も相違ないですね？」

「？　何を言っているのだ、そんなこと当然で――」

「良かった。と言うのもですね――」

悪寒。

何故か感じたそれの正体を確かめるより前に、エルメスは笑って。

「先ほど、教会及び北部連合に宣戦布告の書簡を出したのです。

我々第三王女陣営は……ハーヴィスト伯爵家と協力し、貴殿らの打倒準備を進めている。

待っているが良い――と」

「………な」

何を。言っているのだ、こいつは。

「勝手な行動になってしまったことは謝りますが、こうして早めに牽制《けんせい》しておかないと北部連合が一気にここを攻め落としにかかる可能性がありましたからね。我々と伯爵様が正式に手を組むと分かれば、向こうもそうそう手を出してはこないでしょう。その時間で、きちんと話し合いを――」

「ま、待て待て待て待て！　それは……それは困る！」

容認できない。

自分の許可なくそんなことをしたのもそうだが――

それは、まずい。それは――とても、まずい！

「困る？　どうしてですか？　少し先走りすぎたことは確かですが、伯爵様にとっても教会と北部連合は追い払うべき侵略者であるはず。いずれ出すべき布告を先に出しただけのこと、そう困ることもないでしょう？」

だが、そんな伯爵の内心を。知らない――のではなく、知っているかのように。見透かすような表情で、エルメスは改めて。

「――それとも、まさか」

致命的な一言を述べたのだった。

「我々と配下を見捨て、王女の身柄を引き渡せばこちらの陣営に歓迎する。

そう教会側からも誘いを受けていた──なんてことは、流石《さすが》にありませんよね？」

◆

予想通り、だ。

伯爵の脂汗と引き攣《つ》った表情を見て、エルメスはそう確信した。

そもそも、最初の話し合いからしておかしかったのだ。

こちらも伯爵の兵力がなければ北部連合に対抗できないことは事実。だが──伯爵側も、自分たちの個人戦力がなければ北部連合に……特にルキウスに対抗できないことくらい分かっていたはず。

つまり、交渉が決裂すれば困るのは向こうも同じはずなのだ。なのにああも強気になった理由。それこそ『決裂しても構わない』と言わんばかりの吹っかけぶりだった根拠。

それが、これだ。

すなわち──従わなければ王女を攫って教会に亡命するだけだ、という保険があるが故の強気だったわけだ。

だから、まずそれを絶った。『教会に伯爵との連名で宣戦布告をした』と告げることで、教会への亡命という向こうの保険を絶ち、その上で交渉のテーブルに臨んだわけだ。

これでようやく、当初の予定通り有意義な話し合いができるだろう。

「――ふ、ふざけるなッ!!」

一方の伯爵は、泡を吹いてエルメスに食ってかかる。

「そんな、そんな勝手なことを！　許されるわけがない、今すぐその書簡とやらを回収しろ！」

「そう言われましても、既に使者は発《た》った後です。アルバート様……風の血統魔法使いの足ですから、もう誰も追いつけませんよ」

そこでようやくアルバート、リリアーナの配下のうち一人が消えていることに気付いたのだろう。伯爵は真っ青な顔で震えた後、それを更なる怒りに転化させて。

「ッ、だとすれば尚更《なおさら》！　貴殿らの要求を呑むわけにはいかなくなったなぁ！　私の許可なくそのような勝手な真似《まね》をして！　どう責任を取るつもりだ！　こうなっては全て私の言う通り――」

「そんなことより」

だが、エルメスはそれを静かな圧のある声で遮る。

彼の威圧に呑まれる伯爵。そんなエルメスの後ろから、静かにリリアーナが出てきて。

分かってはいたものの少しばかり衝撃を受けた顔で、確認の言葉を告げた。

「伯爵、本当なのですか。本当に……わたくしを、教会に売ろうとしたと」

「ごっ――誤解です殿下！」

そう、その件を暴露されたことによるリリアーナの不信。それがある限り伯爵の狙い通りにはならず、彼は必死で弁明するしかない。

「事実無根ではございませんか！　私が取り乱したのはそう、そこの従者が貴族の重みを理解しない自分勝手なことをした動揺故のこと！　王家の忠臣たる私が殿下を売るなど！　そう、そもそも――そのような証拠などどこにもないではありませんか！　全てはそこの男が私を陥れるために仕組んだ罠《わな》でございますぞ！」

伯爵は必死に頭を働かせ、そもそも証拠がないことを盾に突っぱねようとする――予想通り。

そして予想していたからには、当然対策もしている。

そこで、ノックの音。扉の向こうにいる人間を知っているエルメスは、振り向いて声をかける。

「どうぞ、アルバート様」

「なっ――」

伯爵の驚きの声をよそに、入ってきたのはアルバート。全員の視線が彼と――彼の手元にある書類に向けられる。

「……まさか、俺が盗人《ぬすびと》の真似事をすることになるとは」

そうなんとも言えない表情で告げるアルバートの手元。そこの書類、封筒に押されている印は――紛れもない、教会のもの。

「だが、その甲斐《かい》はあった。書類の保管庫に入った結果、この通り教会からの書簡があったぞ。内容に関しては……まぁ、言う必要はあるまい」

そう告げてアルバートは、同様に伯爵へと侮蔑の視線を向け。

「恐らくは、今しがたエルメスが説明した、その通りのことが書いてあったからな」

「貴様、何故《なぜ》……宣戦布告の書簡を持って出たという話では」

「ああ、それはもちろん嘘《うそ》です。いくらただの布告文といえど貴方《あなた》の言う通り、伯爵様の許可なしにそんなもの出すわけがないでしょうに」

ついでに言うなら、これがエルメスが交渉役となった理由だ。

彼は感情が薄く、表に出にくい——つまり、嘘やブラフを見破られにくい。先《さっき》のはったりで伯爵の失言を引き出すにはうってつけの人材というわけだ。

当初はこの流れを考えたカティアが交渉もする予定だったが……『カティア様は嘘がつけませんから』とのエルメスの言に全員が賛同して交代となった。カティアが若干の不満と自覚しているが故の羞恥で赤面しつつも納得して譲ったという流れである。

だが、こうなった以上、彼女の公爵家後継者としての言葉の重みが牙を剝《む》く。彼女が最高位の貴族としての、虚偽を許さない威厳を身に纏《まと》って前に出る。

「さて、伯爵。あなたの言う通りの確たる証拠に加えて、エルに言われた時のその反応。……まだ言い逃れをする無様は晒《さら》せるかしら?」

「っ……」

伯爵は何かを言おうとするが、言葉が見つからないことに加えてカティアの眼光に気圧《けお》され、声を喉から出すことができず。

　それを確認した上で——最後はリリアーナが前に出る。

「リリィ様」

「大丈夫です、師匠。……これだけは、わたくしがやらなければ」

　心配するエルメスを制し、リリアーナは伯爵の前に立ち。

「……では、ハーヴィスト伯爵。わたくしの臣下を蔑《ないがし》ろにし、わたくしの身柄を狙ったその罪、許すわけにはいきません。——第三王女、リリアーナの名において、あなたの伯爵の地位を剝奪します。管理は一旦トラーキア公爵家に預け、此度《このたび》の動乱が落ち着いた後然《しか》るべき処理を」

「で、殿下！」

　カティアと比べればまだ御しやすいと見てか、黙っていた伯爵が尚《なお》も口を開く。如何《いか》にも彼女を案じるような表情を全力で作り、懇願するような姿勢で。

「どうか、どうか私の言葉に耳を傾けてくださいませ！　その者らは佞臣《ねいしん》でございます！　殿下を唆《そそのか》して意のままに操り、次代の王国を我が物にしようと目論《もくろ》んでいるのでございます！　殿下は騙《だま》されているのです！」

「……」

「殿下はまだ幼く、外に出た経験も少ない！　ものの道理がまだお分かりにならないのです！　貴女様《あなたさま》は自身の判断にそこまでの自信と責任がおありか!?」

リリアーナの境遇すら盾にした、あまりにも卑劣な論法。

しかし、彼女は動じることなく。

「……彼らは、なんの取り柄もないわたくしを推してくれました。王都から逃げる時も守り、導いてくださいました。その事実は変わりませんわ。──だから」

一息置いて、彼女は一歩下がり。後ろに立つエルメスへの信頼の証《あかし》のように、その裾をつまんで身を寄せて。

「彼らにならら、師匠たちにならら。──たとえ騙されていても、構いません」

全幅の信頼を示す言葉に。その場の全員が一瞬呑《の》まれた。

伯爵も例外ではなく、説得も失敗しついに進退極まったことを察して。

「く──っ」

最終手段とばかりに、近くに控えさせている兵士たちを呼ぼうとしたが。

「無駄です。この部屋は、既にサラの結界に覆われているので。生半可な相手では入ることもできませんし、声も届きません」

既にそれも読んでいたエルメスが指示し、サラが実行していたことを淡々とリリアーナが述べる。伯爵は追い詰められた反動か、いよいよそのどす黒い憤怒をリリアーナに向け。

「この……出来損ないの王族如《ごと》きが、周りの言うことに頷くしかできない傀儡《かいらい》の分際で……！」

まさしく自分がそうしようとしたことも忘れ、後先も考えず自らの血統魔法を使ってリリアーナを害そうとする。

しかし、当然。

「どうせ、貴様なんぞに――！」

「――この期に及んで立ち向かおうとする蛮勇だけは評価しますが」

血統魔法を起動する、ために詠唱を行う、ために口を開くより尚早く。

エルメスが、この場の誰にも追いつけない速度で強化汎用魔法を放つ。風の刃《やいば》が一条走り、伯爵の頬を切り裂いた。

「づぁ……っ、痛、痛い――！」

そこまで深くはないはずだが、伯爵は大袈裟《おおげさ》に頬を押さえてのたうち回る。その反応といい立ち回りといい、血統魔法での戦いに慣れていないことは明白だ。大方兵力に慢心して自身の鍛錬を怠ってきたのだろう。

「僕からは、最後に一言だけ現実を」

もう片方の頬も浅く裂く。痛みと恐怖で震え上がる伯爵に向かって、エルメスは至近距離で一言。

「貴方のような方は、これからの国にはついてこられません。――時代遅れです」

自分が依《よ》り所《どころ》にしていた考えすら、真逆の形で突きつけられて。

心が折れた様子で、完全に項垂《うなだ》れたのだった。

◆

伯爵は捕縛し、サラの結界の中に閉じ込めておいた。情報を聞き出す意味でもこの後の兵士たちとの話し合いにおいても、この扱いが妥当だろう。

「……」

そうして、後処理を行っている最中。リリアーナがもの思いに耽《ふけ》る様子で俯《うつむ》いているのを、エルメスは認識した。

……なんとなく、彼女の考えていることが分かった彼は。近寄って――ぽん、と。リリアーナの頭に手を置く。

「……師匠？」

「出来損ないの王族、傀儡――そう言われたことを、気にする必要はありませんよ」

リリアーナが目を見開く。まさしくそう考えていたことを言い当てられたからだろう。

エルメスは苦笑しつつ、言葉を続ける。

「確かに、今貴女様ができることは少ないです。けれど、僕たちが見ているのは貴女様の可能性だ。現時点で劣っていることばかりを考える必要はありません」

「で、でも……」

それでも、その立場に甘んじて良いわけがないし、時間がそこまであるわけでもない。

そんなリリアーナの考えを汲《く》み取って、エルメスは続ける。

「その上で、早く追いつきたいと望んでくださるのであれば……久々に一つ、師匠らしいアドバイスを」

そう告げ、疑問と期待を向けるリリアーナに向けて、一言。

「『貴女様だけの魔法』を見つけてください」

「わたくし……だけの？」

「ええ。リリィ様は僕と同じ無適性であり、僕と同じ『原初の碑文《エメラルド・タブレット》』を扱えますね」

けれど、と言葉を切り、彼自身の師匠を少しだけ真似た声色で。

「──だからといって、僕と同じことができるようになる必要はないんです」

「……それ、は」

ローズにもいつか言われたことを、繰り返すように。

「悪い意味ではありませんよ。そもそも誰かと全く同じことは絶対にできません。僕の師匠も当然同じ魔法を扱えますが、その方向性は僕とは少し異なっていますし」

「え……」

「それと同じように、リリィ様もご自分だけの、『原初の碑文《エメラルド・タブレット》』の扱い方を見つけてください。──そう、丁度王都脱出の際に見せた、『発動阻害《インターセプト》』のような。きっと見つけたそれが貴女様の……様々な意味で、進む道になるでしょう」

未《いま》だ王家の人間として自分が進むべき道に迷う彼女へのアドバイス。言われた言葉を噛《か》み締めるリリアーナに対し、エルメスは頭に乗せた手で柔らかく髪を梳《す》くと。

「……それと。『騙されていても構わない』と——そこまで信頼してくださったことは、とても嬉《うれ》しかったですよ」

「——ふぇ」

「そう思ってくださる限りは、絶対に見限ることはありませんから。だから安心して……しっかりと、ご自分の道を見つけてください」

驚くほど優しく言われた、その言葉に。

リリアーナは照れるように、同時に嬉しさを誤魔化すように俯いて。

「だから……甘やかさないでくださいと、言っているではありませんか……！」

言葉とは裏腹に、小さな両手で頭上の彼の手を押さえつけて。

小動物のように控えめに、頭を擦り付けてくるのだった。

そうして、リリアーナにされるがままになりつつ。エルメスは反対方向を向いて……師弟を微笑《ほほえ》ましそうに見る、ユルゲンの方向に顔を向ける。

「そう言えば、公爵様」

「ん、なんだい？」

微笑みながらも、首を傾《かし》げるユルゲン。

そんな彼に向かって、エルメスは少しだけ咎《とが》めるような口調で。

「公爵様——全部最初から気付いていてましたよね？」

その言葉に、他の作業をしていたカティアたちも振り向く。

「伯爵が教会と通じていることも、向こうをこうするしか道がないことも。……というか、交渉役だって公爵様の方が適任でしたでしょう。一応陣営の危機だったのですが、流石《さすが》にだんまりが過ぎたのでは……」

「あー……えっと、怒ってる？」

「少しは。まぁ意図もなんとなく分かるので咎めるほどではありませんが」

エルメスの若干の半眼に、ユルゲンが素直な反省の意と共に手を上げると。

「ごめんね。言う通り分かった上で黙ってた。その理由もエルメス君の推測通り……君たちに知ってほしかったからだ」

その語りに、一旦手を止めて全員が耳を傾ける。

「君たちも分かっただろう？　今回教会は、我々が伯爵を頼ることを見越した上であらかじめ、亀裂を入れるために手を打っていた」

「……」

「組織を相手取るとは、そういうことだ。あらゆる搦手《からめて》を使ってくるし、時には予想だにしない手段を躊躇《ちゅうちょ》なく取ってくる。当然ながら、これまで相手にしてきた存在のような独りよがりや強引さは期待しない方がいい——あらゆる意味で、これまでの相手とは違うんだよ」

納得する。

今回は回避できたが、ある意味ここも下手をすれば詰みかねないポイントだったのだ。

「今後、私の見ていないところで何かがあるかもしれない。そのためにも、今回は君たちだけで解決してほしかったんだ。……ごめんね」

「お、お父様……意図があるのも分かっていました。それに、きちんと今回説明してくれたのなら責めはしませんわ」

素直に頭を下げるユルゲンを、若干面食らいつつもカティアが宥《なだ》めて。

「ともかく……次は兵士たちとの交渉でしょう。そういうことなら、ここからもできるだけ私たちがやります。でも——危ない状況になったら助け船は出してくださいね」

少しばかり拗《す》ね気味に告げられた娘の言葉に、ユルゲンは苦笑とともに顔を上げ。

そうして、一つの難局を乗り越え。ようやく、彼らは一歩の前進を見せるのだった。

◆

「……なるほど。事情は納得いたしました」

北部貴族、ハーヴィスト伯爵の地位を剝奪し、彼を捕縛した後。

そのままエルメスたちは、伯爵直下の兵士たちが集まっている場所へと足を向けた。用向きは当然、伯爵と兵士たちの今後の扱いの件である。

「伯爵様が教会と繋《つな》がっていたことに関しては——まぁ正直、そうだろうなとは思っていましたとも。その件に関しては疑いませぬ」

　そんな一行を出迎えたのは、トアと呼ばれている初老の男性。如何《いか》にも歴戦の戦士といった風情の男で、老いを感じさせぬ鋭い眼光と威圧感はリリアーナが軽く怯《おび》えるほどである。彼がここの騎士団長ということなので、その覇気も納得だ。

　そして彼、トアが事情を要約した後、口を開く。

「──で。伯爵様に代わってこれからは貴女様が我々の上に立つ、ということでよろしいか？　リリアーナ殿下」

「そ、そうですわ」

　静かな眼光に加え、それこそ大熊と小鹿ほどある体格差に圧倒されつつも、リリアーナが首肯する。そんな二人を見ていた周りの兵士たちのうちから、一人の分隊長らしき人間が歩み出てくる。

「だ、団長。自分は……この方々は信用に足ると思います」

　その容貌には見覚えがあった。ここに来た直後、北部連合に追い立てられていた兵士たちの隊長だ。そんな彼は、リリアーナ──の後ろにいるエルメスに視線を向けると。

「彼らは……圧倒的に不利な状況にあると理解しながらも、自分たちを助けてくださいました。だから、その──」

　誠意を持って、そう直訴する。

　先の戦いで得たものがここで生きた形だ。これならば兵士たちの説得もスムーズにいくか——と、思っていたのだが。

「——は。どーだか」

また別の方向から、声が聞こえた。

視線を向けると、また別の兵士。歴戦の風格と同時に、どことなく粗野な印象も漂わせる男がこちらを睨《にら》みつけていた。その視線に信頼や感謝が欠片《かけら》もないことは、見るからに明らかかで。

「所詮、王侯貴族様の気紛《きまぐ》れだ。助けたのも単純に俺たちに取り入るのと、死なれちゃ困るって理由だけだ。命を尊ぶなんて高尚な感情、あんたらはどうせ持ってないんだろ」

「おい、やめろ——」

「俺たちはなぁ！」

騎士団長の制止より前に、男が叫ぶ。

「モノじゃねぇんだよ。確かに俺たちは兵士だ、駒として扱うなとは言わねぇ。でも——あんたらの気紛れで弄ばれて、何もできずいたずらに命を散らすのはもううんざりなんだよ！　これまでの領主は全部そうだった、あんたらがそうじゃない保証がどこにある！」

「そうだ、これ以上好き勝手に振り回されてたまるか！」

「あんたたちは所詮、戦える血統魔法を持たない人間は塵屑《ごみくず》としか思ってないんだろ！」

その糾弾に、周りの兵士たちも声をあげる。

同じ不安を、全員が持っていたのだろう。エルメスに直接助けられた隊の人間以外は全員それに追従し、止まらなくなって――

「――静まれ」

それを、騎士団長トアの一言が全て抑えつけた。

全員が直立不動で静止する。背後で聞いていたエルメスたちですら背筋が伸びる、凄《すさ》まじい迫力だった。直撃を受けた兵士たちはひとたまりもなかっただろう。

そのまま騎士団長はこちらを振り向くと、一度頭を下げる。

「失礼いたしました。部下たちには後できつく言っておきます――が」

その後、再度声をがらりと変え、鋭い眼光でこちらを射すくめると。

「正直に申しますと、私も一部には同感です。いくら尊敬できるところの全くなかった領主とはいえ、一方的に我々の雇い主の爵位を剝奪してこれからは自分に従えと宣《のたま》う。そんな貴方《あなた》がたを――我々は、まだ信用できない」

「っ――」

リリアーナが息を呑《の》む。

それと同時に、エルメスたちも他の兵士たちを見回して……納得した。

彼らは、疲弊していた。

疲れ切って、ぼろぼろになって。突如として襲いかかってきた侵略者の外からの理不尽に加え、きっと兵士たちに対しても横暴に振る舞っていただろう領主による内からの理不尽。

更には――彼らは兵士。悪く言えば、有用な魔法能力を持てないから兵士にならざるを得なかった人たちだ。

きっと、この血統魔法至上主義の王国ではひどい扱いを受けることも多かったのだろう。今代の……ひょっとすると、それ以前の領主たちにも。

それらが積み重なった結果、信用できなくなってしまった。貴族というものを。血統魔法使いを、自分たちとは違う生物として。

「……失礼。だからといって貴方がたを排斥したいわけではございません」

言葉に詰まる一行を見やってから、改めて騎士団長トアは述べる。

「私が殿下に……貴方がたに問いたいことはただ一つ」

誇りと、誠実さを持って。真正面から彼らを見据えると。

「貴方がたは、このハーヴィストの地を、我々の家族が暮らす、愛着ある場所であるこの地を、きちんと守ってくださるのですか？　我々に――故郷を守らせてくれるのですか？」

率直に、真摯に。そう尋ねた。

長年、この地を守り続けてきただろう人間の重みある問い。それに対し……

「そ、それは……」

「――それは、言葉で示せることではないでしょう」

言葉に詰まるリリアーナに代わって、エルメスが答えた。

「……師匠」

「ほう」

リリアーナがエルメスを見上げ、騎士団長トアはエルメスを興味深そうに見る。長年の感覚で、エルメスの実力について朧《おぼろ》げに察したのかもしれない。

「僕たちが、この地を守れるかどうか。守れると断言しても、貴方がたは納得しないでしょう。では――行動で。守り切るという結果で示す他ないかと」

静かな説得力のある言葉に、全員が聞き入る。その静寂をトアが破ろうとしたその瞬間。

「――敵襲！」

話し合いの場を破る、不穏な報告が聞こえた。

全員が声の方向に目を向ける。伝令らしき兵士が息を切らせながら走ってきて。

「北部連合の兵士が、砦《とりで》の西側から攻めてきます！　既に目視できる距離にまで！」

「っ、数は」

「おおよそですが――五百人。血統魔法使いも最低三人！」

それを聞いて、兵士たちから絶望の声があがった。

当然だろう。五百人――今ここにいる兵士たちの総数と同じだ。そしてここの兵士たちは全員疲労困憊《こんぱい》、加えて血統魔法使いまでいるとなればその有利不利は誰にだって明らかだ。

一応、籠城戦に徹すれば守りきれなくはないが……それでも終わりの見えない戦いを強いられることは間違いない。騎士団長も難しい顔で判断を下そうとしたその時。

「――丁度良いですね」

一切の気負いなく、エルメスがそう告げてから。

「トア団長。騎士団の皆様も。今回は休んでいてください。――僕たちだけで、追い払います」

その言葉に。

さしものトアも瞠目《どうもく》し――そしてエルメスの周りの人間を見て、更なる驚愕《きょうがく》に襲われる。

「エル、いけるの？」

「はい。規模からして主目的は威力偵察、あわよくば大打撃を与えられたら儲《もう》けもの――といったところでしょう。魔力の感じからするにルキウス様もニィナ様もいませんし」

「誰が出る？」

「僕と、カティア様と、アルバート様。回復は恐らくいらないと思うので、サラ様は負傷した兵士さんたちの治療に回ってください。リリィ様と公爵様はその付き添いを」

「は、はい」

「わ、分かりましたわ！」

「それが妥当だろうね、了解した」

信じられなかった。

敵が兵士たちだけ、というのならばまだ分かる。強い血統魔法使いは一人で百人以上の兵士に匹敵することも珍しくないからだ。

だが、今回は向こうにも血統魔法使いがいる。戦いの必須条件と言える兵力と個人戦力を、きちんと向こうは揃《そろ》えてきているのだ。にも拘《かか》わらず、たった三人で挑むというのは……トアの今までの感覚からすれば、あまりに無謀に過ぎた。

子供の戯言《たわごと》と止めるかどうか真剣に悩む騎士団長の前で、エルメスは笑いかけると。

「そちらの危機を喜ぶのは少し躊躇《ためら》われますが、こちらにとってはある意味好機です。

──どうか、信用を得る機会をお与えいただけますか？」

その、あまりにも堂々とした態度と。口調とは裏腹に、凄まじい修羅場をくぐり抜けてきたことが察せられる立ち居振舞いに、それ以上騎士団長は何も言えず。

堂々と戦場に向かう少年少女を見届けて──そして。


「……嘘《うそ》、だろ」

とある兵士は驚愕していた。

彼は、最初にエルメスたちに噛《か》み付いた兵士である。エルメスたちの言う通り、度重なる貴族たちの横暴に嫌気がさし、一切信用するものかと意地になっていた人間だった。

そんな彼にとって、貴族は嘲弄の対象だった。

確かに強力な血統魔法を持ってこそいる。だが、大抵の人間はその力に溺れるだけで、言うほど大したものとは思えなかったのだ。

真正面から戦えば確かにその血統魔法のごり押しで勝てるだろうが、正直なところ——仮に領主と対立したとしても、自分たちなら勝てる。強いことは強いがその気になれば問題ない。そんな、頼りにならない、侮っても良い相手だったのだ。

なのに、どうだ。

あの——砦の頂上から眺める光景。向こうで大勢の兵士と血統魔法使いを相手に戦っている、三人の魔法使いは。

蹴散らしていた。

意にも介さなかった。

僅かな抵抗すら許していなかった。

何よりも驚愕すべきは——『同じ』なのだ。

向こうの兵士たちと、向こうの血統魔法使いの扱いが。

彼らにとってはいずれも同じ……『取るに足らないもの』として対応していた。兵士たちも、兵士百人以上に匹敵する血統魔法使いも。彼らにとっては等しく蹴散らす対象として扱い、実際にその通りの戦果を上げていた。

紫の少女が、無数の冥界の兵士を呼び出して単独で一軍を易々《やすやす》と押し留《とど》め。

風の少年が、その血統魔法で戦場を縦横無尽に飛び回り、敵を攪乱《かくらん》して砦への侵入を阻み戦場を調整する。

そして、あの銀髪の少年が。

明らかに血統魔法クラスの——否、一部分ではそれに留まらない魔法を自在に操り、魔法を一つ撃つたびにごっそりと大勢の兵士を戦闘不能に追い込んでいた。

——勝てる気がしなかった。

あの三人、特にあの銀髪の少年には。仮に自分たち騎士団が全員でかかったとしても敵《かな》うビジョンがまるで見えなかった。

ことここに至っては、認めざるを得ない。

あの魔法使いたちは。自分が今まで見てきた血統魔法使いとは、貴族とは、何かが——

「……きっと、今まで貴族の方々にひどい目に遭わされてきたんですね」

そこで、背後から声。

振り向くと、ブロンドの髪を靡《なび》かせた美しい少女がいた。今まで兵士たち、仲間たちに——これも驚くほど真摯に、献身的に凄まじい治癒の魔法を捧《ささ》げ続けていた少女が。

痛ましそうに、気遣うような表情を浮かべて再び口を開く。

「それに関しては、わたしたちにはどうしようもありません。……同じ貴族として申し訳ない、と謝りたいところですが……それはきっと自己満足で。貴方たちが救われるわけではないでしょう」

そこで一息つくと、決意を宿した瞳でこちらを見据えてきて。

「だから……エルメスさんの言う通り、行動で示します。

どうか……目を逸《そ》らさずに見ていただけると助かります。エルメスさんたちの……わたしたちの、想《おも》いを、違いを。——これからも、裏切りませんから」

その碧眼《へきがん》から放たれる意志の光に、負けるように兵士は目を逸らす。……彼自身、どこか期待してしまっていたからだ。

どうしようもない戦場だと思っていた。

兵の数も質も、魔法使いの最大値も向こうの方が圧倒的で。このままあの無能領主のもとで、すり潰される未来しか見えない戦いだと思っていた。

けれど、彼らがいれば。あの畏怖さえ覚えるような強さの少年がいれば、ひょっとすると。光明が見えるのではないかと——

——そんな期待を、悟られたくなくて。

兵士はその後も、サラの方を見ることなく。

けれど戦場からは目を逸らさず、完勝した三人が戻ってくるまで見届けたのであった。


こうして、向こうの襲撃を僅か三人で退けたエルメスたち。

自分たちの力と態度を示す機会は絶好の形で幕を閉じた——と、思われたが。

最後に、一つ。重大な……と言えるかどうかは判断の難しい事件が起こった。

「——た、大変です！」

北部連合の先兵を退けて、騎士団長のところに帰還したエルメスたちのもとに。

あたかも先ほどと同じように、息を切らせた報告の兵士が駆け込んで。

こう、告げたのだった。

「さ、先ほど、領主の間に侵入者がいる形跡を発見しまして！　そこのエルメス殿たちが拘束していたはずの、伯爵様が――――！」


同刻。

「は、はは、はははははは！」

覆面をした北部連合、教会の兵士たちに連れられて。

高らかに笑い声をあげるのは――――ハーヴィスト伯爵。

「馬鹿め、油断したなあの小僧どもが！　やはり実戦経験に乏しいと見える、あの兵士たちは所詮陽動よ。本命は『私の救出』にあったとは気付かぬ愚か者どもめが！」

問答無用に拘束された屈辱と、その相手に対する復讐心《ふくしゅうしん》、そして野心を漲《みなぎ》らせて。

アスラク・フォン・ハーヴィストは叫ぶのだった。

「気に食わないと、それだけの理由で私を排除したとんでもない悪党どもめ！　覚悟していろ、教会と共に貴様らと、ことあるごとに私に楯突《たてつ》いてきた兵士たち諸共《もろとも》葬ってくれるからなぁ――――！」

◆

そして、捕らえたはずの伯爵が消え去り、恐らく最初から繋《つな》がりのあっただろう教会に保護された頃合いで。

「それじゃあ……聞かせてくれるかしら、エル」

奇《く》しくも主《あるじ》がいなくなった領主の間に集ったリリアーナ派閥の面々。

そこで、カティアが確かめるように口を開き問いかけた。

「どうして――わざと伯爵を逃がしたの？」

他の四人も驚かない。何せ相当前――それこそ戦場に出るより前にエルメスが察知しており、その上でカティアの言う通り『わざと逃がす』判断をしていたからだ。

それに対する当然の疑問を投げかけられたエルメスは、冷静に。

「理由はいくつかあります。まず単純に、伯爵の救出に向かった戦力を考えるとそちらにも人員を割くのは多少のリスクがあったこと。加えて仮に逃したとしても、あの伯爵に大したことはできないと踏んでのこと。ですが、最大の理由は――」

そこまで述べてから、一同を見渡して一言。

「――『向こうの出方を確かめる』ためです」

「向こうの、出方……ですか？」

リリアーナの素朴な疑問に頷《うなず》いて、彼は続ける。

「はい。先ほど伯爵と話し合う前にも告げた通り、向こうの――ヨハン大司教の扱う魔法や手段については、未《いま》だ不透明な部分があります」

「得体の知れない技術とやらが関わっているというあれか」

「そうです。そこからずっと推測を続けているのですが……やはり向こうのやり方には、色々と不自然というか異常な点が多い」

現在騎士団長トアを始め、身内でない人間はここにはいない。それ故にエルメスも躊躇《ちゅうちょ》なく重要な情報を語り続ける。

「今回伯爵を救出した点だってそうです。──そもそも、何故わざわざ助けたのか？　あの伯爵はそこまで有能ではない、使い道があるともとても思えない。……にも拘わらず、わざわざリスクを負ってまで救出に向かった。あの大司教は義理や情で動くタイプではない──ならば、必ず何か狙いがある」

無論、その『狙い』とやらはこちらに有効なものなのだろう。そう考えると逃してしまったことは悪手だとも考えられるが……

「そのリスクを負ってでも、僕は向こうの手段──『得体の知れない技術』に関するヒントを得る方が重要と判断しました。……というより、既にいくつか目星はついています」

「！」

その一言には、流石《さすが》に一同もざわめく。

「本当!?　なら、その推測だけでも」

「……すみません、カティア様。それはできないんです、何故《なぜ》なら──」

しかしカティアの食いぎみの問いかけに、エルメスは申し訳なさそうにしつつも、きっぱりと……信じがたい一言を告げた。

「今、ここで僕が話すこと自体が不利に働く可能性があります」

——身内以外が一人もいない空間で。念のために音が外に出ない結界をサラに張ってもらっているにも拘わらず。エルメスは、そう言い切った。

にわかには信じがたい内容だが……エルメスの真剣な表情と、ここにいる全員が知っているこれまでの彼の功績を加味して。そして何より、彼への揺るぎない信頼でもって。

「そういうことなら、エルメス君。君に任せる——だが」

「はい。確信が持てた折には、必ず話します」

ユルゲンが代表して、そう言った。

エルメスの返答を聞き届けて頷くと、続いて場をまとめにかかる。

「ともあれ、狙いがあってのことなら私も責めはしない。……正直言うと、私も伯爵に大したことができるとは思えないからね。私たちのやることは変わらない。兵士たちの信頼を得ることと、向こうの分析。ある意味で今回は二つとも完璧ではないが前進こそしただろう」

確かに。兵士たちの態度は予想外だったが……考えてみれば当然と言えば当然だし、決してあの伯爵のような悪意あるものではないということも確かめられた。今後、繰り返し自分たちの立場を証明していけば良いだろう。

だからこそ、やることは変わらない。

兵士たちをまとめ、相手を把握し、北部連合を打倒する。今回も色々あったものの、確かな一歩を共有して。一同は次にやることへと向かうのだった。

◆

「また、何もできませんでしたわ……」

各々がそれぞれのやるべきことへと向かう中。

ハーヴィスト領の拠点の一角を歩きながら、リリアーナがそう呟《つぶや》く。その幼い顔に浮かぶのは、後悔と焦りだ。

……現時点で劣っていることばかりを考える必要はない。エルメスはそう言ってくれた。

けれど、それは現状のまま何も動かないことを肯定して良い理由にはならない。その考えのもと、リリアーナはとにかく何かをしなければと意気込んでいた。

でも——結果はご覧の通り。

せめて何かをしたいと思った兵士たちとの話し合いでも結局は何の役にも立たず、優秀な配下たちが全てを粛々と片付けているのを見るばかり。

そんなものは、傀儡《かいらい》と何が違う。

嫌なのだ。傀儡にされることではない、そうしかあれない自分の至らなさが、大好きな人や尊敬できる人に対して何もできないのが、本当に嫌なのだ。

「何か、しないと」

だって、そうじゃないと、また、また――

「――愛想を尽かされてしまう。そうお考えですか？　リリィ様」

後方から、優しげな声が聞こえた。

驚きと共に振り向く。予想外の声を聞いたことと……言われた内容が、あまりに的確に自身の内心を言い表していたが故に。

目を向けると、そこにいたのは声から予想した通りの金髪の少女。

「……サラ」

「盗み聞きするような形になってしまいごめんなさい。ただ……今あなた様を一人にするのは危険ですので、わたしが護衛に。それと……」

答えるサラだが、そこで一瞬言葉に詰まるような様子を見せ。

けれどすぐに意を決した表情で、こう告げる。

「……リリィ様の今のご様子が……昔の自分と、被《かぶ》って見えたので……」

「！」

「不安、なんですよね。自分だけ置いていかれるような感覚が。早く追いつきたいと思っているのに、一緒にいればいるほどその差を思い知らされて」

「っ……」

「自分がどうしようもなく価値のないものに思えてきてしまって、気がつけば自分を犠牲にしてでも何かできないかと、考えてしまって」

どうしようもなく、重なってしまっていた。

思えば、ハーヴィスト伯爵に関する会議でもサラはその点に関して警告を発していた。そして話を聞くに……彼女も過去、そのような経験があって。

「——そこを、師匠に助けてもらったのですか？」

「……はい」

思い出を抱きしめるような微笑で、サラが語る。彼ら魔法学園組は、皆例外なくエルメスを慕って集まってきたとは知っていたが……サラについては、そういう経緯だったのか。

「だからその経験を踏まえて、わたしもリリィ様に何か言葉を届けられたらと。そうも思ってきたのですが……よろしい、でしょうか……？」

今の自分の状況でそう言われてしまえば、断る選択肢などありはしない。

頷いたリリアーナに、サラは静かに語り始める。

「リリィ様は、玉座を取り戻すために今動いているんですよね」

「ええ」

「では、それが叶《かな》った際には。あなた様が王様となるということでよろしいですか？」

「お父様がご存命であればすぐにとはいかないでしょうが……いずれはそのつもりです

わ」

「それでは、一つ質問させてください。——リリィ様は、どんな王様になりたいですか？」

「！」

痛いところを突かれた、と察した。

まさしくそれが、今分からなくて悩んでいるところ。気付いていなかったわけではないが、他の多くの問題に埋もれて見えなくなっていた、彼女の課題の一つ。

「まずは、それを見つけるべきだと思います」

それを掘り出し、サラは告げる。

「難しく考えることはない、というより考えるべきではないことかな、と。ここに来るまでに、多少なりともリリィ様もこの国の現状をご覧になりましたよね」

「……はい」

「それを踏まえた上で、どう思って、何をしたいと感じたか。自分が得た力で、これから得る力で、何をするべきだと想《おも》いを抱いたか。……端的に、まとめるなら」

胸に手を当てて、心なしか語調を強めて、その一言を捧《ささ》げるように。

「——貴女様《あなたさま》は、何を想って魔法を使いますか？」

「——」

「これは、完全にエルメスさんの受け売りなんですけどね」

肝心なところで自分の言葉でなくて申し訳ない、と苦笑しながら締めくくるサラ。

そのまま、リリアーナの方へと寄ってくると。

「……最後に、もう一つ」

きゅっ、と。控えめな抱擁をして、告げる。

「わたしが……いいえ、わたしたちがあなた様に愛想を尽かすことはないです。力が足りないと理解して、泣いてしまうような目に遭って。それでも頑張って前に進もうとするあなた様のことが……もう、みんな大好きなんですから」

「っ」

「それだけは、知っていてくださるととても嬉《うれ》しいです」

「……は、い」

微《かす》かに震える声で、リリアーナも返事をする。

サラの体温と、柔らかな言葉とともに。彼女のくれた思考の指針が、頭の中にかかっていた靄《もや》を少しだけ晴らしてくれたような気がした。

「考えて……みますわ」

早く、この人たちのようになりたい。

そんな憧れを、より一層強め。決意と共に、リリアーナはまたサラを伴って歩き出す。

その足取りは、先ほどよりも少しだけしっかりしているように思えた。

第六章　王女の決意

「……ふむ。なるほど」

北部連合拠点にて。

砦《とりで》の最奥、そこの豪奢《ごうしゃ》でこそないが大きな椅子、この砦の主人が座るべき席。そこに腰掛ける大司教ヨハンが呟いた。

「──ええ、だからですすな！　あの者たちはとんでもない悪党でございますぞ、大司教猊《げい》下《か》！」

その目の前で、必死に大司教へと言葉を投げかけているのは、北部の伯爵──元伯爵のアスラク・フォン・ハーヴィスト。

エルメスたちの手によって追い出され、教会に保護された彼は全力で、オーバーなほどに身振り手振りを用いて説明する。エルメスたちがいかに悪辣極まる存在で、自分がいかに可哀想《かわいそう》な被害者であるかを。

「奴《やつ》ら、自分たちが北部の兵士たちを好きなように使いたいとただそれだけの理由で！　何もしていない無実の私を強引に捕縛し、追放したのです！　そして頼りになるべき北部の兵士たちも一切私を助けようとしない！　もうどちらにもほとほと愛想が尽きました、あのような連中がのさばっている限り私のような善良な人間は全て食い物にされ、この国に未来はないと気付いた次第であります！」

「ふむ。それ故に……我ら北部連合の軍門に降《くだ》る気になったと」

「はい！　やはり教会こそこの国を正しく導けると確信いたしました！　私は奴らが立て籠っている彼の地については熟知しております、必ずやお役に立つ情報をご提供できるかと！」

　聞いてもいないことまでぺらぺらと喋《しゃべ》り続けるハーヴィスト。ヨハンはそんな元伯爵を赤銅の瞳で静かに見据えていたが、やがて薄く微笑《ほほえ》むと。

「……ああ、いいだろう。元よりそのつもりだから保護したのだ。貴殿の北部連合加入を認めたい」

「本当ですか！　ありがとうございま――」

「――ただし」

　喜色満面で頷《うなず》こうとしたハーヴィストの目の前で、ヨハンは人差し指を立てると。

「私が良くても、連合の他の人間は納得しないだろう。だから――鞍替《くらが》えをするならばそれ相応の成果を出してもらわなければね」

「せ、成果……ですか？」

「ああ。知識だけではまだ鞍替えの……いや、『裏切り』の証明としては弱い。実際に彼らを明確に裏切ったと示すためにも、きちんと北部連合のために体を張ってもらわなければね？」

――大方情報だけで十分と考えていたのだろう。

自分の手を汚さず立場を変えても許される。そう心から信じていたハーヴィスト元伯爵の顔に汗が滲《にじ》む。どのようなことをさせられるのか……と考えているのがありありと分かる顔で。

「ああ、安心すると良い」

そんな内心を読み切って、ヨハンは穏やかに告げる。

「体を張ると言っても、大したことをしてもらうわけではない。道中の安全は私の指示に従えば保証するし、きちんと腕の立つ護衛も付けよう。これは君にしかできない任務だ。――そしてだからこそ、成功した暁には幹部待遇でこちらに迎えることを約束する。どうだい？」

その後半の言葉で、ハーヴィストの目の色が変わった。

名誉欲で不安を捻《ね》じ伏せて、精一杯自信のあるような顔つきを作って。

「は、はい！　必ずや、大司教殿の期待に応えてみせますとも！　この国を星神の力で正しく導く御大業《ごたいぎょう》、微力ながらもお役に立ちたいと存じますッ！」

きっと精一杯大司教が喜びそうな言葉を選んだのだろう。それだけを告げるとハーヴィストは深々と一礼し、教会の人間に案内されるままその部屋を後にする。

扉が閉まり、部屋にヨハンだけが残され。

足音が遠ざかり、近くに誰もいないことを示すしばしの静寂。

それを確認してから——心から、大司教ヨハンは呟《つぶや》いた。

「——馬鹿だなぁ」

それは、自分に都合の良い話だけを鵜呑《うの》みにするハーヴィストに対しての言葉であり。

思い通りに動いてくれる北部連合の人間全てに対してであり。

そして——北部の兵士たちに対してであり、エルメスたちに対してである。自分以外の、この反乱に参加する全ての人間に対する嘲弄だった。

伯爵から得た……というより確認した情報によると、エルメスたちは伯爵を追い出した後、ハーヴィスト領の兵士たちを『説得して』自らの味方につけようとしているらしい。

ああ、馬鹿だ。本当に馬鹿だ。

——そんなこと、できるわけがないのに。

「そうか、貴様は知らないのだな。強い魔法使いの少年よ」

大司教は呟く。

彼はエルメスの力を過小評価していない。むしろ自分が今まで出会ってきた中でもトップクラスの力を持っていることもきちんと把握している。

——だが、それだけだ。

「貴様は強い。非常に強く賢いのだろう。……だからこそ、分からないのだ」

ヨハンは、エルメスの力を理解しつつも、エルメスを恐れていない。

何故《なぜ》なら——彼は、『更に強大な魔法使い』に出会ったことがあるし。

その魔法使いを……武力以外の力で打倒したことだってあるのだから。

故にこそ、自信を持って呟く。

「そう、貴様は分からない。——力も持たず、頭脳も持たない、この国の大多数を占める愚劣凡庸たる民が、如何《いか》に愚かで如何に考える力を持たず、そして如何に易《やす》きに流されるどうしようもない生物かをな」

そして、同時に思う。——だからこそ、神の導きが必要なのだ、と。

よって、エルメスがあの北部の兵士たちを説得できることなどあり得ない——否、あってはならない、自分がそうはさせない。そんな、歪《いびつ》ながらも確かな信念に基づいて。

「さぁ、始めようか強い少年よ。愚かさに絶望するが良い。無力さに失望するが良い。そうして鳥籠を見限り、この国を見捨てて去っていけ。そう——」

その男は、告げる。

「——かの、『空の魔女』のようになぁ！」

そうして、大司教ヨハン・フォン・カンターベルは。

かつてローズを王都から追い出した最大の要因を作った男は。

冷酷な嘲笑を浮かべて、かつてと同じように。強くなりすぎた魔法使いに神罰を与えるべく、動き出したのだった。

◆

一方、元伯爵を追い出した後の彼ら。

エルメスたちとハーヴィスト領の兵士たちは、北部連合に対抗するべく。手を組む――とまではいかないが、一先《ひとま》ずの協力体制を築くことには成功していた。

とりあえずの利害は一致しているのだから当然と言えば当然だが――やはり、向こうからすれば何の前触れもなく急に自分たちの上に立った人間。保守的なこの国の傾向も相まって、簡単に受け入れるわけにはいかないようだ。

だが、問題ないと思う。そもそも信頼は一朝一夕で生み出せるものではない。以前と同じように、きちんと繰り返し自分たちの立場を示す。

王都奪還のための戦力が必要であり、かつ王族に仕える人間として国の乱を放ってはおけない。そのため反乱を抑えるべく北部連合打倒に動く。それだけであり他意はないことを、行動で証明し続けるだけだ。

その方針の下、まずは兵士たちとの信頼構築と戦力把握、そして向こうの手札の分析。

北部連合に対抗するための準備を行いつつ、拠点となる砦に断続的に襲来する北部連合の兵士――恐らくはこちらを休ませない目的だろう――をエルメスたちが主導となって撃退し続けていた。

そんなこんなで、約二日が経過して。

「……これで、今回の襲撃は終わりですね」

「は、はい！　ありがとうございます、エルメス様！」

例によって襲撃、今回は入口とは反対側、森の中からやってきた連合の兵士たちを、ほとんどエルメス単独で撃退して。一息つくエルメスに、兵士の一人が声をかけてきていた。

「……エルメス様、はやめていただけますか。僕は立場的には平民ですし、変な敬称も何なら敬語も必要ないのですが……」

「そ、そんな恐れ多い！　我々の命の恩人ですし、北部連合と戦ってくださるお方に無礼な真似《まね》はできませんとも！」

この兵士は、ここに来た当初ルキウスをはじめとした北部連合の精鋭から逃げているところを助けた例の隊長だ。

そのこともあって、現状彼と彼の隊が最もこちらに好意的だ。

……少々必要以上に持ち上げるきらいはあるが、それでも露骨に避けられるよりは遥《はる》かにましだろう。

同様に、現在カティアたちも拠点防衛のために奮闘しており、その働きで少しずつ信用している兵士たちを増やしていることだろう。

時間は無限ではないが、今はとにかくこれを続けて、内部をまとめることが重要だ――と、その時は思っていた。


その日の夜。

「……さて。どう思う？」

夜の番、監視の役割がエルメスたちに委ねられている時間帯のこと。

ハーヴィスト領の兵士たち、その中でも騎士団長トアを除いた、隊長クラスの人間が集まって会話をしていた。議題は当然、エルメスたちを信用するかどうかについてである。

「自分は……彼らは信用できると思います」

口火を切ったのは、昼間もエルメスを称賛していた隊長。

「彼ら……特にエルメス様は魔法の能力も強力無比でありながら、物腰も非常に丁寧であの伯爵のように偉ぶったところがない。きっと我々が傘下に入ったとしても尊重してくださると思いますし――必ずや、北部連合を打倒しこの地を守ってくださるかと」

「は、どうだか」

それに対して噛《か》み付いたのは、以前も反発した隊長だ。

「お前さんは命を救われた恩があるからそう思うんだろ。今は俺たちの力が必要だから下手に出てるだけだ。――この戦いが終わったら、どうせ、他の貴族共と変わらず、俺たちをモノみたいに扱うに決まってる」

「それも早計だろう」

しかし、そこで更に別の隊長が意見を発する。

「お前も同じく……『あの伯爵に実質的に家族を殺された』経験があるからそう思うだけではないか？」

「っ！」

「少なくとも自分の心情的には、ここ二日間の経験でお前とは逆方向に寄っている。——そもそも、今更反発してどうする。まず彼らがいなければ北部連合に勝てないどころか……今日までの襲撃だって防ぎ切れたかどうか」

反論できず、当の隊長が黙り込む。

「少なくとも彼らは、信用に足ることをここまで示し続けてくださった。……ならば心情はどうあれ、状況的にもいい加減傘下につき、北部連合との戦いに団結して挑む。それ以外の道はないように思うが？」

続け様の言葉に、他の隊長たちからも反対意見は出ない。

何せ、彼の言う通りだ。そもそも状況的に、北部連合を打倒するためには彼らに従う以外の道がない、ならば——とまとまりかけた、その時。

「……そうとも限らないぞ」

また、別の方向。今まで黙って話し合いの推移を見守っていた別の隊長が、口を開く。

「……何？　どういうことだ、ほかに道があるとでも？」

「ああ」

問いかけに対し、その隊長は至極冷静な口調で。

こう、告げた。

「――北部連合に降伏する」

全員が、目を見開いた。

そして次の瞬間、質問した隊長が叫んだ。

「馬鹿な！　それだけはありえん！」

「何故だ？」

「何故って――北部連合に併合された領地の様子を見ただろう！　領地領民含めて何もかもが全て教会の管理下に置かれ、生産も商売も、発言すらも教会の許可なしでは自由にできない！　あんな息苦しい状況に領民を放り込む気か貴様は!?」

「無論、それは俺とて心苦しい。だが――」

その意見を全て受け入れた上で、当の隊長は一息に。

「それが――彼らに任せた結果よりマシでないという保証があるのか？」

「……何、を」

「悪いが、俺はまだあの第三王女派の人間を信用し切れていない」

淡々と、その隊長は続ける。

「貴族というものは、俺たちを使うために近づく時だけはいい顔をするものだ。あの伯爵ですらそうだっただろう。向こうがそうでないという確信を持てる出来事はないし――そして、何より」

そこで――彼は己の体を抱く。震えるように……恐れるように。そして、告げる。

「……あのエルメスという少年は、何だ？」

「何だ……とは」

「言葉通りの意味だ。そもそもおかしいだろうあんなもの、どう見ても血統魔法としか思えない魔法を十も二十も操っているではないか。そんなの、貴族どころか王族ですらありえない。しかも本人は『ただの平民』と名乗っている。――意味が分からない」

「……それ、は」

「端的に言うぞ。俺にはあいつが……人の皮を被った化け物にしか見えない」

辺りに、沈黙が満ちる。

誰も何も言い出せない。何故なら彼らは全員がエルメスの力を目の当たりにしており
……大なり小なり、同じ印象を抱いていたからだ。

エルメスに好意的な隊長ですら、その例に漏れず。恐れが伝染したことを確認すると、当の隊長は尚《なお》も続ける。

「あの連中は、表面上はリリアーナ第三王女を立てているが……中心となっているのは間違いなくエルメスだ。あんな……訳の分からない、得体の知れない怪物が率いている集団に……俺は、俺たちを任せたくない」

「っ……」

「エルメスがいつか俺たちに――そして領民に牙を剝《む》いたらどうする？　どうしようもな

い、何が起こるかすら分からない。ならば……多少領民に不自由な思いをさせたとしても……俺は、少なくとも一定の扱いは保証してくれる北部連合に、この領地を任せた方が良いと考える」

再度、辺りに沈黙が満ちる。

しかしそれは、先ほどのものとは違う。困惑ではなく、吟味。今しがたの隊長が述べたことを――少なくとも考慮する余地があると考え、全員が思考を始めた故の沈黙だ。

――そして。

その議論の流れに、ある意味で拍車をかけるように。

「――ほう。中々聡《さと》い者もいるではないか」

その場の誰もが予想だにしない方向から、声が聞こえた。

全員が驚きと共に声の方向を見て……更に驚愕《きょうがく》した。何故《なぜ》なら、そこにいたのは。

「伯爵……!?」

アスラク・フォン・ハーヴィスト。

エルメスたちの手によって追放され、現在は北部連合側にいるはずの裏切り者が、どうしてここに。

いや、そもそもどうやってここに来た。彼らの警戒を潜《くぐ》り抜ける実力がこの伯爵にあるわけがない、一体何が――と、困惑する一同。

「……何故ここに。……何を、しに来た」

辛うじて、それだけを問いかける隊長の一人に。

伯爵はランプの明かりに照らされたまま、不気味に微笑《ほほえ》んで。常らしからぬ口調——『誰かに言わされているような』口調で、こう言った。

「それはもちろん——『あのエルメスという悪魔』に騙《だま》されている貴様らを救いに来てやったのさ。貴様らの主人である、この私がな」

かくして。疑心と不安に囚《とら》われる兵士たちのもとに、教会の毒牙が迫り。

——その様子を、誰よりも先に。赤髪の王女が察知した。

◆

「……ふざけろ」

予想外のタイミングで現れた、元伯爵。

『救いに来てやった』との言葉に対する兵士たちの反応は——当然ながら、拒絶だった。

「今更こちらに手を差し伸べたところで、信用するとでも思うのか」

「ああ。この中の何人が、どれだけ貴様の身勝手に振り回されたと思っている！」

これに関しては、信用以前の問題。そもそも最初に裏切ったのは向こうだ。その思いだけは共有して睨《にら》みつけてくる兵士たちに、伯爵は——

「——ふむ。まあ良い」

さして気にした風もなく、鷹揚《おうよう》に頷《うなず》くだけだった。

「私とて、正直貴様らのことなどどうでも良い。だが大司教殿の指示だ、受け入れるかどうかは貴様らの自由だとも……そもそも、興味もないしな」

「……な」

隊長の一人が困惑の声をあげる。

何故なら——この男は強欲と狭量が服を着て歩いているような人間、自身に対する反発に逆上しないような人間ではない。……逆立ちしてもこの伯爵に忠心などはないが、一応元の主人だ、性格くらいは把握している。

その印象からすると、今の伯爵の態度はあまりにも不気味に映る。今の言葉や態度は……まるで、誰かにそうさせられているかのような。

「とはいえ、話くらいは聞きたまえ。ああ、それとも強引に私を排除するかね？……貴様らにできるものなら、だが」

「っ……」

不気味さにあてられてか、或《ある》いは伯爵と……明らかに手練《てだ》れの血統魔法使いと分かる両脇の護衛が相手では捕らえられないと理解してか。

大人しく聞く選択肢しか取れない兵士たちを満足そうに、優越感に満ちた表情で眺めてから伯爵は再度口を開く。

「よろしい。ならばまず前提を確認するが——私の提案は、貴様らも北部連合側に来ないかということだ。何故なら……あのエルメスという男、そしてリリアーナ第三王女が貴様らを裏切っているからだ」

「……そんな証拠がどこにある」

「あるとも」

エルメスたちを信用し切ったわけではない。

だが単純に、それ以上に伯爵の言葉を聞くわけがない。そんな反発心から投げかける隊長の一人の言葉にも、伯爵は悠然と切り返す。

「まずはエルメスめが傲慢にも私を引き摺《ず》り下ろした後のことを述べよう。──奴《やつ》はその後貴様らに顔を見せ……『今は信用しなくとも良い、ここを守り切るという結果で示すから』などと言っただろう？」

「なっ」

何故それを。いや、そのくらいのことは現状から推測できなくもない、それだけで証拠にはならない──と瞬時に思考する兵士たちに追い討ちをかけるように。

「そして、奴がそう言って。その直後に、この砦《とりで》に威力偵察の北部連合兵たちがやってきただろう。貴様らが疲労で動けず、奴らだけが活躍できる状況。──結果で信用させると言った直後、恩を売るにはこの上なく都合の良いタイミングでな」

「──！」

毒を注ぎ込むように、笑って告げる。

「――あまりにも間が良すぎるとは、思わないか？」

それが示唆することは、明確だった。

「全て自作自演だ……って言うのか」

「ああ。それも教会に指示された、な。ならば私が知っていることも納得だろう？」

伯爵が笑う。邪悪に、人を誘う妖魔の如《ごと》く。

「な――何のためにわざわざそんなことを！」

「それは勿論《もちろん》、この領地を効率よく落とすためだ。実のところ、この砦に徹底的に籠られると外から落とすのは教会でも容易ではなくてな。あまり時間をかけてもいられないから一計を講じたのだよ。貴様らの勇戦の結果だ、まぁ誇れ」

「じゃあなんであんたと揉《も》めたんだ！」

「そうした方が貴様らに疑われにくいと考えてのことだ。私が素直に指揮権を譲ったと聞けば貴様らはむしろ疑問に思うだろう？」

「いつどうやって教会と繋《つな》がったんだ！　そんな機会が――」

「そんなものいつでもあるだろう。それに……フロダイト兄妹《きょうだい》の妹の方、ニィナ・フォン・フロダイトとエルメスたちは学園での顔見知りだ。『勧誘』の機会はそれだけで十分にあったと思うが？」

辻褄《つじつま》を合わせていく。

兵士たちの疑念も全て分かっていると言わんばかりに、整合性のある回答で捻《ね》じ曲がった事実の裏付けをしていく。そして。

「じゃあ……何で今、俺たちは無事なんだ。最初から教会の手の人間なら、この砦に入ったその日のうちに事を起こすだろう」

次の疑問に移った隊長の言葉に、伯爵は待っていたとばかりに頷いて。

「奴らが教会をも裏切ったからだ」

もう一つ、事実を捻じ曲げる。

「当初の予定では、この砦に入って教会の指示で自作自演の撃退をした後、貴様らが寝静まった夜に兵士たちを侵入させてここを落とす予定だった。私が一部始終を知っているのもそのためだ。だが、奴らはあろうことか！　貴様らという上質な兵力と第三王女という大義名分を手中に収めたこの瞬間、教会に反旗を翻そうとしたのだ！　これが奴らがここに来て、現在貴様らの信用を得ようとしている理由なのだよ」

あたかも、裏の裏を取って元通りにするかの如く。二回の捻じ曲げで、現状と合致する状況の説明に帰着させた。

結果だけ見れば現状の認識と何も変わっていないように思える。

だが違う、明確に変わってしまったものはある。それは一応は納得できるような道程を示されたことによる、兵士たちのエルメスたちに対する印象と――

「ここまで語った上で、貴様らに問おう。――奴らを、信用できるか？」

――そこから派生する、エルメスたちに対する信頼だ。

「確かに現時点ではエルメスたちは貴様らに好意的だ。教会と戦う上で貴様らは必要不可欠だからな。だが考えてもみろ……奴らは、一度教会を裏切った身だぞ？　ならば状況が変わって、今度は貴様らを裏切らないという保証がどこにある？」

あまりにも、巧みに。

今までの伯爵では到底不可能だろう話術を駆使して、疑心暗鬼を呼び起こす。

それから、とどめを刺すように。

「そもそも、貴様らはエルメスを見てどう思った？」

「どう……とは」

「怖くはなかったか？　あんな、神から授かった血統魔法を無造作に扱い、時には混ぜ合わせるなどという冒瀆的《ぼうとくてき》な行いをする輩《やから》を。それでいて力だけは無駄に強い、まさしく神をも恐れぬ振る舞いをする化け物を！」

まさしく今しがた、隊長の一人が懸念していた恐れを増幅させる。

「奴は力に溺れている。その力を恣《ほしいまま》に振るって権力欲に目覚め、第三王女を傀儡《かいらい》とし意のままに動く駒を集め、この国を乗っ取ろうとしている！

万が一、奴の目論見《もくろみ》が成功したらどうなる？　あんな得体の知れない存在が上に立つこの国が、奴以外の全員にとっての地獄にならないはずがあるか!?　奴に従っても良いことは何もない。大司教殿の言葉を聞き、私はそう確信した」

そして、最後に。

「故に、大司教殿の言葉を貴様らにも伝える。――『北部連合に加われば、貴殿らと領民の生活も保証する』だそうだ」

　この上なく、甘美な誘いの言葉を告げる。

「え……」

「貴様らの戦いを、大司教殿は高く評価しておられるようだ。まぁ曲がりなりにも私のもとで戦えた者たちだ、当然だがな」

　伯爵らしい調子に乗った言葉はともかく――大司教の言葉自体は、彼らにとって願ってもないものであることに変わりなかった。

　ざわめく兵士たちを他所《よそ》に、そこまで言い終えた伯爵は常の様子を取り戻して。

「まぁ、言った通り受けるかどうかは貴様らの自由だ。私にとっては最早《もはや》どうでも良い。何せ――大司教殿からは引き入れる必要はなく勧誘するだけで良いと言われたからなぁ。これで私も幹部待遇、ようやく正しく評価してくれる者が現れたというわけだ、ははははは！」

　高笑いをしたのち、言葉通り兵士たちに興味を失ったかのように背を向け。

　そして、両脇に控える護衛に声をかけて。

「さぁ、早く私を案内しろ。こんな埃臭《ほこりくさ》いは場所さっさと出て――」

「――行かせるわけには、いきませんわね」

　固まった。

「――」

想定すらしていなかった。

敵地に入り込んでいながら、何故《なぜ》かそんな表情を浮かべる伯爵と護衛二人の前で。

第三王女リリアーナが、敵意を宿した碧眼《へきがん》を向けてきていた。

それでも瞬時に排除の判断を下そうとする――が、それより先に。

「……リリィ様に感謝ですね」

リリアーナの後ろから、エルメスも現れる。

「完璧なタイミングでしたよ、元伯爵。丁度僕たち全員が見張りで砦を空けている状況で……しかも侵入できる抜け道は全て塞いだつもりでしたが、まさかあんなルートがあるとは。リリィ様が感知してくださらなければ危ないところでした」

そう語る彼の手には、既に翡翠《ひすい》の文字盤が。

そのままエルメスは、静かに伯爵を見据えて。

「けれど、無事尻尾は摑《つか》みました。……貴方《あなた》にも感謝します、元伯爵。泳がせたおかげさまで――大分絞れました」

完全な臨戦態勢に、逃げ場のない家屋の中。唯一の出口はエルメスに塞がれて、彼は既に魔法を起動済み。

――完全に、詰み。あとは逃げるだけなのに、その一歩が彼方《かなた》まで遠ざかる。

「……ばか、な」

それを認識すると、伯爵はぶわりと冷や汗をかいて。

「話が――話が違う！　絶対に安全ではなかったのか大司教殿、貴方の言う通りにすれば『絶対に見つからない』のではなかったのか!?」

「……何を言われたのかは、分かりませんが」

要領を得ない動揺を見せる伯爵に、エルメスは尚《なお》も静かに。

「まさか、そんな荒唐無稽な話を鵜《う》呑《の》みにする人間がいるとは。大司教の話術が優れているのか、はたまた貴方が愚かなのか。……両方ですかね。むしろ単純に貴方がしくじった可能性の方が高そうです」

「く……っ、ふざけるな、あと一歩のこんなところで！　おいお前たち、早くエルメスをやれ！　何のための護衛――!?」

脇に控える護衛に指示を出そうとするが――そこで驚愕《きょうがく》する。

何故なら……既に倒れている。エルメスがここに現れる前に彼自身の手で闇夜から放った奇襲の魔法によって、既に意識を刈り取られ倒れ伏している。

根拠不明の自信も奪われ、敵地で孤立。今までの傲岸な態度の源を全て剝ぎ取られた伯爵は。

「ひ……っ、や、やめろ、くるな、来るなぁ――！」

最後は自身の血統魔法で抵抗しようとしたらしいが、当然そんなものがエルメスに効くはずはなく。順当かつ速やかに捕縛され、遅れて駆けつけたカティアたちの手によって連行されていったのだった。

(……まぁ、間違いなく捨て駒だろうな)

そうして、数分後。

より厳重に伯爵を閉じ込めた後に、エルメスは心中で分析する。

何を吹き込んだのかは……大方予想がつく。しかしそうなると、尚更《なおさら》下手に情報を明かすわけにはいかなくなったなと心の中で呟《つぶや》く。

現在行っている、『得体の知れない技術』の解析。今回伯爵を泳がせたことでそれはあと一歩のところまできていると直感した。

あとはそこを詰めて、兵士たちとの信頼も築く。その二つを調えれば、いよいよ反撃に打って出ることができる──

──と、思っていたのだが。

「……伯爵は、どうした？」

元の場所に戻って、リリアーナと共に兵士の隊長たちと対面したエルメス。

開口一番投げかけられたその問いに、エルメスは少し首を傾《かし》げると。

「簡単には侵入できないところにもう一度閉じ込めましたが、それが何か──」

偽ることなく、素直に答えようとしたが……そこで。

「──口封じに殺したのではないのか？」

あまりにも、過激な疑念が。別の隊長から、もたらされた。

「……え」

微《かす》かに目を見開き、隊長たちを見るエルメス。

そこには……今までよりも遥《はる》かに強い、伯爵の……伯爵の口を借りて放たれた大司教の言葉によって植え付けられた、エルメスに対する恐怖があった。

別の隊長が、口を開く。

「な、なぁ、エルメス殿」

「何でしょう」

「貴殿は……教会を裏切った人間なのか？」

「……何を吹き込まれたかは分かりませんが、違いますよ」

「じゃ、じゃあ！　何のために俺たちを助けるんだ、何の意図があって！」

「最初に説明したと思いますが……リリィ様の臣下としては、北部反乱を収める義務があるからですよ」

「そ、そんな！」

エルメスは、何一つ偽りなく言っている。

だが——彼らには。これまで、貴族の腐敗をいやというほど見せつけられてきた彼らには、あまりに薄弱な根拠として映る。

「そんな！　強い魔法の持ち主がそんな、『ただの善人』みたいなことを——！」

「ッ、落ち着け」

幸いにも、それ以上の言葉は致命的な亀裂になると察したのだろう。

別の隊長によってその先は止められたが……しかし。

「……」

エルメスを見る、彼らの視線。怯《おび》えと、恐れを含んだ視線で察する。

『伯爵を泳がせて様子を見る』というエルメスの手法は、一応は成功した。向こうの手札を暴く大きなヒントとなり、反撃の準備完了に大きく近づいた。

……だが、そのために呑《の》んだリスク。伯爵の動きによって発生する不確定要素も——大司教ヨハンは、きっちり最大限回収していったのだ。

エルメスに対する恐怖と不信という、この上ない形で。

結局その晩は、これ以上何を言っても逆効果になるとエルメスも悟り。

物言いたげなリリアーナを抑えて、その場を後にしたのだった。

◆

「……どう、して」

あの話し合いの後、見張り交代の手続きを済ませ、自分たちの仮住居まで戻ってきたリリアーナたち。

既に他の人間が就寝の準備に入っている中……眠れずに外に出たリリアーナが、そう呆《ぼう》然《ぜん》と呟いた。

彼女の脳裏に浮かぶ――こびりついているのは、先ほどの兵士たちの表情。

「師匠は、あんなに頑張っているのに。あんなに全力で北部連合を退け続け、この地を守るために手を尽くしているのに……！」

疑心と、不信と、猜疑《さいぎ》と、不安。

怪物を見るかのような、表情。

「どうしてみんな――あんな目を、するのですか……！」

大好きな師匠の砕身が、認められない不条理。それが己のことよりも耐え難く、彼女はその可憐《かれん》な顔を泣き出す寸前にまで歪《ゆが》めて叫ぶ。

その言葉は、彼女の内から溢《あふ》れたものであり。誰かに聞かせるためのものではなかったのだろう。

だが――今回ばかりは。それを拾い、答えを返せる者がいた。

「……怖いからですよ」

静かな声が、横合いから響く。びくりと肩を震わせて、首を横に向け――そこにいた意外な人物に、リリアーナは目を見開く。

「……アルバート？」

彼女にとっては、一行の中で一番馴染《なじ》みのない少年だった。

むしろ、彼の方から意図して距離を保っているように思う。というか……色々と距離感がおかしいあの一行の中ではある意味最も『普通の臣下』らしい態度を取る少年だ。

だからこそ、こんなところで声をかけてきたことが意外で。けれどそれ以上に言葉の内容が気になって続きを促す。

「失礼。……個人的に、馴染みのある話題だったもので」

対してアルバートは一度きっちりと非礼を詫《わ》びてから、こう続けてきた。

「訳の分からない強い力を持った存在がすぐ近くにいる。その事実は、普通の人間にとって想像以上に恐怖を覚えるものなのです」

「で、でも――師匠はきちんと、北部の皆さんを守り続けているではありませんか！」

「はい。……それでも、関係ないのです。――『いつ牙を剝《む》くか分からない』。『牙を剝かれたら自分に為《な》すすべはない』。その恐れがある限り、人はそのような存在を簡単には受け入れることができないのです」

例えるなら、自分の部屋の中に人食い虎がいるようなものだ。

いくら人を襲わないと保証されていても、どれほど頑丈な檻《おり》に入っていようとも。

自らを簡単に殺戮《さつりく》できる力を持ち――かつ得体の知れない存在がいる以上、人は容易には安心できないものだ。

リリアーナはそれを理解しつつ……そう語るアルバートの口調が気になって。また、以前サラにアドバイスをもらった件との共通点も感じ、問いかける。

「それは……あなたの経験談ですか？」

「……お恥ずかしながら。俺もかつてはエルメスに、同じような印象を抱いていました。だからこそ分かるのです。恐れる心も――そして同時に、『ならば殺されるより先に排除してしまえ』という思考に、容易に流れてしまうことも」

「ッ！」

それは。今の自分たちにとっては、あまりに残酷な未来予想図。

「特にあの男は……近しい人間以外の周りを顧みない傾向にある。それよりも研鑽《けんさん》に、進歩に、己の道を進むことに力を注ぐ類の人間だ。だからこそ簡単には理解されず……故にきっと少し目を離せばすぐに、誰も知らないところまで飛んでいってしまうのでしょう」

「……そん、な」

そうして、最後には誰の理解も得られることはなく。

ただただ、ひとりぼっちで。寄り添う人もなく、ついていく人もなく。

前人未到の地へと、孤独のままに飛んでいく、そんな存在が。

――彼女が伝説でのみ知る、血縁の魔女の姿と合致した。

「…………あ」

そこで、リリアーナは悟る。

今、エルメスが置かれている状況。大司教ヨハンの手によって孤立させられた状況。それを誰も阻むことができず、突き詰められてしまった結果が——

きっと。空の魔女、ローズの辿《たど》った道なのだろうと。

リリアーナはローズについて詳しくは知らない。けれどエルメスの師でありユルゲンの友人であることは知っているし、かつての同じ王族として普通の人よりは知識もある。

故にこそ、分かる。この直感は限りなく正しいと。

そして今、エルメスが。自分の師匠が、同じ道を辿る——辿らされようとしている。

きっとそう在ることを望む者の手によって、排除されようとしている。

ならば。

弟子として——自分のやることは、決まっている。

「……わたくしが」

「殿下？」

今までとは違う、静かな決意を含んだ声。

それを感じ取って問いかけるアルバートを他所《よそ》に、リリアーナは前を見据えて告げる。

「わたくしが……師匠を一人には、させません」

教えてもらったではないか。

守られるだけでは足りないと。自ら動かなければ摑《つか》めないと。

そう決意して、少しだけ成果を上げて。

……けれどそれ以降は結局、何もできなくて。ずっと歯痒《はがゆ》い思いをしていた。

ならば今、もう一度。飛び立つ勇気を持つ時だ。

それに、何より。敬愛する師匠が。自分の心と魔法と、未来を捧《ささ》げた師匠が。

自分のもとから飛び去ってしまうなんて——絶対に、絶《ぜ》っ対に、嫌だ。

その一番強い想《おも》いを、彼女は心の中で燃やす。

「——感謝しますわ、アルバート」

振り向いて、目立たないけれど実直な。

実力は足りないのだろうけれど……だからこそ見える視点を持った少年にも、礼を告げる。彼もやはり、ユルゲンに選ばれるだけのものは持っているのだと。加えて。

「おかげさまで……ようやく。わたくしの進む先が、見えました」

同時に、ずっと迷っていたものにも先が見えた。

ここまで流されるままに、王都を飛び出して。このままではだめだと、玉座を奪還する宣言をした。……けれど。自分がその座を欲する者として、何を目指せばいいか、どこに向かえばいいかが分からなかった。

それにも、光が差した。

無論、どうしたらいいかは分からない。足りないものもあまりに多すぎる。

だけど……次に踏み出す一歩の先だけは、迷うことがなくなった。

彼女の要領を得ない宣言に、呆《ほう》けていたアルバートだったが……すぐに察したのだろう。

再度静かに、丁寧な臣下の礼をとる。

彼女ももう一度感謝を述べると、吹っ切れた様子で自室へと戻っていった。

そうして。

彼を、ひとりぼっちにさせないために。この国を、変えるために。

――未来の王が、動き出す。

◆

結局。あの件があった後、兵士たちとの関係は……大きな亀裂こそ入っていないが、いつそうなってもおかしくないレベルにまでなってしまった。

現状は交渉ごとに長《た》けたユルゲンと騎士団長トアが話し合い、加えてサラが中心となって懸命にサポートを行ってはいるが――その効果も芳しくはなく。

現在、自分たちのいる砦《とりで》に閉じ込められ、北部連合に対する有効な反撃を打てていないこともあるのだろう。このまま待っていても状況は好転しないどころか、恐らく近いうちに教会の援軍が来て詰み状況になる可能性が高いことも焦りに拍車をかけている。

加えて、今回伯爵が『何故《なぜ》か』入り込めたことに対して必然的に発生する――間者《スパイ》の可能性。それも疑心暗鬼を呼び起こす要因となっている。

更に、兵士たちの不満に加えてあの日伯爵に煽《あお》られたことによる不信が積み重なり……

忌憚《きたん》なく言えば、いつ兵士たちの心情が降伏に寄ってもおかしくない状況にあった。

そんな、砦に入って五日目の昼のこと。

砦の廊下を、カティアは思案しながら歩いていた。

彼女は現在ユルゲンの補佐として、砦の防衛に関する戦術や配置を考えている……ところだったのだが。

そんな最中、当のユルゲンから指示、依頼があったのだ。その内容をカティアは呟《つぶや》く。

「……『エルの補佐に回ってほしい』、ね」

もちろん、個人的には嬉《うれ》し……特別文句はない。

だが、現状最も力を入れるべきは兵士たちとの関係改善ではないのか。

防衛に関しては、エルメスの圧倒的な活躍もあって今のところは問題なくできている。

北部連合側の襲撃も頻度こそ高いが散発的なもので、そこまで致命的なものでは……

（……いえ、そもそも）

そこで、カティアは思い至る。現状の北部連合――教会、ひいては大司教ヨハンのアプローチについて。

今のところ、このハーヴィスト領最後の砦に対する攻勢は、散発的な北部連合兵による襲撃で留《とど》まっているが、それは、一体。

（――何のために？）

魔法使いの軍勢同士の戦いは通常とセオリーが違う点もいくつか存在するが……それで

も、『戦力の逐次投入が悪手』である大原則は変わらない。

にも拘《かか》わらず、教会はそれを行っている。砦に兵士を送り込み……無駄に兵力を減らしている。無論向こうも深入りはせず損害は少ないが、それでもここまで相当数の兵士を捕虜として捕らえていることも事実なのだ。

こちらを砦に釘付《くぎづ》けにするのが目的ならば、もっと頻度は少なくとも問題ないはずだ。ここまでひっきりなしに、ある意味兵力を無駄遣いしている理由とは何か。いやまず……どうも今回の教会のやり口は、全体的に迂遠《うえん》なやり方のように思えるのだ。

（……お父様が指示を仰《おっしゃ》ったとき、やけに真剣だったのも気になるし……）

ユルゲンの様子や、教会側に対する疑念。それらの疑問を抱きつつ、カティアは現在は休憩中であるはずのエルメスがいる部屋の扉を開け――

「……いない……!?」

もぬけの殻の部屋を見て。ようやく、彼女の中でも焦燥が湧き上がる。

どこに行った、と考える。彼が無駄な行動をするわけがない。ならばここを離れざるを得ない何らかの事態があったはずだ。そう、例えば、一番考えられるものとしては――

――彼が担当している防衛戦で、何かイレギュラーが起こった、とか。

「ッ！」

ほぼ確信に近いその推理を基に、彼女は駆け出した。

エルメスの居場所はすぐに見つかった。

現在も襲撃中なのだろう。そこかしこで起こっている戦闘音のうち、明らかに異質なものを辿っていけばそう難しくはない。

かくして彼のもとに辿り着いたカティアは——瞠目《どうもく》する。

「……カティア様？」

「エル——!?」

何故なら、砦近くの森の中。倒れ伏す北部連合の兵士たちの中で、佇《たたず》むエルメス。

そんな彼の——下がった肩、不規則な呼吸、目元の隈《くま》。この戦闘だけによるものではない。明らかな、疲労困憊《こんぱい》の様子に。

「なんで、そんな、疲れて——」

そこまで酷使はしていなかったはずだ。兵士たちや自分たちと交代で、無理のない防衛のスケジュールを組んでいたはず。いやそもそも何故今戦っているのだ、どうして——という諸々《もろもろ》の疑問は、直後にエルメスの口から発せられる。

「いえ、すみません、防衛の予定に関しては不備はありません。が——」

「……」

「——教会のやり方が、巧妙でして」

「巧妙……って」

首を傾《かし》げつつ、先を促す。

「襲撃の中で、何故か必ず、どこか一点に、僕でなければ対応しきれない兵力を送り込んできているんです」

「え」

「僕が非番の時も、そういうことが……『少々』ありまして。時折非番の僕が出て場を収めているんです、ご心配をおかけしたようなら——」

「——『少々』じゃないわよね」

色々と聞きたいことはある。

だが彼女が真っ先に反応したのはそこ——明らかに誤魔化すための間を空けたところについてだ。

「あなたが……滅多に表に出さないあなたがそんな、明らかに見て取れるレベルで疲れてるんだもの。今回みたいなことは『たまに』起こる程度じゃないはずよ」

「——」

「こういうことがどれくらいあったか、正直に答えなさい。じゃないと——許さないから」

静かに、心配しているが故の圧力をかけるカティア。

エルメスは数秒黙っていたが……やがて観念したように、告げる。

「……『毎回』です」

「——え」

予想を遥《はる》かに上回る、答えを。

「ここまでの襲撃……夜間も含めて必ず、こちらの防衛を突破しかねない戦力が送り込まれています。……だから実質、全ての襲撃に僕が対応していることに」

「……そんな」

じゃあ、それはすなわち。睡眠すらも、満足に取れていないことに――

「……まさか」

そして、そこで気付く。教会が、ここまで戦力を逐次――『休みなく』投入している理由。兵力を過剰に消耗させてでも襲撃を続ける理由。それは――

（――エルを休ませないため。こっちの防衛の要であるエルを潰すため……！）

だとすれば、全て辻褄《つじつま》が合う。

同時に……湧いてきたのは、彼に対する疑念。

「……どうして、言ってくれなかったの」

そこまでまずいことになっているのならば、相談してくれれば良かったのに。

だとすれば、もっと対策を打てた。防衛のローテーションでエルメスの分を、他の人間が肩代わりすれば――

――その心中を読んだかのように。

「そうしたら……兵士たちの不安が更に高まります」

答えを、彼が告げた。

「あ――」

「現状は理解しています。……今、本当に、兵士たちはこちらにつくか北部連合につくかの瀬戸際にある。彼らが今こちらについている理由は――『今のところ防衛はうまくいっている』という一点のみです」

裏を返せば、それすらも危険水域にある――防衛すらもこのままではまずいと分かってしまったならば。

兵士たちの意見が、一気に覆る……そうならない保証は、どこにもない。

「で、でも！　それなら私たちだけにでも――」

「だとしても、防衛の割り振りは変えることになる。いえ、変えなくともきっとどこかに影響は出る。……今兵士たちはこちらの動きにひどく敏感だ、僅かでも不安を与える要素はなくした方が良い。黙っていたのは申し訳ございません……が、これが一番確実かと」

「……」

……反論は、できない。

理屈では、エルメスの言うことが正しいと思ってしまっている。最大戦力の彼が、最大の負担を被《こうむ》るのが最も合理的だと。

それに――更に厄介なのは。彼はきっと、でき、できてし、しまうということだ。

本来ならばこんな無理を続ければ、どこかで限界が来て破綻する。それこそが向こうの狙いだし、実際彼は狙い通り消耗している。

だが、エルメスならば。何もかもが規格外の彼ならば、きっと消耗しながらも、この無理をそのまま最後まで通せてしまう。疲労困憊の様子でありながら、それでも防衛自体はきっちりとこなしているから。周りに転がる北部連合の刺客たちを見ればそれは明らかで。だから、このまま。彼に任せて、彼に頼って。自分たちは自分たちのやることだけを、できることだけをこなしていれば、それで良い——

——でも。

「……だめよ」

それでも、彼女は絞り出すように告げる。

「だめ。それは、だめなの」

「カティア様？　何か問題が——」

「問題は、ないわ。ないって思えてしまう、あなたなら大丈夫なんだろうって信頼できてしまう——けど！」

叫ぶのだ。

心の何かが。血に刻まれた魔法が。

魔法のどこかに、心を通わした霊魂のどこかにいる、愛《いと》おしい何かの残滓《ざんし》と共に。

どうしてか脳裏をよぎる、赤髪の魔女の後ろ姿がエルメスと重なって。それを感じた瞬間尚更《なおさら》強く、内側の何かが。限りない過去への後悔を乗せて、こう叫ぶのだ——

「『そっちに行っちゃだめ』って、言ってるのよ！」

「──」

「お願い、エル。何も論理的な説得はできない、こんな状況でこんなことを言うのはわがままだって分かってる、けど──」

静かに、確固たる意志を込めて。微《かす》かに涙を滲《にじ》ませながら、彼女は告げる。

「無理、しないで。私のわがままを、聞いて」

ばっと、手を広げる。

通せんぼうをするように。どこかに行ってしまいそうな彼を、止めるように。

そのまま、両者が視線を交わすこと数秒。

エルメスが──ふっと、肩の力を抜く。

「……貴女《あなた》が、そう言うのなら」

その瞬間。

何かが……ささやかだけれど、決定的な何かが。

きっとここから波及する、運命の分岐が、切り替わり始める音がした。

「……エル」

今まで、何故《なぜ》か近寄りがたかったけど、もうそのようなことはない。

いつものように、少しだけ駆け足でカティアはエルメスのそばに寄る。

そのまま二人並んで、砦《とりで》へと向かおうとしたが――そこで。

「っ」

「エル!?」

ふらりと、エルメスの体が傾く。

慌ててカティアが肩を貸そう――とするが、その前に彼は自分で体勢を立て直す。

「……あ」

「失礼。……思ったより本当に疲れていたようですね。今日はしっかりと休みます」

そのまま、ある意味いつも通り。

疲労の最中にありつつも隙のない体調管理の宣言までする彼を見て。

ふと、カティアは思う。

……そう言えば最近、リリアーナ関連にかかりきりで全然二人になれていないな、と。

あとはそう、先ほど倒れかけた時、肩を貸したけれど――触れ合うまでもなく彼が体勢を戻して、まさしく肩透かしのような気分にもなったし。

そこで周囲を見渡すと……誰もおらず、何やら丁度座るのに都合の良さそうな倒木を見つけて。

彼女の中で、瞬間的に一つのアイデアが実を結ぶ。

「エル、こっち」

「え?」

そんなに迷うことなく行動に移した。

エルメスの手を引いてそこまで向かうと、倒木の上に腰を下ろす。そのままジェスチャーで隣に座るようエルメスを促して、彼が困惑しながらも指示に従い、座ると同時に。

「えい」

彼の体を自分の方に引き倒す。

疲労もあってかさしたる抵抗もなく彼の体が傾き、丁度自分の膝の上に収まる形に。あまりにも素早い──膝枕の体勢の完成であった。

「!?　え、あの、カティア様、これは」

「動かないの。くすぐったいから」

そのまま彼の頭を押さえつける。そうすると物理的に──あとは多分緊張とかその辺りの要因で彼が動かなくなる。

少しだけ上擦った口調でエルメスが聞いてきた。

「……その、意図をお聞きしても」

「このまま戻っても絶対あなたは休まないでしょ。今日一日保《も》つかどうかも怪しいんだからここで軽く仮眠でも取っておきなさい」

「いや、でも」

「でもじゃないの。あと──そう、これは罰よ。私に心配させたことと、私に色々と黙ってたことの。本当はお説教したいけどこれで勘弁してあげるわ」

そう、これは極めて効率的な行動である。

彼にきちんと従者としての立場を弁《わきま》えさせて、かつ気を抜くと働きすぎる彼に休憩を取らせるという一石二鳥の行動なのだ。

あとはもう少し彼と一緒にいたいという思いも……ほんの少しだけないと言えないこともない気がするが、瑣末《さまつ》なことである。誤差である。

……まぁ、あと懸念していることがあるとすれば。

「えっと、その……休めるかしら」

自分でやっておきながら、その点に関してはあまり自信がないことだ。

一応膝枕自体は以前……それこそエルメスが王都に来る前に、メイドのレイラにせがまれてやったことがあり、レイラが『最高です』とサムズアップをしていたので大丈夫だと思うが、正直彼女の意見は割と参考にならない。

故に恐る恐る聞いたのだが……彼は数秒沈黙すると。

「……正直に申し上げますと……落ち着きます」

「！」

ささやかながら、嘘《うそ》をついていないと分かる声色でそう言った。

同時に……これも自分でやっておきながら極めてむず痒《がゆ》い、けれど決して嫌ではない感覚が胸の奥あたりを駆け巡る。

そして言葉通り……あとは本当に疲れていることもあったのだろう。

そのまましばし待っているのと……膝の上から、規則的な吐息が聞こえてくるのだった。

……まさか本当にすぐ寝るとは、となんとも心地よくこそばゆい思いを抱きながら。

彼女はエルメスを起こさないよう、静かに『救世の冥界《ソティラ・トリウィア》』を起動する。

すぐに出てきた幽霊兵たちに、指示を出した。

「二十分でいいわ、それ以上は他のみんなに迷惑がかかるから。ただし――その間は、絶対、誰も、近づけないで」

どことなく私情の交じった念押しに、若干呆《あき》れの感情を滲ませながらも、幽霊兵たちがどこか微笑《ほほえ》ましげな様子で散開して。

本当に久々の二人きりの空間ができる。しばし……数分ほどそれを味わったのち、カティアは思索する。

（……教会の狙い。私も、なんとなく分かってきたわ）

恐らくだが、今回の北部反乱――というより、エルメスたちが合流してからの流れ。

そこに抱いていた違和感が氷解し……同時に悟る。

恐らく、今回の一連の流れ。

教会は、エルメスを潰すことを最優先目標に置いている。

何故なら……多分ハーヴィスト領の人間だけならば、教会及び北部連合はどうとでも潰せるからだ。こんな……敢《あ》えてこちらが耐え切れるギリギリの戦力を逐次的に投入する、なんて迂遠《うえん》なことをしている、できているのがその証拠だ。

そんなことをするのは、偏《ひとえ》にエルメスを潰すため。

ハーヴィスト領の兵士たちを追い詰め手を貸させ、その対処で手一杯にさせ。同時に兵士たちの不安も煽《あお》って、内からも外からも彼を追い詰め徹底的に消耗させる。

そして限界にきたところで──一気に詰ませる算段だろう。

戦慄する。今までとは全く違う、この上なく容赦のない『エルメス対策』に。

同時にようやく実感する──これが、一つの巨大組織が本気で、エルメスを脅威と認識したときにやってくることなんだと。

「……お父様がエルの魔法を公開したがらなかった理由が、ようやく完全に分かったわ」

そう呟《つぶや》きつつ、確信する。きっとリリアーナの直感通り──このやり方こそが、あのローズを追い出した、追い出すことができた所以《ゆえん》なのだろうと。

その牙が、今。なんの因果か、エルメスに向けられているなら。

「──させる、もんですか」

そう、静かに。紛れもない敵意を込めて、彼女は宣言する。

彼がどこかに行かないよう、自分がきちんとそばにいると。

……それでも、もし。どうしようもなくなって、彼が、飛び去ってしまう時が──飛び去ることを望む時が来たとしても。

「だとしても……私は。私だけは絶対に──あなたに、ついていくから」

きっと、公爵令嬢としては言ってはならない。

でも、紛れもない本心を。誰も聞かれない場所で、彼女は呟き。守るように、彼の頭をそっと撫《な》で。ほんの僅かなエルメスの安寧を、彼女は守り続けるのだった。


かくして、辛うじてカティアの手によって。

エルメスが潰され、全ての勝ち筋に繋《つな》がる唯一の人間を失うことだけは阻止した第三王女陣営——だったが。

それすらも、許さないというように。そうなることすら読んでいたとでも言わんばかりに。

あまりにも、完璧なタイミングで。カティアがエルメスを捜しに行った時と丁度時を同じくして。

もう一つの致命的な事件が、砦の中を襲っていた。

「——！」

その気配に、北部ハーヴィスト領所属、騎士団長のトアは気付く。

微かな空気の違い。長年ここで過ごしてきたが故に悟れる違和感。すなわち……侵入者の気配に。

即座に意識を戦闘時のものに切り替える。近くにいる気配を察知し、目の前に現れた瞬間に打倒すべく準備を完璧に整え——だが。

「……皮肉だよね」

動けなかった。

全ての行動が、侵入者が目の前に現れた瞬間に封じられた。

「騎士団長トア。長年にわたって魔物の脅威から土地を守り続けた、この地に住む誰もが敬意を払うべき誇り高き北部の守護者」

何故《なぜ》なら、そういう魔法だから。

ひどく厄介な条件の代わりに、大きな効果を発揮する魔法だったから。

「連合の兵士たちには効かない。お兄ちゃんにも今は効かない。あの大司教はどうあがいても無理。今のボクの『敵』にはことごとく通用しないのに――」

トアは。誰もが尊敬する人間であるが故に、その条件を満たしてしまう。

「――あなたには、効いちゃうんだから。トアさん」

そうして姿を現す、銀の髪を靡《なび》かせたあまりにも可憐《かれん》な侵入者は。

「……ごめんね。こうするしか、ないんだ」

「貴様、フロダイトの――！」

動けない相手に向かって、容赦なく。その手に握った剣を振り下ろしたのだった。

◆

数十分の仮眠を経て、エルメスは覚醒する。

未《いま》だ疲労は色濃く残っているが、辛うじて今日動ける程度には回復した。

割とあっさり眠ってしまったことを恥じつつも感謝を述べ、カティアと共に砦《とりで》の中に戻った——その瞬間に、異変を察知した。

何故なら、砦の大広間。

エルメスとカティアが入っていった中央部分を挟んで、右側にはハーヴィスト領の兵士たち。そして左側には……サラ、ユルゲン、アルバートの三人。少し離れたところに、騎士団長トア。

中央にぽっかりと空いた空間は、そのまま両者の心理的な隔絶を表しているかのようで。

「……どういう、こと」

明らかな異常事態に、エルメスに寄り添っていたカティアが呆然《ぼうぜん》と告げる。

同時に、その呟きを察知して——兵士たちの視線が、一斉にこちらを向いた。

「っ」

そこに込められているのは……昨日までを遥《はる》かに超える、不穏と、不満と、不信の気配。

訳が分からず視線の圧に固まるカティア、それに合わせて。

「ふざけんなよ」

サラたちと、エルメスたちを同時に視界に収め。

兵士たちの隊長の一人。初日にも反論していた隊長が、こう声を張り上げたのだった。

「お前たちの怠慢で！　こっちの兵士たちと隊長が三人、半殺しにされたんだよ！　あの——フロダイトの妹の手でなぁ！」

改めて、エルメスとカティアが事情を聞く。

すると……どうやら現在砦を警戒していたアルバートが担当する区域から——ニィナが侵入し、隊長の言う通り兵士たちを襲撃したらしい。

その後彼女は騎士団長トアとも交戦、どうやら彼女の魔法のかかりが弱かったらしくどうにか反撃して撤退させたそうだが、それでもトア自身も少なくない手傷を負い。何より……十数人の兵士たちと隊長が三人、重傷を負わされたらしい。

「……すまない」

沈んだ表情でアルバートが謝罪するが——正直これは仕方がないことだと考える。

この砦の作りは複雑だ、この人数で完璧に侵入を阻もうとするとどうしても手が足りず、警戒が疎《おろそ》かな場所が生まれる。アルバート一人の責任とは言えないだろう。

だからこそ、考えるべきは——何故か完璧に侵入できた相手の方だ。

作りが複雑ということは、その分侵入する側にとっても厄介なはずなのだ。あの元伯爵なら砦の構造を理解していてもおかしくはないが……それでも。警戒の穴をことごとく完璧に見つけてすり抜けている説明にはならない。

そんな真似《まね》はそれこそ、こちらの警戒網を完全に把握していないと不可能なはずだ。にも拘《かか》わらずやってみせたことに、やはり向こうの正体不明の手札を感じずにはいられない。

……だが。それについて思索するのは後回しだ。何故なら——

「なぁ、何とか言ったらどうなんだよ！」

仲間を一方的に痛めつけられ、怒りと不信感の極まった顔でこちらを糾弾する、兵士たちへの対処が最優先だからだ。

カティアの肩を放し、エルメスが前に出る。

彼の静かな圧に気圧《けお》されつつも——当の隊長は怒りを込めた口調で話し始める。

「なぁあんた、言ったよな。ちゃんと証明するって、この地を守れるって」

「……はい」

「守り切れてねぇじゃねぇかよ」

それは、至極当然の非難。

その件に関しては、こちらも遺憾だ。だが——それを口に出したところで更に拗《こじ》れると分かっているから今は何も言えない。

「伯爵の侵入を許した。襲いくる北部連合を捌《さば》けてはいるものの有効な反撃はできていない。そして今度は、フロダイトの妹に侵入だけでなく襲撃すら許し、俺たちの仲間を痛めつけられた！——しかもだ！」

続けて、隊長は……更なる不信の理由を述べる。

「——何故、お前たちに被害がないんだ？」

「……え」

「聞いてるぞ、フロダイトの妹はお前たちにとっても天敵なんだろう。なら何でお前たちは狙われなかった、戦力の大きいそっちじゃなくてこっちだけが被害を受けた理由は何だ！」

「それは……」

「しかもなぁ！　やられた隊長三人は——『お前たちの味方につくことに最後まで反対していた』奴《やつ》らなんだよ！」

「！」

告げられた、その真実。

加えて彼らも知っている、ニィナとエルメスたちが既知の仲であるという情報。

それらを組み合わせた結果……最悪の想像が、隊長の頭に浮かんでいる。

「なぁ。伯爵が前言っていた、お前たちが教会を裏切ってここにいるって話……本当なんじゃねぇのか？」

「——どうして、そう思うのですか」

「それなら全部理屈が通るからだよ！　それで、フロダイトの妹はお前たちのスパイなんだろ！　だから今回、見かけ上は俺たちの敵であるあいつを使って——『自分たちに反対する人間を始末した』ってことじゃねぇのか！　お前たちの手で始末したら俺たちに信用してもらえないからなぁ！」

……あまりにも強引な。

けれど何故か筋が通ってしまっている理屈を使って、兵士たちはこちらを疑ってかかる。

ニィナがどうしてそのような行動をしたのか。その理由については——すぐに大凡《おおよそ》の見当はつけられたが、今言うわけにはいかない。言えば更なる不信を招くことは明確だから。

故に、このまま……何も言えないまま。

あまりにもできすぎた——まるで最初から仕組まれていたかのような都合の良すぎる理屈が、こちらの信用を削っていく。

自分たちが教会と相容《あいい》れないのは事実で、ニィナの心情がこちら寄りであるだろうことも事実。だからこそ、彼らはその嘘《うそ》を信じ込む。向こうが用意した不信の種に、搦《から》め捕られていってしまう。

「そうやって自分たちに都合の悪いやつは何も考えず排除して、思い通りに物事を運ぶのがお前たちのやり方か！　そんなんじゃお前たちはあの伯爵と何も変わらねぇよ！」

「おい、それは言いすぎ——」

「団長、あんたは黙っててくれ」

彼らを諫《いさ》めるトアの言葉も、今の彼らには通じない。

「あんたにゃ分かんねぇよ——そいつらと同じ、血統魔法持ちのあんたには！　持たねぇ奴らの気持ちは……持ってる奴らに同じ人間でないかのように虐げられて、使い捨てられ潰された仲間を何人も見てきた奴らの気持ちはッ!!」

「──」

……彼らの、不信の種。それはきっと、今始まったものではないのかもしれない。

魔法で全てが決まる国。血統魔法を持つ人間が完璧な特権階級として扱われ、生まれ持った魔法を理由に全てが肯定され──だからこそ、そうでない者を人間として扱わない、そうであることを自分も周りも否定しない。

そんな歪《ゆが》みが生んだ、『虐げられる側』だった人間の心からの叫び。今エルメスたちの前に横たわっている隔絶は、何百年もかけてこの国が積み重ねてきた負の遺産だ。

「お前たちも──今までの貴族連中と同じだ！　俺たちを人として扱わない、どうでも良い何かとしか思わない！　俺たちも、この土地の民たちも何もかも！」

「そうだ、信用できるか！」

「むしろ、あいつらよりとんでもない力を持っている分尚更《なおさら》タチが悪いんだよ！」

きっと、ニィナの件がなくともいずれ噴出していただろう不満。それが全て容赦なく、彼らに向かって襲いかかる。

兵士たちの全てが恨みがましい目を向けていた。最初にエルメスに救われた──一番好意的だった隊長すらも、その瞳に不信を宿していた。

「……なぁ、頼むよ」

想像以上の重みに、言葉を失うエルメスたち。そんな彼らに向かって、当の隊長が告げる。吐き捨てるように……けれどどこか、懇願するように。

「そんなすごい力を、とんでもない魔法を持ってるんだろあんたは。なら、その責務を果たしてくれよ。ちゃんと全部、きちんと守り切ってくれよ！　そうじゃないと信用できない、誰も安心できないんだ！」

「……」

「そうでない限り俺たちは――お前たちが教会よりもマシだとはとても思えない！　だからちゃんと証明してくれ、それができないなら、いっそ――！」

そして。隊長から、亀裂を決定的にする言葉が放たれようとする、その瞬間だった。

「――やめてくださいッ!!」

美しい、されど悲痛な声が響いた。

今いる人間の全てより更に幼い、小さな子供特有の甲高い叫び声。よく響くそれに全ての人間が一瞬言葉を止め、広間の一点に目を向ける。

すると、そこから走り寄ってくるのは、鮮やかな赤髪を靡かせた小さな少女。

可憐な顔を悲しみに歪め、手足を懸命に動かして。エルメスたちと兵士たちとの間に立つと、細い両腕を精一杯横に広げて。

「……やめて、ください。――お話なら、わたくしが聞きますから」

それは、王都脱出の時。大勢の組織の兵士たちに囲まれた彼女をエルメスが助けた時と、あたかも対を成すように。

今、その時助けられた彼女が今度は、彼を助けるために手を伸ばす。

その碧眼《へきがん》には恐怖と……けれど確かな覚悟の光を宿し。

リリアーナ・ヨーゼフ・フォン・ユースティアが、エルメスの前に立っていた。


「……リリィ様？」

流石《さすが》の彼でも、ここで彼女が出てくるのは分からなかったのか。

呆然と呟《つぶや》くエルメスに、リリアーナは振り向いて目を向け……けれどすぐに逸《そ》らす。

何故《なぜ》なら、見たらきっと頼ってしまうから。甘えてしまうから。

今はその時ではない、今は自分が頑張らなければいけない時。そう理解して、彼女は再び前を向く。


「──王女様か」

しかし、そんな彼女にも今の隊長は不信の目を向けて。

「全部臣下に任せてふんぞり返っているあんたが、こんなところにまで何の用で？」

「……ふんぞり返っているだけではないと、示しに来たのです」

精一杯の反論。けれど隊長は尚更不快げに顔を歪めて、

「は、あんたが!? 何だ、いきなり博愛主義にでも目覚めたか王女様！ 王族の気まぐれというやつか、悪いがそういうのもこっちは飽き飽きしてんだよ！」

「っ」

「いいよなぁ、あんな凄《すさ》まじい連中に傅《かしず》かれて！ そんな臣下を持ってりゃ大抵のことは

思い通りにできるんだろ！　その力を持って『お手手繋《つな》いで仲良くしましょう』とでも言うつもりか!?　そんなものは命令と何にも変わんねぇんだよッ！」

「ああ、引っこんでろ！」

「あんたがでしゃばる場じゃないんだよ！」

そうして告げられる、不信故の普段ではあり得ない暴言の嵐。

それに対してリリアーナは……恐怖こそ覚えたが、不快とまでは思わなかった。

だって——よく分かるから。

自分も持っていない側だったから。

自分など及びもつかない力を持った人間がいて、それが自分に害を及ぼすもの『かもしれない』と考えた時。

人がどんなに冷静でいられなくなるか、よく知っていたから。

「分かったなら、さっさと頼りになる部下の後ろにでも引っ込んで——」

故に、彼女は。

「——あなたたちはッ！」

まず、叫ぶ。この感情の嵐に呑《の》まれないように、精一杯声を張り上げる。

そうして、静まる場の前で。心を探るように、問いかける。

「あなたたちは……何を望むのですか。わたくしたちがいるこの場で、この北部反乱で。何をしたいのですか、何を欲しているのですか」

それは、要望の再確認。ある意味で今更な問いを投げかけられた彼らは。馬鹿にしているのかと逆上交じりに再度声を張り上げて。

「そんなの！　お前たちにちゃんと、この地を守ってほしいだけで――！」

それに対して、彼女は遮るように。

「――自分たちが守りたいのでは、なかったのですか!!」

「――」

そう、言った。

彼らの中の何かを。狂わされていた何かを抉《えぐ》る言葉を。

リリアーナは続ける。

「生まれ育ったこの地を、愛すべき故郷を、守るべき場所を！　他でもない自分たちの手で、守り抜きたかったから！　だから――兵士になったのではないのですか！　血統魔法を持たなくても、力が足りなくても、この地を守る一助になりたかったからこそ！」

「……な」

そこで、初めて。激情に任せて言い続けていた隊長が、呆《ほう》けた様子で言葉を濁す。

何かに、気付いた表情をする。

……リリアーナは彼を責めない。だって、理解できるから。

自分の前に、何もかも優れた人間が現れて。颯爽《さっそう》とあらゆる問題を解決してくれる、それこそ英雄みたいな人が唐突に出現して、全てを請け負ってくれたとしたら。

依存してしまう。頼り切ってしまう。本当に気付かないうちに、自分の矮小《わいしょう》さを埋解して楽な方に流れてしまう。

今の彼らのように。そして――かつてのリリアーナのように。

だから、まずこう告げた。彼らの中に気付かないうちに回っていた毒を抜き、歪まされていた認識を正しき方向に戻すために。

事実、兵士たちの中に今までにない困惑が漂っている。……自分の言葉に、多少なりとも心当たりはあったのだろう。その心の動きは、きっとリリアーナが一番よく理解できる。

そして、故にこそ。

続けてぶつけられる感情も……予想はついていた。

「……ああ、そうだな」

その予感通り、当の隊長が続けて告げる。静かな――けれど落ち着いたわけではない、激情を再び溜《た》めている声で。

「守りたいよ。この場所を守りたかった。俺たちの力でもこの場所を守ることはできるんだって誇りを持っていたかった！　でもッ！」

嘆きを、口に出す。

「無理だろう！　北部連合には手も足も出ず、あのルキウスとかいう化け物一人に全滅させられて！　そこを救ってくれたエルメスもやっぱり同じ化け物で！　ああ、結局未来を決めるのはそいつらみたいな連中なんだよ！　俺たちは所詮どう足掻《あが》いてもそいつらに振り回されるだけの存在だ！」

これまで持っている側に抱いていた不満の、その裏返しを吐露する。

「じゃあもう、どうしようもないだろうがッ!!　俺だって――俺たちだって！　この仕事についたんだ、本当は！　そいつらみたいに守れる力が欲しかったよ！　でも――」

――その言葉を、待っていた。

「――なら、差し上げます！」

隊長の言葉を遮って、リリアーナが告げる。

彼女なりに、この北部反乱を見てきて感じた隔絶。歪み。この国の、悲劇の温床。それを止めるために、新しい国を目指すために。必死で考えた結論を、この場でぶつける。

「あなたたちが欲する、彼らのような、守るための力を差し上げます、だから……っ」

「…………な、ん」

困惑交じりの声を隊長があげる。

今、彼らの心中は一つの疑問に支配されていることだろう。

すなわち――『どうやって』と。

その疑問に答える前に――リリアーナはここでもう一度エルメスの方を見て。覚悟を決めた表情で、告げる。

「……師匠。一つ、とんでもないわがままを言ってもよろしいでしょうか」

「ええ、どうぞ」

驚くことに、返事は一瞬の間もなく返ってきた。目を見開いてエルメスを見て……そして悟る。流石は師匠、もう今の流れで全部分かったのだろう。

ならばと躊躇《ためら》いなく、信頼を乗せて。彼女は——始まりの言葉を、提案した。

「この人たち全員に、『原初の碑文《エメラルド・タブレット》』を教えます」

ざわめきがあがったのは、リリアーナ陣営——の、エルメス以外の人間。

当の魔法の特殊性を理解しているが故の困惑。その正体を、エルメスが言葉にする。

「リリィ様が決めたことなら、異論はありません。そもそもこの魔法は『誰でも使える』ことがコンセプトです。僕の師匠も責めないでしょう」

「……ええ」

「ですが……お分かりですよね？　この魔法は——覚えているだけでは使えない」

そう。そこを理解しているため、他の人間は困惑したのだ。

「おい、何だ。何を話しているんだ、お前たちは！」

同時に、衝撃的な一言だけを告げられ置いてきぼりにされた隊長が叫ぶ。

だがその内容は、今までのような糾弾ではなく疑問。そして疑問が出てきたということは——ようやく、こちらの話を聞いてもらえるということ。

故に、満を持してリリアーナは話す。所々エルメスの補足に助けられながらも。

かつて彼に教えられた、魔法の真実。『原初の碑文《エメラルド・タブレット》』の特性。そして何より――エルメスもリリアーナも、彼らの言う『持たざる者』だったこと。

唐突に語られる、常識外れの話。彼らは困惑し――同時に、不満も述べる。

「待て。……仮に、王女様の語る言葉が全て真実だったとして」

「はい」

「だとしても――それじゃあ意味がないじゃないか！　エルメスの言う通り、覚えてるだけじゃ使えないんだろう、その魔法は！」

その不満も、予想通り。

だからこそ、そこでリリアーナは告げる。彼女が考えた変革の、最後の一歩を述べる。

「言いましたわよね、この魔法は創成魔法。本来の機能は魔法を『創る』こと。そしてわたくしも……師匠には及びもつきませんが、その使い手です」

ならば、と言葉を切って。その場の全員を見渡して――一息。

「なら――わたくしが。『誰でも使える魔法』を創りますわ」

それこそが。

この北部反乱に足を踏み入れ、エルメスに問いかけられ。彼女なりに考えた――リリアーナならではの、『原初の碑文《エメラルド・タブレット》』の使い方だ。

エルメスはそれを用いて、既存の魔法全てを上回るような彼だけの固有魔法《オリジナル》を創ることを目標としている。

リリアーナの目指すものは、それとは違う。血統魔法よりも優れていなくても良い。既存の魔法の劣化でも構わない。その代わり――

『原初の碑文《エメラルド・タブレット》』を媒介にすれば、資格によらず誰でも使える魔法。それを――できる限りたくさん創ることが、わたくしの目標です」

そう。彼女の目的は、新たな汎用魔法の創成だ。

既存の汎用魔法よりも、更に強力で。持たざる者でも、資格なき者でも、全ての人間が、生まれ持った非力を恨まないだけの力を持った魔法を創りたい。

そして――その先にある未来。彼女が王族として目指すビジョンも、この場で。国民の前で、明確に宣誓する。

「だから。わたくし、リリアーナ・ヨーゼフ・フォン・ユースティアは宣言しますわ。
わたくしは――この国全体の魔法使いのレベルを血統魔法使いまで引き上げる、と！」

それこそが、彼女が抱いた心からの願い。血統魔法を持たず生まれ、血統魔法の残酷さを誰よりも理解している彼女ならではの、この国の目指す先。

……無論、実現にはとてつもない困難が伴うことは理解している。

現在特権を持つ貴族たちは軒並み反発するだろう。技術的に可能かも不明だ。そもそもこれから行う『誰でも使える魔法の創成』自体上手《うま》くいく保証はない。

だが。それでも、方向性は揺らがない。

「優れた魔法を生まれ持っていなかったからといって、あなたたちのように嘆くことはないように！　力が隔絶しているが故に起こる歪《ゆが》みも、悲劇も起こらないように！　そして何より——誰もが、志と努力によって力を、魔法を求められる国にするために！」

いつの間にか、その場の全員が聞き入っていた。

彼女の言葉に——そしてこの場で一番幼いはずの少女が発する、紛れもない王の気質と呼ぶべきものに。

「そのための第一歩として、あなたたちに。あなたたちの力で、この苦境を打ち破るだけの魔法を、必ず創ります！」

「……あ」

「むしろ……創らせてくださいまし。わたくしでは……わたくしたちだけでは無理なんです。無理だと分かりましたわ」

やがて。その語調が徐々に弱まって、年相応の少女のものへと戻っていく。

「わたくしは、優れた魔法を絶対視するこの風潮が嫌いで。でも……結局、その風潮と同じことをしていた。優れた魔法を持つ人たちに、全て任せようとしてしまった。ごめんなさい、反省しますわ。そしてこれからは、あなたたちの力も借りたいのです。だから……どうか」

恐怖もぶり返してきたのか、兵士たちの視線に怯《おび》えながらも。それでも、これだけは譲れないとばかりに。涙目でエルメスの前に立ち、再び両手を大きく広げて。

「……どうか、これ以上。師匠をいじめるのは、やめてください……っ」

最初の願いに、帰着し。彼女の演説が、終了した。


辺りに、静寂が満ちる。

当初に兵士たちが抱いていた熱は、いつの間にか消え去っていた。

そんな場を見渡して、今ならば通ると思ったのか。

「………………すまなかった」

声をあげたのは――ハーヴィスト領騎士団長、トア。

彼はまず頭を下げ、その上で兵士たちに語りかける。

「お前たちの苦悩を、私にも相談できなかった不安を。抱え込ませてしまったのは私の落ち度だ。後でいくらでも不満を打ち明けて、罵ってくれて構わない。……だが」

己の非をしっかりと見据えつつ……それでも、今言うべきことは他にあるとばかりに。

「問おう。今お前たちが糾弾し、弾劾し、口汚く罵ったのは――何者だ？」

トアの言葉が意味するところは、兵士たち全員が理解していた。

前方に改めて目を向ける。その視線の先にいるのは、

「……っ」「……」

庇《かば》うように手を広げながらも、大人たちの視線を前に小さな体を震わせる少女と。

連日その身を削ってこの地を守り続け、心身ともにぼろぼろになった少年。

兵士の一人が呟《つぶや》いた。

「──子供だ」

「そう、子供だ。この場の誰よりも高い地位にあっても、この場の誰よりも強い魔法を持っていても。未《いま》だ幼く、未熟で、守られるべき存在だ。そんな子供に──お前たちは寄ってたかって言葉の暴力を浴びせかけたのだ」

それを認識した瞬間、彼らがエルメスたちに抱いていた虚像は吹き飛び。

同時に抱く──激烈な、恥の感情。分別ある存在ならば持って当然の、こんな子供を責め立てた、彼女の言葉通り『いじめた』ことに対する羞恥。

それが広がったのを確認すると、トアはこの場をまとめにかかる。

「貴殿らも今すぐ冷静な判断を下すことは難しいだろう、この場はここで解散とする」

「……」

「各自持ち場に戻り、頭を冷やせ。そしてしかと考えよ──今リリアーナ王女殿下が仰《おっしゃ》った、この国の未来を示す金言についてな」

トアの指示に──今度は逆らう者は、誰もおらず。

一人、また一人と。見捨てるのではなく考えるために、その場を去っていった。

◆

「…………っ」

兵士たちが、そしてこちらに一礼したトアがいなくなったことを確認して。

リリアーナは息を吐いて崩れ落ち……そうになるが、気合いで持ち堪《こた》える。今支えてもらうのは自分ではないと、その根性でもって。

そうして歩み寄るは、周りの臣下たちに見守られ、カティアに肩を支えられてようやく立っているエルメス。

「……リリィ様」

疲れた声で名を呼ぶ彼に近づくと——そのままリリアーナは、彼を抱きしめた。

今までのように抱きつくのではなく、膝立ちの彼の頭を抱え込むように抱きすくめる。

慈しむように、自分が彼を守ると宣言するように。

「！」「ちょ——」

エルメスが驚き、カティアが抗議の声をあげそうになるが……流石《さすが》に彼女も自重する。

リリアーナの気持ち自体は、カティアもよく分かったからだ。

しばし、そのままでいた後少しだけ抱擁を緩める。至近距離で見据えたエルメスの表情が、ふっと緩む。

「『国民全員の魔法のレベルを引き上げる』ですか。……言われてみれば確かに、足りないものはそれでしたね。ありがとうございます、リリィ様」

出てきたのは、屈託のない称賛の言葉。それをリリアーナは心から喜ばしそうに受け取り頬を染めるが、同時に。

「……お礼を言うのは、こちらですわ」

「え？」

そう、続けて彼女は告げる。

エルメスが自分を弟子にとってくれたから今があるのだし、『自分だけの創成魔法の使い方を見つけてほしい』と言ってくれたからこの願いを見つけられた。

そして、何より――

「わたくしが、この願いを抱いた本当の理由は――みんなに、師匠の偉業を知ってほしかったからですもの」

そうだ。

無論、この国の隔絶と悲劇を減らすためという理由も嘘《うそ》ではない。

けれどそれ以上に……エルメスが。凄《すさ》まじい努力と経験の果てにあの魔法を手に入れた彼が、誰にも理解されないのが一番悲しかったから。

だから、願ったのだ。誰もが魔法を理解できるように――誰もが『エルメスの偉業を理解できる』レベルになってもらうために。

それこそが、彼女の。彼女が魔法を創るに足る、心からの願いである。

「……できるかは分かりません。というかわたくし一人では絶対できません。これから創る、創らなければならない魔法にも、師匠のお力をたくさんお借りすると思いますわ」

その上で、リリアーナは。自らの実力をしっかりと把握した一言の後。

「でも、これができれば。わたくしが創る魔法は……創る国では、絶対に師匠を、ひとりぼっちにさせませんから」

もう一度、エルメスを抱きしめる。精一杯の労《いたわ》りと、親愛を込めて。

この場の締めくくりとして、彼女は。いつもの望みを、告げるのだった。

「だから――これからも。わたくしの師匠で、いてくださいまし」


かくして。

大司教ヨハンがかつてローズを搦《から》め捕った手段を、エルメスたちは乗り越えて。

そして、同時に。

この国が、真に変革する――玉座への道の一歩目が、踏み出されたのだった。

◆

「……申し訳ございませんわ、師匠」

結局、あの後。

色々とやるべきことはあったが――何はともあれ、エルメスを休めるのが最優先との意

見は全員一致していたので。

半ば強制的に、全員が協力してエルメスをベッドに叩《たた》き込んだ。彼がいなくなった分の防衛の穴はきちんとそれ以外の人員でカバーした。

それには……北部の兵士たちもきちんと手伝ってくれて。流石に彼らもすぐに結論は出さずとも、これに関して思うところはあったのだろう。

そして当のエルメスも、相当疲労が溜《た》まっていたのは事実だったため大人しく言葉に甘え、数時間の睡眠で一先《ひとま》ず問題ない程度まで回復。

目覚めると、ベッドの横にはリリアーナがいて。申し訳なさそうな顔で、今しがたの台詞《せりふ》を言ってきたのである。

そのまま、彼女は続ける。

「師匠に甘えるばかりではダメだと、言っておきながらこの体たらくですわ。また、師匠にばかり一番大変な役割を押し付けて……本当に」

「いえ、今回の件は僕にも非がありました。リリィ様ばかりが責任を感じることではありませんし……」

返すエルメスはそこで言葉を切って、思い返すは先ほどのリリアーナが放った言葉。

彼女の王道を、ある意味決定づける台詞──弟子の成長を喜ぶ微笑と共に、続ける。

「……何より。見つけたんですよね？　リリィ様の魔法、進むべき道を」

「！　はい、それはもちろん！」

リリアーナはそれを見て目を輝かせ。

「色々と考えて、悩んで……ご心配をおかけしましたが、もう大丈夫です」

「……はい」

真《ま》っ直《す》ぐに告げ。穏やかなエルメスの視線に促されるままに、言葉を紡ぐ。彼女の決めた、彼女の歩むべき道について。

「──わたくしが王族として学んだことに、『歴史』の分野がございますわ。過去の人物の足跡をまとめ、体系化し、今の歩みの参考にする学問が」

「ええ、僕も多少は知っています」

「その、観点で言うのならば」

少しばかり変わった導入の後、リリアーナは告げる。これまでで得た、自身の見解を。

「師匠は恐らく──『開拓者』のタイプの偉人になるのでしょう」

「僕が偉人かはともかく……開拓者、ですか？」

「はい。他を隔絶する突出した才能を持ち、その力で新たなる道を切り開き。誰も辿《たど》り着けなかった場所に真っ先に到達する、そういう人物です」

「……」

「そういった人は……その在り方故に、周りに理解されず、生き方を歪《ゆが》められてしまったり……他から排除されたりすることが多いとも、わたくしは学びました」

……まさしく、今しがた陥りかけたことで。

そしてきっと、彼の師匠が陥ってしまった歴史の陥穽《かんせい》なのだろう。

それを、理解した上で。

「──だから、わたくしがそうはさせません」

真っ直ぐに、リリアーナは告げる。

「師匠が歪むことなく、離れることなく進み続けられるように。

わたくしが、師匠の切り開いた道を整備します。師匠に追いつくことはできなくても、誰もが──できる限り多くの人が、師匠の後を追えるように。それがきっとこの国の未来になりますし……何より、たくさんの人に、師匠の素晴らしさを知ってもらいたいですもの！」

そう、晴れやかに。愛らしい笑顔と共に告げたリリアーナは、最後に。

「そして……そのために、わたくしはこの魔法を受け継いだのだと。今なら、そう思えますわ」

『原初の碑文《エメラルド・タブレット》』を起動し。彼に言われた、彼とは違う創成魔法の使い方を、宣言した。

「……」

彼女の描く未来を、エルメスも想起する。

自分が、新たな魔法を求めることはやめられないだろう。リリアーナと同じく、魔法を創ることこそが彼の在り方だから。

だからきっと……彼は、リリアーナの言う通り進み続ける。たとえ誰も付いてこられなくても……どれだけ、寂しさを感じようとも。

けれど。

そんな自分の歩んだ道を、追いかけてくれる人がいるのなら。共に、魔法のその先へと歩んでくれる人が、たくさんいるのならば。

それは……とても、嬉《うれ》しいことだと思う。

「……はい。楽しみにしています」

エルメスが屈託なく告げた言葉に、リリアーナは再度目を輝かせると。

「ええ、お任せくださいまし！　もう師匠の陰に隠れているだけのわたくしでは、甘えるばかりのわたくしではありませんわ。というか、むしろ──」

こちらも嬉しそうに胸に手を当ててから、一息。

「──これからは、わたくしが師匠を甘やかしますわ！」

……何やらとんでもないことを言ってきた。

「……はい？」

「ご心配をかけた分の恩返しと反省を込めて、ですわ！　そもそも本来師匠のお世話は弟子の役目ではないですか！　たとえ王族であろうとその辺りは疎《おろそ》かにしてはいけないと思いますの！」

「いや、その」

ある意味子供らしい、かなり極端な思い込みと共にリリアーナはまくしたて、ずいとこちらにその幼く美しい顔を近づけてきて。

「さぁ、何なりと言いつけてくださいまし師匠！　わたくしにできることならなんでもいたしますわ、欲しいものでも、してもらいたいことでも！　た、例えば――」

そして、何故《なぜ》かそこで。リリアーナは頬を赤らめると、ばっと目の前で両手を広げて。

こう、告げてきた。

「――わたくしを抱き枕にする、とかでも構いませんわ！」

…………。

……とりあえず、色々と話が飛びすぎているので整理するとしよう。

「……まず、その発想はどこから出てきたので？」

「か、カティアから聞いたことがありましたわ。――師匠のお師匠様は、師匠をよくそのように扱っていた、と！」

まさかの原因はローズだった。

「ち、違いますの？」

「いえ……すみません、その件に関しては全くもってその通りなのですが……」

「ならば遠慮することはございませんわ！　そんな羨ま……えっと……う、羨ましい扱いをされていたのならば師匠の弟子であるわたくしにも同じことをする権利があると思いますの！」

本心を誤魔化そうとしたものの結局できておらず、最後には。

「それとも……わたくしでは、お、お嫌ですか……？」

そんな、極めて断り辛《づら》い上目遣いで問いかけてきた。

「…………ええと」

多分彼女は、これまで色々と負担をかけすぎた罪悪感から色々と暴走しているのだろう。

その心遣い自体は嬉しいが、いかんせんやり方が極端すぎる。さてどう答えようかと迷っていたところで――

「――リリィ様。エルが困っていますので」

「ひゃ!?」

後ろから伸ばされた手ががしりと、リリアーナを引き止める――以外の意図も若干感じさせる力強さで彼女を引き戻した。その手の正体は。

「出ましたわねカティア！　わたくしは極めて真っ当な師弟のやりとりをしようとしているだけですわ、私欲交じりの邪魔をするのはよくありませんわよ！」

「…………それはリリィ様も同じでは」

「なんですの今の間は！」

そんななんとも言えない、けれど決して仲が悪いわけではないやりとりの後。

「エル、起きたのね。……体調は大丈夫？」

「ええ、ご心配をおかけしました」

そう気遣う声をかけたカティアに、一礼しつつ端的に答える。

そして、カティアがやってきたことで一息ついたエルメスはベッドから起き上がる。

「ちょ、師匠！　まだ安静に……」

「いえ、お気遣いは大変ありがたいのですが……大丈夫です。それに」

リリアーナが声をあげ、カティアも心配そうにこちらを見てくる。

しかし、戦闘などをしなければ今日中はもう大丈夫なくらいには回復した。加えて……現状を考えれば、あまり休んでばかりもいられない。そう考えたエルメスは、無理をする気はないという意思を示したのち、静かな口調で二人に告げる。

「リリィ様、カティア様。一つ確認したいことがありますので、できればご案内いただけますか？　あとはその後――人を、集めていただけると助かります」

◆

そうして。エルメスがとある事項を確認し終えた後……全力で体調を気遣うリリアーナとカティアに案内されて。お馴染《なじ》みとなった、会議室まで足を運ぶ。

「――エルメスさん！」

「もう起きたのか。疲労は問題ないのか？」

入室したエルメスに声をかけるのは、サラとアルバート。その二人にも大丈夫だと伝えたのち、会議室を見渡す。

部屋にいるのは、二人にユルゲンを加えたリリアーナ陣営の全員、そして――

「――失礼している。エルメス殿」「…………」

騎士団長トアと……先ほどまで、エルメスたちに食ってかかっていた隊長の一人。彼はなんとも気まずそうな顔で、けれどきちんと一礼はする。……少なくとも、この場で噛《か》み付くつもりはないらしい。

「この二人にも、私が許可して同席してもらった。……恐らく、今から君が話そうとしていることについては彼らもいた方が都合が良いだろう？」

「……ええ。助かります、公爵様」

そして予想通り、二人を同席させたユルゲンにもエルメスは頭を下げ、席に着く。そのまま、いつも通りの落ち着いた表情で。

「……まずは、ご迷惑をおかけしました」

謝罪する。幸いカティアたちと同じく特段責められるようなことはなく、その後。

「そして――苦労した分の成果は得てきました」

気負うことなく告げられた言葉に、場がざわめく。

彼の語る『成果』の内容に関して、その場の誰もが予感する中。

エルメスはどこから話すかしばし考えたのち……まずは多少本筋から外れるが、ここからだろうと口を開く。

「……まず最初に語っておくことは、ニィナ様の件――そして、ニィナ様にやられたという隊長の様子です」

「！」

トアと隊長が反応した。

落ち着かない様子の彼らの前でエルメスは。

「まず……ご存知の通り、命に別状はありません。出血量こそ多いものの深い傷はなく、サラ様の魔法があれば近いうちに戦線復帰も可能でしょう」

彼らの状態——恐らくは『意図的にそうされた』状態を述べた後。

「そして」

切り込むように、一言。


「彼らの全員に——大司教による洗脳の魔法がかけられていた痕跡を発見しました」


「——！」「何だと……ッ」

トアと隊長の二人が目を見開く。

他の人間も、彼らほどではないが驚きの気配を見せる中、エルメスは続ける。

「洗脳、思考改竄《かいざん》の方向性までは痕跡からは読み取れませんでしたが……まぁ、どういう風に改変されていたかは大凡《おおよそ》見当がつくでしょう」

「——あ」

隊長が声をあげる。

心当たりを……そう、まさしく彼自身が言ったことを想起させる表情。すなわち。

『しかもなぁ！　やられた隊長三人は――お前たちの味方につくことを最後まで反対していた奴《やつ》らなんだよ！』

エルメスたちに不利益を与える上では、この上なく有効なその内容を。

愕然《がくぜん》とする彼らを一旦置いて、ユルゲンが問いかけた。

「……君の見立てだ。疑うわけではないが――」

「はい」

「しかし、だとしたら……『気付かなかった』と言うのか？　君が、そのことに。いや、責めているわけではないのだが……」

「……いえ。責めてくださって結構ですよ」

反省と共にエルメスは回答する。

……これも、大司教の狡猾《こうかつ》なところだっただろう。

まず第一に巧妙なところは、彼らの思考改変を『異常ではない』程度に抑えていたことだ。仮に内容が『何が何でもエルメスたちに賛同しない』だったとしても……あの状況下では、あり得なくはないと納得してしまう。それによって、行動から違和感を推測することを困難にした。

そして第二に、最初の遭遇戦――『ルキウスを見せたこと』だ。

恐らくヨハンは、あの場でエルメスが血統魔法に気付くことも織り込み済みだったのだろう。それを逆手に取ってルキウスを――魔法感知によって、明らかに洗脳されていると分かる相手を敢えて見せることで、彼に『洗脳されている相手は見れば分かる』との先入観を植え付けた。

その思考の空隙を利用して、三人の隊長を……気付かれない程度に魔法効果を抑えた人間を気付きにくくしたのだ。

……だとしても。

それでもエルメスならば、類稀《たぐいまれ》な感知能力を持つ彼ならば気付くことはできただろう。

――しっかりと、仔細《しさい》に観察することさえできていれば。

「だから向こうは、僕にそれをさせなかった」

それが、第三の布石。

「僕を追い詰めて、加えて兵士の皆さんとの溝を深めることで。近づくことも、詳しく観察することも封じたのです。加えて兵士の皆さんも僕と積極的に交流しないとなれば……発見するタイミングが一切なくなるのも当然で」

仮にあの時。

エルメスが、『洗脳されている可能性があるから検査させてほしい』と言ったとしても

――まず間違いなく兵士たちは取り合わなかっただろう。

それほどに関係を悪化させ……加えて、そんな余裕なんてないほどにエルメスを追い詰

めることによって、仕込んだ罠《わな》に一切気付かせることなく。

エルメスたちが何をしようとも、絶対に一定数の反対意見を仕込んで完全な協力を徹底的に拒む兵士側の状況。

──『本来どう足掻《あが》いても詰んでいた』状況を、作っていたのだ。

「…………」

衝撃の事実に、辺りに沈黙が満ちる。

そんな中、口火を切ったのは──当の隊長だった。

「……ふざけんなよ……」

彼の口調には、表情には、怒りがあった。

エルメスたちではなく──自分たちの不甲斐《ふがい》なさへの、凄《すさ》まじい怒り。

そう。何故なら、エルメスの言ったことが本当なら。

「じゃああれか。俺たちは、最初から──あんたたちを追い詰めるために、あの大司教の野郎に徹底的に利用されてた。手のひらの上だったってことかよ……ッ！」

「……はい」

慰めの言葉は言わなかった。

それを彼が欲していないことは、顔を見れば分かったから。

──そう。隊長三人をも気付かれない手駒に変える余裕があるのなら、ハーヴィスト領の兵士たちだけならどうとでも潰せたことは最早《もはや》誰の目にも明らかで。

「あのクソ野郎にとっちゃ、俺たちはいつでも処理できる取るに足らない存在で！　初めっから、弄ばれてたのかよ……！　くそ、ちくしょう……ッ！」

彼にも、ここを守っている──守れている自負と誇りがあったのだろう。

それが全て、まやかしだったと知らされたら。こうなるのも無理はない──それは横で唇を噛む騎士団長トアの顔からもよく分かった。

それ以上は、何も言えず。ただ文字通り、彼らは悔しさを噛み締める。

……少し、時間が必要だろう。そう判断したエルメスは、他の方向へと目を向ける。

「……エル。それじゃあ」

続けて言葉を発したのは、カティア。

彼女は今の話を踏まえて、気付いた事実を確認するように。

「じゃあ、ニィナは、やっぱり──」

「はい。──ニィナ様は、味方です」

そこも、エルメスはしっかりと断言する。

……もし、ニィナがあの襲撃で例の隊長三人を倒してくれなかったなら。

きっとこの事実には気付かなかった──どころか、『理屈に関係なく、何を言ってもこちらに従わない』人間が紛れ込んでいた以上、あのリリアーナの必死の説得で何とかできた場だって……どうなっていたか分からない。

「ニィナ様も、どうやってかは──この後説明しますが、それに気付いて。恐らくは従わされている大司教の指示に反しない範囲で協力してくださったものと思われます」

「！」

学友たちの顔に、喜色が満ちる。

これまでも、敵だと思っていたわけではないが……それでもこちら側だと分かる確たる証拠を一つ得られて安心したのだろう。

そして——ここからが、本題だ。

「では、隊長方の件とニィナ様の件、その二つを踏まえた上で」

エルメスが、確信を持って周囲を見渡す。

「——大司教の件。どうしてここまで僕たちを追い詰めることができたのか。何故《なぜ》あんなとんでもない力を振るえるのか。分析し検証を続けた結果、推測できた内容。大司教の『得体の知れない』技術について、説明させていただきます」

一番知りたかったその内容に、一同が緊張する中。

エルメスは——淡々と、その内容を口にした。

「——未来予知、です」

◆

そうして、彼らは知る。
これまで自分たちが王国で相手にしてきたものは、本当に表層も表層で。
ユースティアの長い歴史が蓄積してきた膿《うみ》と闇と底は、あまりにも深くて暗くて。
そして、何より。
この国には――自分たちの想像すらはるかに超えた、『魔法』があるのだと。
かくして、玉座を取り戻すための戦い、その初戦は。
次の段階へと、突入する。

断章

——今日もひどい夢を見て、目が覚める。

「…………まだ、かぁ」

ベッドの上で、額に手を当てて。その美しい顔に、疲労と苦難を色濃く滲《にじ》ませて。

ニィナ・フォン・フロダイトは、呟《つぶや》く。

彼女がここまで疲弊している理由。

それは、今の彼女が授かった——授かってしまった力。

残酷な因果と、悪意に満ちた偶然の果てに。

ある日運悪く得てしまった……大司教ヨハンと同じ能力。


——『未来の光景を夢に見る』という、規格外の力。


家族を操られ、人質に取られ。こんな状況に陥り、従わされている要因の一つであるその力で。

毎夜の夢という形で突きつけられる、絶望の光景。

それを振り払うように、彼女はふらつきながらも立ち上がり。

「……ボクが。唯一知ってるボクが……何とか、するんだ」

その力で大司教ヨハンの狙いを知り、けれどそのヨハンの手によって周りに知らせることを封じられている彼女が。

それでも、自身の力でどうにかすると決意を宿す。

夜毎《よごと》に見せられる悪夢――彼女だけが知る、最悪の未来を覆すために。

少女は今日も、孤独の戦いに向けて歩き出すのだった。

あとがき

創成魔法五巻、お楽しみいただけましたでしょうか。

新たな人物、新たな組織、新たな争いが多く出てきた新章開幕巻であり――読んでいただけた皆さんにはお分かりかと思いますが、長い、長い戦いの始まりです。

彼らの目的は、王国を変革すること。そうである以上、いずれ『王国そのもの』を相手にして戦うことは避け得ぬ過程ではありました。

であれば、予想していた形とは大きく違うものの、本巻で彼らが放り込まれた状況は彼らがどこかで向き合うべきだった試練。それが、少しばかり想定より早く来てしまっただけとも言えるでしょう。

十分な力も、守ってくれる大きな存在も、極めつけは住む場所すらないまま広大な王国に放り出されてしまった子供たち。そんな彼らがこの国を巡る上で何を見て、何を得て――或《あ》いは、何を失って成長するのか。

王国、そして『血統魔法』を巡る物語、本作第一部の締めくくりとなる第三幕。できるところまでお付き合いいただけますと幸いです。

みわもひ

コミカライズ絶好調連載中!!
創成魔法の再現者
漫画 うさとる 原作 みわもひ キャラクター原案 花ヶ田
コミックス第①巻 好評発売中!!
連載はこちら!
オーバーラップ発
WEBコミック誌
COMIC GARDO
コミックガルド

OVERLAP

創成魔法の再現者 5
新星の玉座 -小さな星の魔女-

発　行　2023年4月25日　初版第一刷発行

著　者　みわもひ
発行者　永田勝治
発行所　株式会社オーバーラップ
〒141-0031　東京都品川区西五反田8-1-5
校正・DTP　株式会社鷗来堂
印刷・製本　大日本印刷株式会社

Printed in Japan ISBN 978-4-8240-0466-6 C0193